たのしい
日本語会話教室

吉田妙子　編著

大新書局　印行

はじめに

1.「会話」って？

　「日本語会話って、要するにおしゃべりでしょ？　日本人なら誰だってできるよね。」なんて言われたら、我々日本人教師は「それはそうなんだけど……」と言うしかありません。

　多くの方が「会話の授業なんてネイティブスピーカーなら誰でもできる」とお思いになる根拠は、会話は教師が「教える」ものではなく、実は学生が教師の真似をする、つまり、学生自らが「学ぶ」ものであると考えているところにあるのではないでしょうか。何故なら会話の授業は体育や音楽などの実技科目と同じで、学習者自身が口と耳を使って、場合によっては目や体も使って、実地に体験するところから学び取られるものだからです。

　同じ内容を話すのでも、相手の年令、社会的立場、性別、自分との関係、状況の如何などによって、話し方は微妙に異なってくるでしょう。また、どのような場面で何に最も気を遣わなければならないか、どのような事情において自己主張を強くしたり、相手の様子を見たりするのが適当か、といった常識は国によっても違うでしょう。さらに、貿易会話などでは、自分の側の主張を強く出すか相手を立てるか、などといった状況判断も機敏に行なわなければなりません。これらのことは学習者が個別の場面で実地に学び取るべきもので、教師がすべての場面を想定して教室活動化することはほとんど無理と言えるでしょう。

2.　会話の「授業」の定型は？

　このように考えてくると、会話教育に最もいいのは、何と言っても日本人と実地のコミュニケーションをすることだ、という結論になります。でも、そのような「自然成長」が望めるのは、日本人と一緒に生活や仕事をしながら日本語を勉強することができる、理想的な環境にいる人たちに限られています。ほとんどの学生にとって、日本語会話は狭い教室内で擬似コミュニケーションをするところから始まります。

　しかし、会話の授業にはいろいろな側面があります。教師は、「今、私の目の前にいる学生が日本語会話をするために必要な能力・技量とは何だろう。」と考えます。これを「ニーズ分析」と言います。そこから、実に様々な授業形態が生まれます。学生にとって聞き取りの能力が必要だと思

われればテープを聞かせたりビデオを見せたりし、自由な自己表現が重要だと考えられればスピーチやディベートをさせ、ビジネス会話が必要な学生には敬語や礼法を教え、またとにかく口を開かせることが先決だと判断されれば基本会話を暗誦させたりリピートさせたり……学生のどの面に着目しても、また会話のどの技能に着目しても、課題は無限に出てきます。まさに、クラスの数だけ会話授業の形態はあると言えます。私自身いろいろな形態を試み、同僚の先生のいろいろな方法を見て学ばせていただきました。会話の授業は定型がないからこそ、奥も深いのだということを思い知らされました。

3．会話で「教える」べきこととは？

　しかし、学生に歓迎される会話の授業には、一つの共通項があるのではないでしょうか。それは、「学生に話す機会をできるだけ多く与える」ということです。そこで、もう一つ問題が出てきます。「たくさん話させる」ことは、教師が「教える」ことと矛盾しないでしょうか。教師が一方的に知識を詰め込むやり方は会話授業の常道に反するにしても、学生に勝手に話させるだけでは、学生は「言語を習った」という達成感を持たないかもしれません。

　では、どうしても「教え」なければならない事項とは、何でしょうか。

　会話が書き言葉と違うのは、とにかく「相手がいる」ということです。相手を認識し、相手を見つめ、相手に働きかけたいと思う時、会話が始まります。ですから、会話文には文章には使われない文型、「〜ませんか」「〜ましょう」「〜ていただけませんか」など、直接相手に働きかける文型がたくさん使われます。また、敬語などの待遇表現も会話ならではのものです。さらに、遠慮がちに事情を説明する時の「〜んですけど」という言い方や、依頼・拒絶の際に見られる日本人独特のストラテジーもあります。「それが」「だから」などの接続詞、「〜けど」「〜から」などの接続助詞は、文章で用いられるのとは違った用法を持つことがあります。いずれも、相手とのコミュニケーションの必要から生ずるものです。

4．この本の使い方

　この本は、初級文法と初級会話を一応マスターし、もっと有効な会話を、という段階の学生のために書きました。大学2、3年生のレベルになるでしょうか。

　「授業を始める前に」では、すでに習った文法のうち、会話に特有のも

のを復習してあります。このうち、初級の文法授業ではあまり扱われない終助詞、男言葉・女言葉、言語性が弱いので通常あまり注目されていない間投詞、学生の頭を悩ませる数字、会話では不可避な敬語、中国人にとっては使いにくい「～んです」の文、に関しては特に解説しておきました。これらの規則は先に学習するというというより、実際に会話の授業を進めながら、必要に応じて確認していけばいいと思います。また、巻末の付録もご利用ください。

　「楽しく話そう」では、コミュニケーション・ストラテジーということに着目して、10項目の機能に絞ってモデル会話が展開されています。どの課も［モデル会話］と［説明］、必要に応じて［文型パターン練習］、それに［問題］がついています。説明は、学生が自習できるかと思います。［練習］や［問題］は、具体的な場面を想定して作られています。小グループでロールプレイを試みてください。練習課題は複数ありますから、学生が自由に選んでもいいし、教師が指定してもいいでしょう。また、学生のニーズや能力に応じて現場の先生にどんどん新しい問題を作っていただけたら、こんなうれしいことはありません。そして、教師によって適切なフィードバックが行なわれることを望みます。また、授業で話しっぱなしというのが不安なら、フィードバックした会話のスクリプトを学生に提出させるのもいいでしょう。

　「モデル会話・珍会話」では、［練習］の回答例と、実際にあったコミュニケーション・エラーの例を挙げておきました。会話とは文型と単語だけで成り立っているものではないこと、コミュニケーションに必要な一定の言語形式をはずすととんでもない誤解が起こることを理解していただければよいと思います。

　会話の原則は、「間違ってもいいから、たくさん話すこと」。教師は細かい文法規則の間違いは大目に見て、コミュニケーション上の大きな問題点だけを指摘し、楽しく授業を進めていくことをお勧めします。コミュニケーションにとって何が致命的な間違いで、何があまり気にしなくてもいい間違いか、それこそ「ネイティブの教師なら誰でも」看取できることでしょう。

　それでは、楽しい授業を期待しています。

2004年3月　　吉田妙子

目　次

モデル会話・珍会話 163
― やはり避けたいコミュニケーション・エラー ―

授業を始める前に
じゅぎょう はじ まえ

──言葉のルールを確認しよう──
ことば かくにん

１．話し言葉の特徴
はな　こと ば　　とくちょう

　　話し言葉と書き言葉には、次のようないくつかの相違点があります。ポ
　　はな　こと ば　か　こと ば　　　つぎ　　　　　　　　　　　　そう い てん
イントだけ挙げておきますから、詳しい例は先生といっしょに復習して
　　　　　　　あ　　　　　　　　　　くわ　　れい　せんせい　　　　　　　　ふくしゅう
ください。また、間投詞、終助詞、男言葉・女言葉、敬語、「～んです」
　　　　　　　　かんとう し　しゅうじょ し　おとこことば　おんなことば　けい ご
については、次節で特に述べます。
　　　　　　　じ せつ　とく　　の

1.　単純化（効率化）の原理によるもの
　　たんじゅん か　こうりつ か　　げん り

1)　格助詞の省略
　　かくじょ し　しょうりゃく

「は」「が」「を」「へ」「(方向を示す)に」の省略
　　　　　　　　　　　　ほうこう　しめ　　　　　しょうりゃく

例　「私(は)、陳です」「もうご飯(を)、食べましたか」・「図書館(に)行っ
れい　わたし　　ちん　　　　　　　　　はん　た　　　　　　　　　と しょかん　　い
て来ます」等
　き　　　　など

2)　口語縮約形
　　こう ご しゅくやくけい

　　a.　母音の脱落
　　　　ぼ いん　だつらく

例　「～のです」→「～んです」（～n<s>o</s>desu）
れい

「している」→「してる」（shite<s>i</s>ru）

「しておく」→「しとく」（shit<s>e</s>oku）

「ほんとうに」→「ほんとに」（honto<s>u</s>ni）

　　b.　子音の脱落
　　　　し いん　だつらく

例　「わたし」→「あたし」（<s>w</s>atashi）
れい

「すみません」→「すいません」（su<s>m</s>imasen）

　　c.　母音・子音の脱落変化
　　　　ぼ いん　し いん　だつらくへん か

例　「お帰りなさい」→「お帰んなさい」（okae<s>ri</s>nasai）
れい　　　かえ　　　　　　　かえ

　　　　「それでは」→「それじゃ」（ s o r e d̶e̶w a ）（j）

　　　　「しているのだ」→「してんだ」（ s h i t e i̶r̶u̶n̶o d a ）（n）

　　　　「見てしまった」→「見ちゃった」（ m i t̶e̶s̶h̶i̶m a t t a ）（ch）

　　　　「行かなくては」→「行かなくちゃ」（ i k a n a k u t̶e̶w a ）（ch）

　　　　　　　　　　→「行かなきゃ」（ i k a n a k u̶t̶e̶w a ）（y）

　　　　「行かなければ」→「行かなけりゃ」（ i k a n a k e r̶e̶b a ）（y）

3)　述語の省略
　　じゅつご　しょうりゃく

　　例　「何にする？」「私は、チャーハン（がいいです）。」
　　れい　なに　　　わたし

　　　　「きのう、寝てないんですか？」「ええ、全然（寝ていません）。」
　　　　　　　　ね　　　　　　　　　　　　ぜんぜん　ね

2. 感情強化の原理によるもの
　　かんじょうきょう か　　げん り

1)　音の変化
　　おん　へん か

　　a. 促音化
　　　　そくおん か

　　　　例　「やはり」→「やっぱり」（ y a h̶a̶r i ）（ppa）
　　　　れい

　　　　　　「ばかり」→「ばっかり」（ b a k k a r i ）

　　　　　　「暑くて」→「暑くって」（ a t s u k u t t e ）
　　　　　　あっ　　　　あっ

　　　　　　「とても」→「とっても」（ t o t t e m o ）

　　b. 撥音化
　　　　はつおん か

　　　　例　「あまり」→「あんまり」（ a m m a r i ）
　　　　れい

　　c.「ai」→「ee」

　　　　例　「いたい」（痛い）→「いてえ」（ i t a i → i t e e ）
　　　　れい　　　　　　いた

　　　　　　「ない」→「ねえ」（ n a i → n e e ）

2) 間投詞の挿入　⇒　2. 間投詞

3) 終助詞の添加　⇒　4. 終助詞

4) 接続助詞による言い止し（接続助詞本来の用法とは違った特有の意味を帯びる）

例「お願い、1000円貸して。明日きっと返す<u>から</u>。」（条件）

　　「今度遅刻したら、落とします<u>から</u>ね。」（宣告）

　　「あの人、ほんとにずうずうしいんだ<u>から</u>。」（怒りなどの感情の強調）

　　「もっと早く言ってくれればよかった<u>のに</u>。」（非実現に対する遺憾の気持ち）

　　「はい、吉田です<u>が</u>。」（前置き）

　　「だから、あんな所へ行っちゃだめだって言ったでしょう<u>が</u>。」（非難）

　　「あなた、どうする？　私は帰る<u>けど</u>。」（自分の発話内容の留保）

　　「すみません。道路が混んで<u>いて</u>。」（理由）

5) あいづち

「はい、はい。」「うん、うん。」「はあ、はあ。」「ふーん。」等（⇒2.「間投詞」参照）

「それで？」「そうですね。」「そうですか。」等

6) 文の倒置

例「もう遅いから、行きましょう。」→「行きましょう、もう遅いから。」

3. 語そのものの変化

1) 助詞の変化

例「『おはよう』<u>と</u>言いました」→「『おはよう』<u>って</u>言いました」

　　「パン<u>や</u>牛乳<u>など</u>を買いました」→「パン<u>とか</u>牛乳<u>とか</u>を買いました」

2) 語の用法の変化
   ご　ようほう　へんか

   「それが」「だから」「もう」「それはそれは」「また」等は、間投詞的に使
   　　　　　　　　　　　　　　　　　　　　　　　　　　など　かんとうしてき　つか
   われ、元の意味と違った特有の意味になる。
   　　　もと　いみ　ちが　　　とくゆう　いみ

   例「彼、来ましたか？」「それが、まだ来ないんですよ。」（相手の期待
   れい　かれ　き　　　　　　　　　　　　　　　こ　　　　　　　　　　　あいて　きたい
   　に反することす言う時の前触れ）
   　　はん　　　　　　い　とき　まえぶ

   　「この漢字、どう読むの？」「だから、さっき言ったでしょ！」（相手
   　　　　かんじ　　　よ　　　　　　　　　　　　　い　　　　　　　　あいて
   の理解の遅さに対する非難）
   　りかい　おそ　たい　ひなん

   　「あなたって人は、ほんとにもうしょうがない！」（感情の強調）
   　　　　　　ひと　　　　　　　　　　　　　　　　かんじょう　きょうちょう

   　「息子が大学に合格しまして。」「それはそれは、おめでとうござい
   　　むすこ　だいがく　ごうかく
   ます。」（強調）
   　　　　きょうちょう

   　「このトマトは、またずいぶん高いのねえ。」（驚き）
   　　　　　　　　　　　　　　　　たか　　　　　　おどろ

3) 俗語・流行語・省略語・通称・愛称の使用
   ぞくご　りゅうこうご　しょうりゃくご　つうしょう　あいしょう　しよう

   例「巡査」→「お巡りさん」（通称・愛称）
   れい　じゅんさ　　まわ　　　　　つうしょう　あいしょう

   　「医師」→「お医者さん」（愛称）
   　　い　し　　　い　しゃ　　　　あいしょう

   　「腹が立つ」→「頭に来る」（俗語）
   　　はら　た　　　あたま　く　　　ぞくご

   　「ホモ」→「おかま」（俗語）
   　　　　　　　　　　　　ぞくご

   　「コンビニエンス・ストア」→「コンビニ」（省略語）
   　　　　　　　　　　　　　　　　　　　　しょうりゃくご

   その他、「頭がピーマン」（俗語）、「ナンパ」（俗語）、「ロンゲ」（流
   　　た　　あたま　　　　　　ぞくご　　　　　　　　　ぞくご　　　　　　　　りゅう
   行語）、等。
   こうご　　など

4) 社会言語の使用
   しゃかいげんご　しよう

   ａ．敬語
   　　けいご

   　　①尊敬語　　　②謙譲語　　　③美化語　（⇒6.「敬語」参照）
   　　　そんけいご　　　けんじょうご　　　びかご　　　　　　けいご　さんしょう

   ｂ．男言葉・女言葉
   　　おとこことば　おんなことば

   　　①終助詞による使い分け　②その他　（⇒5.「男言葉・女言葉」参照）
   　　　しゅうじょし　　つか　わ　　　た　　　　おとこことば　おんなことば　さんしょう

   ｃ．方言
   　　ほうげん

書き言葉と話し言葉の使い分け
かことば はなことば つかわ

書き言葉		話し言葉		
		客氣關係(目上・外部者)	不客氣關係(同輩・目下・内部者)	
敬体	常体	敬体	常体	
手紙 てがみ 手記 しゅき 小説 しょうせつ 作文 さくぶん	日記・論文 にっき ろんぶん ・新聞記事・ しんぶんきじ 憲法条文・ けんぽうじょうぶん 公文・小説 こうぶん しょせつ	目上(先生・上司等)・ めうえ せんせい じょうし など 外部の人(顧客・知らな がいぶ ひと こきゃく し い人等)・あまり親しく ひとなど した ない人に対して用いる ひと たい もち	男言葉 おとこ こと ば 男性・老人等 だんせい ろうじんなど が用いる もち	女言葉 おんな こと ば 女性・オカマ じょせい 等が用いる など もち

2．間投詞
かんとうし

学習ワンポイント がくしゅう	間投詞が自然に出るようになれば日本語は一流！ かんとうし　しぜん　で　　　　　　にほんご　いちりゅう

　ほとんど無意識に発せられる間投詞にも、促音や長音の有無、アクセントやイントネーションの違いなどでまったく違った気分を表すことがあります。また、いくら情動語でも、改まった場所で発しては失礼になるものもあります。ここでは、よく使われるものを情動語に限って40種類ほど、五十音順に挙げておきます。（「ガクッ」「ぷんぷん」など、擬声語・擬態語の部類に属すると思われるものは取り上げません。）まずは、音声教材の発音をよく聞いてください。アクセントの違うものは、＊が付いています。

CD1
T01

1) ああ：

　　①感嘆した時。　「<u>ああ</u>、おいしい。」
　　　かんたん　とき

　＊②納得した時。　「<u>ああ</u>、そうか！」
　　　なっとく　とき

2) あっ、あああっ：

　　①何かを見て驚いた時。　「<u>あああっ</u>、火事だ！」
　　　なに　み　おどろ　とき　　　　　　　　　か じ

　　②何かを思い出した時。　「<u>あっ</u>、傘を忘れた！」
　　　なに　おも　だ　とき　　　　　　　　かさ　わす

3) あーあ：

　　落胆した時。　「<u>あーあ</u>、新しい洋服が汚れちゃった。」
　　らくたん　とき　　　　　　あたら　ようふく　よご

4) あら：

　　女性語。意外なことを見聞きした時の軽い驚き。
　　じょせいご　いがい　　　　　　みき　　　とき　かる　おどろ
　　「<u>あら</u>、雨が降ってる！」「<u>あら</u>？　私の傘がないわ。」
　　　　　　あめ　ふ　　　　　　　　　　　わたし　かさ

5) あれ：

　　意外なことを見聞きした時の軽い驚き。　「<u>あれ</u>？　傘がない。」
　　いがい　　　　　みき　　とき　かる　おどろ　　　　　　　　　かさ

6) いいえ、いえ、いえいえ：

改まった場所での否定の返事。
「失礼ですが、陳さんですか？」「いいえ、林です。」

7) いや：

否定の返事。主に男性語。「こいつが犯人だ。」「いや、そうじゃない。」

8) いやあ、いやいや：

相手の言葉を軽く否定する。主に男性語。
「日本語、お上手ですね。」「いやあ、そんな。」

9) うん：

親密な相手に対する肯定の返事。「お茶、飲まない？」「うん、飲もう。」

10) うー、うう：

苦渋の時。「うー、まずい！」

11) うんうん：

話を聞いている時の相槌。「それでね、僕は言った…」「うんうん。」

12) ううん：

親密な相手に対する否定の返事。「お茶、飲む？」「ううん、いらない。」

13) うーん：

考え込む時。「旅行、どうしますか。」「うーん、どうしようかなあ。」

14) ええ：

ややくだけた肯定の返事。「雨、降ってますか？」「ええ、降ってます。」

15) えっ、ええっ：

意外なことを聞いて驚いた時。「彼が自殺した。」「ええっ！」

16) えー、えーと：

言いよどみ。「会議の資料はどこ？」「えーと、あの資料は…」

17) おい：

かなりぶしつけな呼びかけ。男性語。「おい、ちょっと待て。」

18) おお：

　　何かを揶揄する時。　「臭豆腐、食べに行かない？」「おー、いやだ！」

19) おや：

　　何かに注意を引かれた時。　「おや、こんな所に新しいお店ができた。」

20) きゃっ、きゃーっ：

　　女性が驚いた時の悲鳴。　「地震だ！」「きゃーっ！」

21) こら、こらこら：

　　目下の者を叱る時。主に男性語。　「こらっ、居眠りするなっ！」

22) これ、これこれ：

　　目下の者を嗜める時。　「これこれ、落書きしちゃいけないよ。」

23) さあ：

　　①質問されて、答がわからない時。「世界にいくつ国がある？」「さあ。」
　　②相手の行動を促す時。　「さあ、行こう。」

24) どれ：

　　何かを試みようとする時。「怪我しちゃった。」「どれ、見せてごらん。」

25) ねえ、ね：

　　①相手の注意を引きたい時。　「ねえ、お母さん。お母さんったら！」
　　②同調を求める時。　「ね、お願い。一緒に来て。」

26) はあ、は：

　　①曖昧な肯定の返事。　「このケーキ、おいしいでしょ？」「はあ…」
　　*②相手の言うことを慎み深く聞き返す。　「もしもし、あの…」「は？」

27) はい：

　　①改まった場所での肯定の返事。
　　「お茶、どう？」「はい、いただきます。」
　　②了解の意味の相槌。　「あの、明日の授業だけどね……」「はい。」
　　*③人に物を渡す時。　「ちょっと鋏を取って。」「はーい（どうぞ）」

28) はっ：

非常に畏まった肯定の返事。 「君を大阪支社長に命ずる。」「はっ。」

29) ひゃあ：

突発事態に遭遇した時の悲鳴。 「北風が強いよ。」「ひゃあ、冷たい！」

30) ふん：

相手を馬鹿にする時。

「宝くじ、買っちゃった。」「ふん、ばかばかしい。」

31) ふんふん：

親密な相手と話す時の相槌。 「昨日、僕の彼女がね…」「ふんふん。」

32) ふうん：

新情報に感慨を受けた時。 「ふうん、ここは昔、遊郭だったのか。」

33) へえ、へーえ：

見聞きしたことに対して呆れたり驚いたりした時。
「（台北市を観光しながら）へーえ、台北はこの10年間でずいぶん
変わったんですねえ。」

34) ほう：

見聞きしたことに対して賛嘆の気持ちを持った時。主に男性語。
「木村さんが留学生試験に受かったそうですよ。」「ほう、留学生試験
にねえ。」

35) ほら：

誰かに何かを注目させたい時。 「ほら、あそこに富士山が見える。」
「この写真、誰？」「ほら、陳さんと一緒に来た〇〇大学の学生よ。」

36) まあ：

①女性語。意外なことを見聞きして驚いた時。 「まあ、何て高いの！」
②内容を暈すための※フィラー。
「その件は、まあ、なかったことにして。」

37) わあ、うわあ：

　　　何かを目の前にして驚いた時。　「（象を見て）うわあ、大きい。」

笑い声

1) ははは、あはは、あっはっは、はっはっは：大笑い

2) ひひひ、いひひ、いっひっひ、ひっひっひ：卑しい笑い

3) ふふふ、うふふ、うっふっふ、ふっふっふ：含み笑い

4) へへへ、えへへ、えっへっへ、へっへっへ：ごまかし笑い

5) ほほほ、おほほ、おっほっほ、ほっほっほ：女性の上品な笑い

※フィラー：filler語源は、隙間を埋めるための詰め物。転じて、談話中、間を取るための音声。「えー」「あー」「まあ」等。

注) アクセント記号はあくまでニュアンスを表すために示したもので、一般のアクセントルールと合致しないところもあります。音声教材を聴いて、より近い感じをつかんで下さい。

３．数字
すうじ

外国人にとって頭の痛い日本語の数字。日本人は「きゅう」も「く」
がいこくじん　　　あたま いた にほんご すうじ にほんじん

も適当に言っているように見えますが、やはり一定の規則性はあるよう
てきとう い　　　　　　み　　　　　　　いってい きそくせい

です。

［練習］で楽しく復習しましょう。
れんしゅう たの ふくしゅう

１．和数字
わすうじ

① 一つ、二つ、三つ、四つ、五つ、六つ、七つ、八つ、九つ、十
ひと　ふた　みっ　よっ　いつ　むっ　なな　やっ　ここの　とお

１から10までの物の数量一般、１才から10才までの年令（但し、20才
もの すうりょういっぱん いっさい じゅっさい ねんれい ただ

は「はたち」）

② 一日、二日、三日、四日、五日、六日、七日、八日、九日、十日、
ついたち ふつか みっか よっか いつか むいか なのか ようか ここのか とおか

十四日、二十日、二十四日
じゅうよっか はつか にじゅうよっか

一日から十日までの日、日数（但し、「一天」の意味の「一日」は「いち
ついたち とおか ひ にっすう ただ いみ

にち」と読む）
よ

２．漢数字
かんすうじ

	1	2	3	4	5	6	7	8	9	10
A	いち	に	さん	よん	ご	ろく	なな	はち	きゅう	じゅう
B	いち	に	さん	し	ご	ろく	しち	はち	く	じゅう
C	いち	に	さん	よ	ご	ろく	しち	はち	く	じゅう

A：①番号（電話番号、学籍番号等）　②数量一般　③〜分
ばんごう でんわばんごう がくせきばんごうなど　すうりょういっぱん　ふん

B：月
がつ

C：①〜時　②年数、学年　③人数
じ　ねんすう がくねん　にんずう

④日（11日から31日まで、但し、14日は「じゅうよっか」、24日は「に
にち にち にち ただ

じゅうよっか」、20日は「はつか」）

＊「4〜5人」「7〜8分」「8〜9年」等、連続数の場合は、A〜Cいずれ
も「しごにん」、「しちはっぷん」「はちくねん」など、B系統を用いる。但
し、「3〜4人」「3〜4分」など、4が後に来た場合は「さんよにん」「さん
よんぷん」となる。

＊0は、番号の時は「ゼロ」（電話番号など）、数量の時は「れい（零）」（例：
試験でれい点）。

３．促音便化

A系統では、1、6、8、10、は、無声子音（s、t、k、h）の前で、
促音便化を生ずる。hはさらにpに変わる。

	s（例：才）	t（例：点）	k（例：回）	h（例：分）
1　いち	いっ	いっ	いっ	いっぷん
2　に	に	に	に	に
3　さん	さん	さん	さん	＊さんぷん
4　よん	よん	よん	よん	よん
5　ご	ご	ご	ご	ご
6　ろく	ろく	ろく	ろっ	ろっぷん
7　なな	なな	なな	なな	なな
8　はち	はっ	はっ	はっ	はっぷん
9　きゅう	きゅう	きゅう	きゅう	きゅう
10　じゅう	じゅっ	じゅっ	じゅっ	じゅっぷん

＊3＋h は、普通は 3＋b に変わる。　例：ひき（匹）⇒3びき
＊「じゅっ」は「じっ」と表記するテキストもある

4. 数字の読み方・練習
すうじ　よ　かた　れんしゅう

100	300	600	800	1000	11000
3000	8000	509	1010	5005	50068

1時11分　3時13分　7時07分　10時30分　6時16分　8時18分

9時09分　4時04分

［練習］
れんしゅう

1. 日本の祭日と台湾の祭日を言ってみましょう。(⇒付録2、付録3)
   にほん　さいじつ　たいわん　さいじつ　い　　　　　　　　　　　　　　　　ふろく　　ふろく

2. 日本と台湾の公共機関（郵便局、デパートなど）の開始時間と終了時間
   にほん　たいわん　こうきょうきかん　ゆうびんきょく　　　　　　　　　　かいしじかん　しゅうりょうじかん
   を比べてみましょう。(⇒付録4)
   くら　　　　　　　　　　　　ふろく

3. 日本と台湾の物価、大卒初任給、マクドナルドの時給などを比べてみ
   にほん　たいわん　ぶっか　だいそつしょにんきゅう　　　　　　　　　　　じきゅう　　　くら
   ましょう。(⇒付録5)
   ふろく

4. 電話番号、年令、誕生日を紹介しあってみましょう。(⇒付録6)
   でんわばんごう　ねんれい　たんじょうび　しょうかい　　　　　　　　　　　　ふろく

４．終助詞
しゅうじょし

日本人は「ね」や「よ」を適当に使っているように見えます。しかし、
にほんじん てきとう つか み
終助詞にもそれぞれに固有の情報があり、間違って使うとコミュニケー
しゅうじょし こゆう じょうほう まちが つか
ションを壊しかねません。特に、相槌の「そうですね」と「そうですか」
こわ とく あいづち
はまったく違った場面で使われます。ここでは、よく使われる終助詞
ちが ばめん つか つか しゅうじょし
「ね」「よ」「か」「わ」「な」「ぞ」、及びそれらの複合終助詞について説明
およ ふくごうしゅうじょし せつめい
します。

1.「ね」

Ⅰ． 性格
せいかく

基本的に相手志向。相手への関心、相手との共通体験の確認、相手へ
きほんてき あいて しこう あいて かんしん あいて きょうつうたいけん かくにん あいて
の発問、同意などの場面で使う。必ず相手に関する意識が含まれてお
はつもん どうい ばめん つか かなら あいて かん いしき ふく
り、決して自分の側だけの一方的な情報伝達のためには使えない。
けっ じぶん がわ いっぽうてき じょうほうでんたつ つか

２． 注意
ちゅうい

あいづち、親しみ、柔かさ、軽さなどの表現をしたい時に最も便利だ
した やわら かる ひょうげん とき もっと べんり
が、最も間違えやすく、また間違えると最もみっともない。
もっと まちが まちが もっと

３． 用法
ようほう
① 同意を求める・同意を示す
どうい もと どうい しめ
例「今日は寒いですね。」「そうですね。」
れい きょう さむ
→「そうですね」は相手が自分の知っている情報を与えた時のあい
あいて じぶん し じょうほう あた とき
づち、「そうですか」は相手が自分の知らない情報を与えた時の
あいて じぶん し じょうほう あた とき
あいづち。

② 軽い詠嘆

例「まあ、すてきな洋服です<u>ね</u>。」

→ 決して自分のことについては言えない。×「私は元気です<u>ね</u>。」

③ 確認

例「あなたは陳さんです<u>ね</u>。」

→ 英語の"You are Mr.Chen, <u>aren't you?</u>"の"<u>aren't you?</u>"に該当。

④ 依頼・勧誘・疑問の後につけて、確認求め・軽さ・柔かさを表現する。

例「早く来てください<u>ね</u>。」「一緒に行きましょう<u>ね</u>。」「そうですか<u>ね</u>。」

⑤ 間を取る時の無意味語

例「だから<u>ね</u>、明日<u>ね</u>、先生が<u>ね</u>、・・・」

→ やたらに使うとうるさくて幼稚な感じがする

2.「よ」

I. 性格

基本的に一方的な伝達機能を持つ。客観的な新情報や話者の気持ちなど、相手にとって未知の情報を伝える時に用いる。

2. 注意

使い過ぎると相手に強要感を与え、非常に感じが悪くなるから、注意する。

3. 用法

① 相手に新情報を与える。

例「あの映画、おもしろかった<u>よ</u>。」

② 相手に自分の意志・気持ちを強く伝える。

例「私はいや<u>よ</u>。」

③ 依頼・勧誘・命令の後につけて、強制の意図を伝える。

例「早く来てください<u>よ</u>。」（依頼）「一緒に行きましょう<u>よ</u>。」（勧誘）

「帰れ<u>よ</u>。」（命令）

→ この場合、依頼・勧誘の「よ」を「ね」に置き換えることは可能だが、命令文では不可能なことに注意。×「帰れね」

④ 疑問詞疑問文の後につけて、強い非難の気持ちを伝える。
例「何するの<u>よ</u>。」

[問題]

「昨日の映画、おもしろかったです<u>ね</u>。」と「昨日の映画、おもしろかったです<u>よ</u>。」は、どう違いますか？

3.「か」

1. 一般的な疑問。　例「あなたは学生です<u>か</u>？」

2. さまざまな感慨を受けた時。

① 驚嘆した時。
例「誰かと思ったら、あなたでした<u>か</u>。」

② 落胆した時。この時は独り言の場合が多い。
例「あーあ、また雨<u>か</u>。」

4.「わ」

1. 「わ」の性格

① 女性専用の終助詞である。

② 客観的事実の叙述または自分の気持ち・判断・意志などを表明し、「ね」も「よ」も用いない時に使う。「ね」のように相手を意識した言い方ではなく、また「よ」のように一方的に相手に押しつける力もない。従って、依頼・勧誘・命令など直接相手の行動を促す文型にはつかない。
×「早く来てください<u>わ</u>。」（依頼）　　×「行きましょう<u>わ</u>。」（勧誘）
×「帰りなさい<u>わ</u>。」（命令）

2．「わ」の用法

① 独り言
れい
例「今日は寒いわ。」

② 客観的事実を叙述する
れい
例「兄さんが帰って来たわ。」

③ 自分の気持ち・判断・意志を表明する
れい
例「私はいやだわ。」「私も行くわ。」

3．注意

「わ」は通常、常体につけて女言葉を構成する。しかし、敬体に「わ」を接続させると、特別に上品・高雅な話し方になる。この場合は独り言の用法はなくなる。
れい
例「そうですわ。」「行きませんわ。」「違いますわ。」「話しましたわ。」等。
「わ」は女言葉として、必ずしも使わなくてもよい。また、最近「わ」は女性の間で使われなくなっているようである。

5．「な」

1．用法

① 禁止命令。口語では男性が使う。
れい
例「ここで泳ぐな。」「遅刻をするな。」

② 「ね」と同様の用法。基本的に男性語で、常体にのみ接続し、親密な相手に対してのみ使える。
れい
例「おまえが犯人だな？」（確認）　「一緒に行こうな。」（同意求め）

③ 感嘆した時、あるいは自己確認した時の独り言。この場合は女性も使える。
れい
例「今日は寒いな。」「陳さんが笑ってる。何かいいことがあったんだな。」

2．注意

① 男性語として使う場合、「ね」よりも強要感があり、使いすぎるとやや粗暴な感じがする。

② 敬体に「な」を接続する話し方は丁寧語で、年令が高い男性に多く見られる。

例 「今日は寒いですな。」「そうですな。」

③ 「〜てください」に「な」を接続させるのは、女性に多い。

例 「ちょっと静かにしてくださいな。」

6.「ぞ」

男性専用語で、用法は「よ」と同じ。やや恐喝的な感じ。

例 「僕のお父さんは警官なんだぞ。」「勉強しないと、落ちるぞ。」

敬体に「ぞ」を接続すると、年配の男性の古風な言い方になる。

例 「気をつけた方がいいですぞ。」「警官が見ていますぞ。」

7. 複合終助詞

1．「よね」

一旦自分の意見を主張し、後で相手に同意を求める。

例 「あの本、おもしろいですよね。」「あの人、いい人ですよね。」等。

2．「かな」

（1）用法

① 疑問の独り言。常体に接続する。

例 「陳さん、来てるかな。」「このケーキ、おいしいかな。」

② 否定形「ない」に接続する「〜ないかな」は、話者の希望を表す。

例 「早く夏休みにならないかな。」（「早く夏休みになる」ことを希望している）

（2）注意

「かな」は、女性専用の終助詞「かしら」に相当する。（⇒5.「男言葉・女言葉」参照）

例 「陳さん、来てる<u>かな</u>。」「早く夏休みにならない<u>かな</u>。」（男女）

「陳さん、来てる<u>かしら</u>。」「早く夏休みにならない<u>かしら</u>」（女）

［練習］

次の会話の（　　）に、「ね」「よ」「か」の適当なものを入れなさい。

山田：あ、村井さん、しばらくです。お元気です（1　　　　）。

村井：ええ、おかげさまで。お宅の皆さんも、お変わりありません（2　　　　）。

山田：ええ、元気です（3　　　　）。

村井：毎日、暑いです（4　　　　）。

山田：そうです（5　　　　）。

村井：ところで、今年は、どこかへ旅行にいらっしゃいます（6　　　　）。

山田：ええ、幸い1週間ほど休暇が取れたので、家族で女房の田舎にでも行って来ようと思ってるんです（7　　　　）。

村井：それは、羨ましいです（8　　　　）。私の会社なんか、今年は不景気なもんで、休暇が3日しか取れないんです（9　　　　）。おまけに残業が多くて、もう死にそうで……。毎日帰るのが10時過ぎなんです（10　　　　）。

山田：そうです（11　　　　）。それは大変です（12　　　　）。

村井：そこへいくと、山田さんの会社はいいです（13　　　　）。資本金が大きいから倒産の心配はないし。

山田：いえ、そんなことはないです（14　　　　）。今は、銀行が倒産する
　　　時代ですから（15　　　　）、明日はどうなっているか、わかりませ
　　　ん（16　　　　）。

村井：そうです（17　　　　）。新卒の学生も、半分以上が就職できないっ
　　　て言いますから（18　　　　）。

山田：まあ、あまり暗いことは考えないようにして……時に、どうです（19
　　　　　　　）、今夜、うちに食事に来ません（20　　　　）。明日は休み
　　　だし、久しぶりに、飲みましょう（21　　　　）。

村井：うーん、でも、急にお邪魔しちゃ申し訳ないし……

山田：かまいません（22　　　　）。今日は子供たちもいないし。

村井：そうです（23　　　　）。じゃ、ちょっとだけ、お邪魔します。

5．男言葉・女言葉
おとこことば　おんなことば

学習ワンポイント がくしゅう	言語交換は、男性と男性、女性と女性で！ げんごこうかん　　だんせい　だんせい　じょせい　じょせい

　日本のテレビドラマをよく見る人は、男言葉・女言葉に興味を持たれ
にほん　　　　　　　　　　　　み　ひと　　おとこことば　おんなことば　きょうみ　も
るかもしれません。確かに、男言葉・女言葉は、日本語に特有の語法で
　　　　　　　　　　たし　　　おとこことば　おんなことば　　にほんご　とくゆう　ごほう
しょう。しかし、男言葉・女言葉は、改まった場所で使われることはあ
　　　　　　　　　おとこことば　おんなことば　　あらた　　　ばしょ　つか
りません。家族・親友などの親密な関係内でのみ使われるものです。つ
　　　　　かぞく　しんゆう　　　しんみつ　かんけいない　　つか
まり、日本語学習者はそのような緊密な関係を日本人と結ばない限り、
　　　にほんごがくしゅうしゃ　　　　　　きんみつ　かんけい　にほんじん　むす　　　かぎ
男言葉・女言葉を使うことはないわけです。さしあたりは、文化現象と
おとこことば　おんなことば　つか　　　　　　　　　　　　　　　　　　ぶんかげんしょう
して男言葉・女言葉を理解してみましょう。
　おとこことば　おんなことば　りかい

　しかし、以下に示す男言葉・女言葉はあくまで平均的・相対的なもの
　　　　　いか　しめ　おとこことば　おんなことば　　　　　へいきんてき　そうたいてき
で、実際の場面では男女の間に上下関係が存在したり、個人差にもよる
　　じっさい　ばめん　　だんじょ　あいだ　じょうげかんけい　そんざい　　　　こじんさ
ことを付け加えておきます。
　　　つ　くわ

1. 基本文型の運用による性差表現 💿 CD1 T02
　き ほんぶんけい　うんよう　　せいさひょうげん

Ⅰ. 推定表現
すいていひょうげん

　男：〜だろう
　おとこ

例「明日は雨<u>だろう</u>。」（男）
れい　あした　あめ　　　　　　おとこ

　女：〜でしょう
　おんな

「明日は雨<u>でしょう</u>。」（女）
あした　あめ　　　　　　　おんな

2. 疑問表現
ぎ もんひょうげん

　男：〜かな
　おとこ

例「この服はどう<u>かな</u>。」（男）
れい　　　ふく　　　　　　おとこ

　女：〜かしら
　おんな

「この服はどう<u>かしら</u>。」（女）
　　ふく　　　　　　　おんな

3. 勧誘表現
かん ゆうひょうげん

　男：行こう
　おとこ　い

例「一緒に<u>行こう</u>よ。」（男）
れい　いっしょ　い　　　　　おとこ

　女：行きましょう
　おんな　い

「一緒に<u>行きましょう</u>よ。」（女）
いっしょ　い　　　　　　　おんな

4. 依頼表現 (⇒第10課「頼む・断る」参照)

男：〜てくれ　　　　　　　　　女：〜てちょうだい

例 「ちょっと来てくれ。」(男)　　「ちょっと来てちょうだい。」(女)

5. 「のだ」文 (⇒7. 「〜んです」参照)

男：〜んだ　　　　女：〜の　　　疑問文：(男女共用) 〜の？

例 「あした、試験なんだ。」(男)　　「あした、試験なの。」(女)

　　「あした、試験なの？」(男・女)

2. 終助詞の用法に伴った性差表現 CD1 T02-02:07

1. 「ね」と「よ」(⇒4. 「終助詞」参照)

男　性　語 <常体＋ね／よ>	両性語 (客気関係) <敬体＋ね／よ>	女　性　語 <常体＋わね／わよ>
「行くね」	「行きますね」	「行くわね」
「行くよ」	「行きますよ」	「行くわよ」
「寒いね」	「寒いですね」	「寒いわね」
「寒いよ」	「寒いですよ」	「寒いわよ」
「元気だったね」	「元気でしたね」	「元気だったわね」
「元気だったよ」	「元気でしたよ」	「元気だったわよ」
		＊ 但し、ナ形容詞・名詞で現在形の場合、現代語では中間の「だわ」を省略することが多い。
「元気だね」	「元気ですね」	「元気 (だわ) ね」
「学生だよ」	「学生ですよ」	「学生 (だわ) よ」

注意：「から」「まで」、また「のだ」の「の」は、名詞接続に準ずる。

2. 女性専用の終助詞「わ」（ ⇒4.「終助詞」参照)

常体＋わ

例「私も行く<u>わ</u>。」「昨日は行かなかった<u>わ</u>。」「あなたが悪い<u>わ</u>。」

3. 疑問の終助詞「か」（ ⇒4.「終助詞」参照)

男 性 語 ・ 女 性 語 ＜常体の語尾を高く発音する＞	両性語（客気関係) ＜敬体＋か＞
「行く？」	「行きます<u>か</u>？」
「行った？」	「行きました<u>か</u>？」
「行かない？」	「行きません<u>か</u>？」
「寒い？」	「寒いですか？」
「寒くない？」	「寒くないですか？」
「元気じゃない？」	「元気ではありません<u>か</u>？」
「学生だった？」	「学生でした<u>か</u>？」
＊但し、ナ形容詞・名詞で現在形の場合は、語幹の末尾を高く発音する。	
「元気？」	「元気です<u>か</u>？」
「学生？」	「学生です<u>か</u>？」

注意

1. 女性語では、動詞敬体の末尾を高く発音することがある。

例「行きます？」

2. 男性語では、「常体＋か」 を用いることもある。但し、この場合も、ナ形容詞・名詞の現在形は、「語幹＋か」。

例「行く<u>か</u>？」「寒い<u>か</u>？」「元気<u>か</u>？」「学生<u>か</u>？」

3. 独り言の用法の時は、女性でも注2の形を用いる。

例「ああ、そう<u>か</u>！」

3. 語彙による性差表現

1. 女性による敬語の多用　　（⇒ 6.「敬語」参照）

2. 一人称／二人称

　　　男：僕・俺／君・おまえ　　　　　女：あたし／あなた

［練習］

次は夫婦の会話です。下線部を、男言葉・女言葉に変えてください。

妻：ねえ、あなた、この次の日曜日は<u>暇ですか</u>。

夫：うーん、それが、会社の上田君たちとゴルフの約束を<u>しちゃったんで</u>
　　　<u>すよ</u>。

妻：また<u>ゴルフですか</u>。この前の日曜日も<u>ゴルフだったじゃありませんか</u>。
　　　たまにはいっしょに音楽会にでも<u>行きたいです</u>。

夫：<u>わかりました</u>、<u>わかりました</u>。じゃ、土曜日の午後、<u>行きましょう</u>。

妻：わあ、<u>うれしいです</u>。今、オペラの「蝶々夫人」を<u>やっているんです</u>
　　　<u>よ</u>。

夫：<u>そうですか</u>。それは<u>いいですね</u>。どこで<u>やっているんですか</u>。

妻：上野の<u>文化センターですよ</u>。

夫：ちょっと<u>遠いですね</u>。<u>何時からですか</u>。

妻：<u>3時からですよ</u>。

夫：会社が終わって、食事をして、<u>間に合いますか</u>。

妻：タクシーで行ったら<u>どうですか</u>。

夫：ああ、<u>そうしましょう</u>。どこで<u>待ち合わせますか</u>。

妻：上野駅に<u>しませんか</u>。

夫（おっと）：<u>いいですね。</u>そうしましょう。２時半（にじはん）くらいには<u>行（い）</u>けると<u>思（おも）</u>いますよ。ところで、切符（きっぷ）は<u>高（たか）</u>いんですか。

妻（つま）：ちょっと<u>高（たか）</u>いんです。指定席（していせき）が１人（ひとり）３万円（さんまんえん）なんです。でも、久（ひさ）しぶりだから、<u>いいじゃありませんか。</u>

夫（おっと）：・・・・・

妻（つま）：それから、帰（かえ）りには銀座（ぎんざ）の「レンガ」で食事（しょくじ）なんて、<u>どうでしょうか。</u>

夫（おっと）：・・・・・

妻（つま）：「プランタン」で買物（かいもの）なんてのも、<u>すてきですよね。</u>

夫（おっと）：・・・・・

妻（つま）：<u>いいですね。決（き）</u>めましたよ。

夫（おっと）：・・・・・（ワナワナワナ）

6．敬語

　敬語は日本人でも苦手な人が大勢います。難しさは、次の2点にあります。

　まず、「どのような敬語を使うか」という言語上の問題があります。周知のように、敬語には「尊敬語」「謙譲語」「美化語」の3種類があります。敬意を払うべき対象Aがいたら、そのAの動作を「尊敬語」で表し、Aに対する自分の動作を「謙譲語」で表し、さらにAにゆかりのある人や物に関して「美化語」を用いてダメを押します。「尊敬語」「謙譲語」「美化語」の語彙や文法、言い回しなどの複雑な言語規則を覚えなければなりません。

　次に、「敬意を払うべき対象は誰か」という社会上の問題があります。一般に、「敬語は目上の人に使うもの」という思い込みがあるようです。しかし、会社などのような上下関係が固定された組織の内部では「敬意の対象」を判断するのに問題はありませんが、組織外の人に対してはどうでしょうか。実際は、敬語が使われる時には、「組織の内部の人か、外部の人か」という要素がかなり考慮されているのです。一般に、組織内部の人に対するより外部の人に対して気を遣うものです。外部の人に対する時は、外部の人を「尊敬」すべき対象と認めて尊敬語を用い、内部の人を「自分」と同等の人格と認めて謙譲語を用います。

　つまり、極端に図式化して言えば、敬語とは「上下関係をy軸とし、内外関係（親疎関係）をx軸とした人間関係の関数」と言えます。ですから、いくら尊敬する人物であっても、学者・政治家などの有名人は日常の人間関係から完全にはずれたところにいるのですから、敬語を使う必要がない、というわけです。

　ここでは、ごく基本的な言語知識だけを確認しておきます。現実に話されている敬語がもっと多様なものであることは、言うまでもありません。

1. 動詞による敬意表現 ── 尊敬語と謙譲語の対比

尊敬語：相手の動作を高く表現する

謙譲語：相手に対する自分の動作を低く表現する

1. 日常的によく使われる12の動詞には特別な形がある。（次ページ一覧表）

注意

(1) ＊印のあるものは、動作の相手がある動詞。つまり、必ず二格補語を取る動詞。この動詞に謙譲語が多いことに注意。

(2) 次の5つの動詞のマス形は、イ音便になる。

いらっしゃる ⇒ いらっしゃ<u>い</u>ます

おっしゃる → おっしゃ<u>い</u>ます

なさる ⇒ なさ<u>い</u>ます

くださる ⇒ くださ<u>い</u>ます

ござる ⇒ ござ<u>い</u>ます

(3) 「行ってください」「来てください」の慣用的敬語は「いらしてください」「おいでください」「お越しください」。

(4) 実際には、上記の形は、次の「お〜になる」「〜られる」などと複合して用いられることが多い。（重複敬語）
「お召し上がりになる」「お上がりになる」「上がられる」「お召しになる」
「召される」「お亡くなりになる」「亡くなられる」「お見えになる」等

(5) 授受動詞「さしあげる」の補助動詞としての用法「〜てさしあげる」は、恩着せがましい表現なので、目上の人に向かって言わない方がいい。「お〜する」など話者自身の自発的動作として表現するべきである。（本動詞としては使用可。）
例 ？「先生、カバンを<u>持って</u>さしあげます。」
　　○「先生、カバンを<u>お持ちします</u>。」

動　詞 <small>どう　し</small>	尊　敬　語 <small>そん　けい　ご</small>	謙　譲　語 <small>けん　じょう　ご</small>
行く <small>い</small>	いらっしゃる、おいでになる、お越しになる <small>こ</small>	参る <small>まい</small>
来る <small>く</small>	いらっしゃる、おいでになる、お越しになる、見える <small>こ</small>　　<small>み</small>	参る、参上する <small>まい</small>　<small>さんじょう</small>
いる	いらっしゃる、おいでになる、	おる
する	なさる	いたす
食べる、飲む <small>た</small>　<small>の</small>	召し上がる、上がる <small>め　あ</small>　<small>あ</small>	いただく
知っている <small>し</small>	ご存じだ <small>ぞん</small>	存じている <small>ぞん</small>
～と思う <small>おも</small>	×	～と存じる <small>ぞん</small>
見る <small>み</small>	ご覧になる <small>らん</small>	拝見する <small>はいけん</small>
着る <small>き</small>	召す <small>め</small>	×
死ぬ <small>し</small>	亡くなる <small>な</small>	×
言う(say、talk) <small>い</small>	おっしゃる	申す <small>もう</small>
*言う(tell) <small>い</small>	×	申し上げる <small>もう　あ</small>
*会う <small>あ</small>	×	お目にかかる <small>め</small>
*見せる <small>み</small>	×	お目にかける <small>め</small>
*聞く、*問う、*訪問する <small>き</small>　<small>と</small>　<small>ほうもん</small>	×	伺う <small>うかが</small>
*あげる	×	さしあげる
*もらう、*受ける <small>う</small>	×	いただく、賜る <small>たまわ</small>
*くれる	くださる	×
ある	×	ござる
～だ	～でいらっしゃる	～でござる

2. 動詞一般には次の形がある。

(1) 尊敬語

    ① お＋動詞マス形＋になる

        例「先生が本をお読みになっている。」

        漢語動詞は「ご～になる」

        例「社長がご歓談になっている。」

          但し、語幹が一拍の一段動詞「見る」「いる」「寝る」や、特別
動詞「来る」「する」は、この形を用いない。但し「出る」は「お
出になる」が可能。

    ② 動詞ナイ形＋れる／られる（受身形と同じ形）

        例「先生はもう帰られましたか。」

(2) 謙譲語

    ①お＋動詞マス形＋する

        例「私が先生をお送りします。」

        漢語動詞は「ご～する」

        例「私がご案内します。」

        「お～いたす」「お～申し上げる」という形もある。（重複敬語）

        例「全額お返しいたします。」「私がご案内申し上げます。」

    ② 動詞使役形＋ていただく

        自分の動作を相手からの恩恵とみなす謙譲表現。

        例「お先に帰らせていただきます。」

3. その他の敬意表現

(1) 尊敬語①の慣用的表現

    ① お～になる／お～になっている／お～になった　⇒　お～だ

        例「お客様がお帰りになりますよ。」⇒「お客様がお帰りですよ。」

        「先生がお待ちになっています。」⇒「先生がお待ちです。」

        「社長がお着きになりました。」⇒「社長がお着きです。」

② 「お～になる」「ご～になる」の「お～」「ご～」の部分は、名詞とし

て活用されることがある。

例「会員証を<u>お持ち</u>のお客様は、３割引きになります。」

「<u>お急ぎ</u>でない方は、この後の懇親会にもご参加ください。」

「本会に<u>ご参加</u>の皆さん。」

(2) 授受表現「くださる」「いただく」と複合した敬語

① お～になってください ⇒ お～ください、お～願います

動作名詞の場合には、「ご～ください」「ご～願います」。

例「ここでお待ちになってください。」⇒「ここで<u>お待ちください</u>。」

「ここで<u>お待ち願います</u>。」

例「どうか、<u>ご安心ください</u>。」「すみませんが、<u>ご足労願います</u>。」

② お～していただく ⇒ お～いただく、

ご～していただく ⇒ ご～いただく

例「先日は、<u>お手伝いしていただいて</u>、本当に助かりました。」

⇒「先日は、<u>お手伝いいただいて</u>、本当に助かりました。」

「<u>先日ご紹介していただいた</u>学生に、さっそく会ってみました。」

⇒「<u>先日ご紹介いただいた</u>学生に、さっそく会ってみました。」

③ 相手から受けた行為にも「お～いただく」「ご～いただく」を用いる。

例「過分に<u>お褒めいただいて</u>、恐縮です。」

「ただ今<u>ご紹介いただいた</u>田中でございます。」

2. 形容詞：相手（並びに相手の身内の人）の様子に敬意を表す語

１．形容詞に「お」を付ける

例 忙しい ⇒ お忙しい　　若い ⇒ お若い　　暇 ⇒ お暇

「午後は<u>お暇</u>ですか。」「<u>おきれい</u>なお嬢さんですね。」

２．漢語形容詞には、「ご」を付ける。

例 多忙 ⇒ ご多忙　　自由 ⇒ ご自由

「ご多忙のところ、すみません。」「どうぞ、ご自由に。」

3．語そのものが変化する

例 どう ⇒ いかが　　ここ ⇒ こちら

3．名詞：相手の所属物に敬意を表し、自分の所属物の価値を低く表現する

1．接頭語。和語には「お」、漢語には「ご」「貴」「御」等を付けて相手のものに敬意を示す。

例 名前 ⇒ お名前　　手紙 ⇒ お手紙　　体 ⇒ お体

　　結婚 ⇒ ご結婚　　意見 ⇒ ご意見　　会社 ⇒ 御社、貴社

2．接頭語で謙譲を表す。

例 「小社」「弊社」「拙宅」「豚児」「愚息」「愚妻」等 など

3．人称に接尾語を付ける。法人名に付けることもある。

例 「吉田様」「川村さん」

4．語そのものが変わる。

例 家 ⇒ お宅

4．美化語：身の回りの事物を優雅に表現する

1．「食べる」「寝る」など生理的要求から発する動作、「死ぬ」など不吉な動詞、「買う」など金銭に関わる動作は、直接表現を避けて「いただく」「休む」「亡くなる」「求める」などを用いることがある。（動物の動作には用いない。）

2．高圧的な表現を避けて、目下の者にも「やる」でなく「あげる」を用いる人も多い。

3．～です ⇒ ～でございます

例 「8階、家具売り場でございます。」

4. 形容詞に「お」を付ける。

例「お暑いですね。」

5. 日常の大切なもの、食品、女性の身の回りの物、台所の物の名詞、日常動作の動作名詞に接頭語「お」「ご」を付ける。（女性が多く使用する）

例：お金、お部屋、お水、ご本、お米、お皿、お洋服、お洗濯、お買物　等

親族呼称
しんぞく こしょう

一般称	尊称	卑称
父親	お父さん、お父様、（ご尊父様、父上様）	父、＊親爺
母親	お母さん、お母様、（ご母堂様、母上様）	母、＊お袋
両親・兄弟	ご両親、ご兄弟	両親、兄弟
夫	ご主人、ご主人様、旦那様	主人、夫
妻	奥さん、奥様、（令夫人）	妻、家内、女房、（愚妻）
祖父	お祖父さん、お祖父様	祖父
祖母	お祖母さん、お祖母様	祖母
兄	お兄さん、お兄様、（兄上様）	兄、＊兄貴
姉	お姉さん、お姉様、（姉上様）	姉
弟	弟さん、弟様、（弟御様）	弟
妹	妹さん、妹様、（妹御様）	妹
息子	息子さん、（ご子息、ご令息）	息子、（愚息、豚児）
娘	娘さん、お嬢さん、お嬢様、（ご令嬢）	娘
伯父、叔父	おじさん、おじ様、（おじ上様）	伯父、叔父
伯母、叔母	おばさん、おば様、（おば上様）	伯母、叔母
甥	甥御さん、甥御様	甥
姪	姪御さん、姪御様	姪
従兄弟、従姉妹	従兄弟さん、従姉妹さん	従兄弟、従姉妹
家族	ご家族	家族

（　　）内の呼称は改まった場所で使うもので、日常会話では使いません。

また、＊印は主に男性が使う俗語で、改まった場所では使いません。

［練習］

次の下線部分を適当な敬語に変えなさい。（答は１つとは限りません。）

1. 「私の父親が、先生に <u>会いたい</u> と <u>言っていました</u>。

2. 「本日は、<u>忙しい</u> ところ、大勢の皆様に <u>来てもらって</u> 大変光栄に <u>思います</u>。本日は、ささやかですが、心ばかりのパーティを準備 <u>しました</u>。どうぞ、<u>ゆっくり</u>、歓談しながら <u>楽しんでください</u>。」

3. 「もしもし、こちらは○○出版社ですが、<u>我が社</u> が <u>送った</u> パンフレット、<u>読みましたでしょうか</u>。」

4. 「あのー、ちょっと <u>聞きますが</u>、○○というお店を <u>知っていますか</u>。」

5. オフィスでの会話

   高橋課長：ちょっと出かけてくるよ。
   社　　員：あ、<u>出かけますか</u>。何時頃帰りますか。
   高橋課長：帰りは午後になる。

   ・・

   社員　：（電話の呼び出し音）はい、○○株式会社です。
   田中　：私、△△社営業課の田中と <u>言います</u> が、高橋さんは <u>いますか</u>。
   社員　：あ、<u>高橋さん</u> は今、ちょっと <u>出ています</u> が。
   田中　：何時頃 <u>もどりますか</u>。
   社員　：午後にはもどって <u>来ます</u>。何か <u>伝言しましょうか</u>？
   田中　：そうですねえ…
   社員　：では、もどったら、<u>高橋さん</u> が <u>電話しましょうか</u>？
   田中　：いいえ、けっこうです。こちらから <u>電話しますから</u>。
   社員　：そうですか。では申し訳ありませんが、また午後に <u>電話をかけてください</u>。
   田中　：じゃ、<u>さようなら</u>。
   社員　：<u>さようなら</u>。

7.「～んです」

　　初級学習者の作った文には、「～んです」（文法用語では「ノダ文」）の
しょきゅうがくしゅうしゃ　つく　ぶん　　　　　　　　　　　　　ぶんぽうようご　　　　　　　ぶん
誤用がありません。何故なら、「～んです」を使っていないからです。い
ごよう　　　　　　　　なぜ　　　　　　　　　　　　　　つか
や、使えないからです。ほとんど完璧な日本語を話す人でも、最後の
　　つか　　　　　　　　　　　　　　　かんぺき　にほんご　はな　ひと　　　さいご
ハードルは「～んです」の使い方のようです。
　　　　　　　　　　　　つか　かた

　　「『のだ』の意味は強調だ」という説明を、時々耳にします。しかし、
　　　　　　　　いみ　きょうちょう　　　　　　せつめい　　ときどきみみ
「今日は寒いですね。」と言うところを、今日はいつもよりうんと寒いこ
きょう　さむ　　　　　　　い　　　　　　　きょう　　　　　　　　　　　さむ
とを強調したいからと言って、「今日は寒いんですね。」と挨拶するで
　　きょうちょう　　　　　　い　　　　　　きょう　さむ　　　　　　　　あいさつ
しょうか。

　　やや専門的な用語を使いますが、一言で言えば、「のだ」の付く文は
　　　せんもんてき　ようご　つか　　　　　　ひとこと　い　　　　　　　　　　つ　ぶん
「先行現象についての背後事情の説明」です。これは話し言葉でも書き
せんこうげんしょう　　　　　　はいごじじょう　せつめい　　　　　　　はな　ことば　　　か
言葉でも使われますが、話し言葉特有の言い回しもあります。
ことば　　つか　　　　　　　はな　ことばとくゆう　い　まわ

　　「～んです」は、どんな時に使ったらいいのでしょうか。すでに初級
　　　　　　　　　　　　とき　つか　　　　　　　　　　　　　　　　しょきゅう
日本語で勉強されていると思いますが、ここで再確認し、本課で会話を
にほんご　べんきょう　　　　　　おも　　　　　　　　さいかくにん　ほんか　かいわ
しながら固めていってください。
　　　　かた

Ⅰ.「のだ」の基本的用法
　　　　　　　　きほんてきようほう

1.　先行現象の有無
　　　せんこうげんしょう　うむ

(1)　A　「雨が降っていますか？」
　　　　　あめ　ふ
　　　B　「（窓の外を見て）ええ、降っていますよ。」
　　　　　　まど　そと　み　　　　　　ふ

(2)　A　「（びしょ濡れのBの姿を見て）雨が降っているんですか？」
　　　　　　　　ぬ　　　　　すがた　み　　あめ　ふ
　　　B　「ええ、降っているんですよ。」
　　　　　　　　ふ

（1）Ａは単に天気のことを質問している。

　　Ｂは単に外の様子を描写し、Ａに報告している。

（2）ＡはＢの「びしょ濡れの姿」に関し、その背後事情の説明を求めている。

　　Ｂは自分の「びしょ濡れの姿」に関し、その背後事情を説明している。

　　つまり、この文には「先行現象」としての「Ｂのびしょ濡れの姿」がある。

（1）と（2）の違いは、「先行現象」の有無である。

「〜んです」：ある先行現象に関し、その背後事情について説明する文。
「〜んですか」：ある先行現象に関し、その背後事情について質問する文。

2．「でしょう」と「〜んでしょう」

（1）　Ａ「もう5時ですね。」

　　　Ｂ「じゃ、多分、先生はもう<u>帰ったでしょう</u>。」

（2）　Ａ「先生の研究室の電気が消えていますよ。」

　　　Ｂ「じゃ、多分、先生はもう<u>帰ったんでしょう</u>。」

　　「でしょう」は推測を表す。（1）は、先生の行動の単なる推測。（2）は、「先生の研究室の電気が消えている」という先行現象に関し、背後の事情としての「先生はもう帰った」ことを推測している。

　　「〜んでしょう」：ある先行現象に関し、その背後事情について推測する文。

3．否定形の「〜のではありません」

　　「のです」があれば、当然否定形の「のではありません」が予想される。

　　Ａ「おいしいですね。お母さんが<u>作ったんですか</u>？」

　　Ｂ「いいえ、母が<u>作ったんじゃありません</u>。私が<u>作ったんです</u>。」

「〜のではありません」：ある先行現象に関し、その背後事情についての相手の推測を否定する文。

　因みに、この構文は中国語にも存在する。あまり気がつかれていないようだが、過去の事実を否定する「不是〜的」という言い方がそれである。「我不是今天才來的。（私は昨日今日来たんじゃない）」。これを「我昨天沒有來。」とすると、「私は昨日来ませんでした。」と、全く違う意味になってしまう。

4.「のだ」と共起しやすい（一緒に使われやすい）言葉

(1)「どうして〜んですか」

例「どうして学校を休んだんですか。」

「どうして」は、理由を問う疑問詞。理由というのは、元来ある先行現象の背後の事情を問う言葉であるから、必ず先行現象を前提とする。

(2)「だから〜んです」

例「人はみんな寂しい。だから友だちを求めるのだ」

「だから」は先行現象に対する理由を開陳する前触れの語である。

(3)「実は、〜んです」

例「実は私、全然泳げないんです。」

「実は」は、隠されたある事情を披瀝する時に用いる副詞。「実は」で聞き手に「これから秘密を話すんだな」と心の準備をさせ、「〜んです」で秘密の内容を披瀝する。「実は」という言葉自体が先行現象である。

(4)「いったい、〜んですか」

例「あなたはいったい、誰なんですか。」

「いったい」は、疑問を強調する副詞。目の前の現象に疑問を持ち、それが更に深まった段階で発する。最初の段階の疑問が先行現象と言える。

［練習］

1. 次の先行現象がある時、後に続く会話を「〜んです」「〜んですか」などを用いて作ってください。

(1) Ａが左手の薬指に指輪をしています。それを見たＢは、Ａとどんな会話をしますか。

(2) 夜遅いのに、夫がまだ帰ってきません。妻は何と言いますか。

(3) 授業中、学生が席を立って教室を出ようとしています。それを見咎めた教師は、学生とどんな会話をしますか。

(4) 食事中、Ａは豚肉を食べようとしません。それを見たＢは、Ａとどんな会話をしますか。

(5) Ａは卒業旅行に参加しないと言いました。それを聞いたＢは、Ａとどんな会話をしますか。

(6) あなたは道端で、人間の死体を見つけました。そこへ、警官がやって来ました。警官は、死体とあなたを見比べて、あなたに何と質問しますか。それに対して、あなたは何と答えますか。

2. 次の会話の下線の部分で、「〜んです」の文にした方がいいものは直してください。

(1) 「さあ、食事に行きましょう。どこへ<u>行きますか</u>？」

(2) 「Ａさん、ずいぶんおしゃれをしていますね。どこへ<u>行きますか</u>？」

(3) 「日本の冬は、<u>寒いですか</u>？」

(4) 「ずいぶん厚着をしていますね。<u>寒いですか</u>？」

(5) 「困ったな、財布を<u>忘れてしまいました</u>。」

(6) 「すみません、1000円貸してください。財布を<u>忘れてしまいました</u>。」

(7) 「Ａさんは、一人暮らしだそうですね。」「きっと、<u>寂しいでしょう</u>。」

(8) 「Ａさんは、いつも電話をかけてきますね。」「きっと、<u>寂しいでしょう</u>。」

(9) 「もう2時間も歩きましたね。<u>疲れましたか</u>？」

(10)「元気がありませんね。<u>疲れましたか</u>？」

Ⅱ．会話に特有の用法

1．相手に要求する場面で使う用法

(1) 「〜んですけど」「〜んですが」という形で用い、後に依頼・許可求め・勧誘・助言求めなど、結論として何らかの要求の文が続く。

例　「パソコンの調子がおかしいんですけど、ちょっと見ていただけませんか。」（⇒第10課「頼む・断る」参照）

「頭が痛いんですが、帰ってもいいでしょうか。」
（⇒第10課「頼む・断る」参照）

「映画の切符が2枚あるんだけど、よかったら一緒に行かない？」
（⇒第5課「誘う・断る」参照）

「日本から友達が来るんですけど、どこを案内したらいいでしょうか。」
（⇒第2課「勧める」参照）

「〜けど」「〜が」は、「前置き」の用法がある。（「〜けど」の方が口語的）

例　「私、山田と申しますが、田中さんはいらっしゃいますか。」

「〜けど」「〜が」で先行現象を前置きしてから結論としての要求を述べる。

［練習］

第2課、第5課、第10課の[練習]及び[問題]を試してください。

(2) 「〜んですけど。」「〜んですが。」という形で用い、後に結論として続くべき依頼・許可求め・勧誘・助言求めなどの要求の文が省略されている。

例　「あのー、パソコンの調子がおかしいんですけど……」

「あのー、頭が痛いんですが……」

「あのー、映画の切符が2枚あるんだけど……」

これらは、後に「ちょっと見ていただけませんか。」「帰ってもいい でしょうか。」「よかったら一緒に行かない？」などの結論を省略するこ とによって、要求事項の洞察を求めている。「〜けど」「〜が」で先行現 象を前置きしているので、要求の洞察が可能なのである。

会話では、「控え目な事情説明」として、相手に自分の側の事情を知って欲し い場合の大切な表現となる。

[練習]

1. 買ったばかりの電気製品が壊れてしまったので、取り替えてもらいたい と思います。電気屋さんに何と言えばいいですか。

2. ケーキを作ったので、友達と一緒に食べたいと思います。友達に何と言 えばいいですか。

3. 映画館の中で、自分の指定席に他人が座っています。その人に、何と言 えばいいですか。

(3)「〜んですけど（ね）。」「〜んですが（ね）。」という形で用い、後に続くさまざ まな結論の洞察を求める。（これは高級会話）

例「昨日、何回もお電話したんですけどね……（でもあなたはいなかっ た。私は腹が立った。）」

「この問題がわからないんですか！ 簡単な問題なんですけどね…… （それなのに、あなたはできない。バカ！）」

「え、残業？ 私、今日はデートなんですけどね……（だから残業は やりたくない。）」

同意を求める終助詞「ね」を伴い、相手に結論の洞察を促す（ ⇒4. 「終助詞」参照）

２．「〜んです」の否定形を用いた反語的な用法

(1) 「〜んじゃない（ん）ですか」という形で控え目な推測や意見を表し、また控え目に相手の矛盾を問い詰める時に使う文。

例「先生、このページは、もう読んだんじゃないですか？」（控え目な抗議）

「彼、来るかしら。」「さあ、雨だから、来ないんじゃないんですか。」（控え目な推測）

「（魚をおいしそうに食べている友人を見て）あなたは、魚は嫌いだったんじゃないんですか？」（控え目な詰問）

「私、この案に反対です。」「えっ、でも、昨日は賛成って言ったんじゃないですか？」（控え目な詰問）

「〜んじゃ」＜「〜のでは」。

「〜ない」という言葉は否定ではなく、事実上の強調であることに注意。「〜のではないですか」は、中国語の「不是〜嗎？」であることから、詰問の用法が出てくることが理解できよう。

「〜んじゃない（ん）ですか」の男性語・女性語は、ともに「〜んじゃない（の）」

［練習］

次のような時に、何と言いますか。

1. 友達は、明日ハイキングに行きます。しかし、雨が降りそうです。友達が、あなたに「明日は、雨かしら？」と聞きます。控え目に推測を言ってください。

2. 友達が、新しい髪型にしました。でも、あまり似合いません。あなたは控え目に意見を言ってください。

3. ボーイフレンドが、以前別れたと言っていた女性と一緒に歩いているのを見かけました。あなたは、ボーイフレンドに何と言って問い詰めますか。

(2)「～んじゃない（ん）でしょうか」という形でさらに謙虚な推測や意見を表し、また控え目に提案する時に使う文。

　　例 「お店、開いているでしょうか。」「さあ、日曜だから、開いていない<u>んじゃないでしょうか。</u>」（謙虚な推測）

　　　「どれがいいかしら。」「これなんか、上品で<u>いいんじゃないでしょうか。</u>」（謙虚な提案）

　　「～ですか」を推量形にして「～でしょうか」にすると、直接対決を避けて婉曲に質問する表現になる。

　　例 「すみませんが、今<u>何時でしょうか。</u>」（「<u>何時ですか</u>」よりも丁寧）

　　　（1）の「～んじゃない<u>ですか</u>」が推量形「～じゃない<u>でしょうか</u>」になると、さらに婉曲で控え目な推測になり、推測という形で謙虚な提案を表現することができる。（⇒　第2課「勧める」、第9課「面接試験を受ける」参照）

　　　「～んじゃないでしょうか」の男性語は「～んじゃないかな」、女性語は「～んじゃないかしら」

[練習]

第2課、第9課の[練習]及び[問題]を試してください。

　　～んです

楽しく話そう
たの　　　　はな

──コミュニケーションのための言語形式──
げんごけいしき

どの単元からでも結構です。
たんげん　　　　　　けっこう
必要な課から始めてください。
ひつよう　か　　はじ

挨　拶
あい　さつ

第
1
課

［学習ワンポイント］─　文化・歴史・風土に根ざした挨拶表現！
がくしゅう　　　　　　　　　　　　ぶんか　れきし　ふうど　ね　　　　　あいさつひょうげん

　　日本語を始めて一番最初に習うのは、多分「こんにちは」や「ありが
　　　にほんご　はじ　　いちばんさいしょ　なら　　　　たぶん
とう」といった挨拶言葉でしょう。しかし、挨拶言葉は最も生活に根ざ
　　　　　　　あいさつことば　　　　　　　　　　あいさつことば　もっと　せいかつ　ね
した表現であるだけに、実は最も難しいとも言えます。上下関係が端的
　　ひょうげん　　　　　　　　じつ　もっと　むずか　　　　い　　　　じょうげかんけい　たんてき
に問題になってくるし、ＴＰＯの判断も求められるからです。例えば、
　　もんだい　　　　　　　　　　　　　　はんだん　もと　　　　　　　　　たと
上司に向かって「課長、おはよう。」などと言ったら「明日から来なく
じょうし　む　　　　　かちょう　　　　　　　　　　　い　　　　　あした　　　き
ていい。」という挨拶が返ってくるでしょうし、病人を見舞いに行って
　　　　　　　　あいさつ　かえ　　　　　　　　　　びょうにん　みま　　い
帰る時「さようなら。」と言ったら病人はドキッとするでしょう。また、
かえ　とき　　　　　　　　　　い　　　　びょうにん
ビジネス会話では「こんにちは。」ははとんど使いません。
　　　　かいわ　　　　　　　　　　　　　　　　つか

　　ここでは、初級で学習した基本的な挨拶表現を、「運用の適切性」と
　　　　　　　しょきゅう　がくしゅう　きほんてき　あいさつひょうげん　　うんよう　てきせつせい
いう観点から再度検討してみました。［練習］では、さまざまな場面を
　　かんてん　　さいどけんとう　　　　　　　　れんしゅう　　　　　　　　　　ばめん
想定して豊かに自己表現してください。細かい表現は先生にご指導をお
そうてい　ゆた　　じこひょうげん　　　　　　　こま　ひょうげん　せんせい　しどう
願いします。
ねが

　　なお、訪問時の挨拶は、場面的にかなり独立性を持っていると判断さ
　　　　ほうもんじ　あいさつ　　ばめんてき　　　　　どくりつせい　も　　　　　　　はんだん
れるので、巻末にまとめて付録として付けておきました。
　　　　かんまつ　　　　　ふろく　　つ

学習事項
がくしゅうじこう

I 挨拶の種類
　　あいさつ　しゅるい

1．家族の挨拶
　　かぞく　あいさつ
2．知人に会った時の挨拶
　　ちじん　あ　とき　あいさつ
3．久しぶりに会った時の挨拶
　　ひさ　　あ　とき　あいさつ
4．お礼を言う
　　れい　い
5．謝罪
　　しゃざい

6．人に同情する
　　ひと　どうじょう
7．お祝いを言う
　　いわ　い
8．紹介の時の挨拶
　　しょうかい　とき　あいさつ
9．別れる時の挨拶
　　わか　とき　あいさつ

II 挨拶の相手─太字は目上の人に使ってはいけない挨拶
　　あいさつ　あいて　ふとじ　めうえ　ひと　つか　　　　　　あいさつ

1　家族の挨拶　CD1 T03
　　かぞく　あいさつ

(1) 朝晩の挨拶
　　あさばん　あいさつ

　おはよう／おはようございます／お休み／お休みなさい
　　　　　　　　　　　　　　　　　　　　　やす　　　　やす

(2) 出かける時・送る時
　　で　　　とき　おく　とき

　行ってきます／行ってまいります／行ってくるよ
　い　　　　　　い　　　　　　　　い

　行って（い）らっしゃい／気をつけて
　い　　　　　　　　　　　　き

(3) 帰った時・出迎える時
　　かえ　とき　でむか　とき

　ただいま／ただいま帰りました／おーい、帰ったぞー
　　　　　　　　　　　かえ　　　　　　　　　　かえ

　お帰りなさい／お帰りなさいませ／お帰り／お疲れ様
　　かえ　　　　　　かえ　　　　　　　かえ　　つか　さま

(4) 食事の時
　　しょくじ　とき

　いただきます／ごちそうさま

[解説]
　かいせつ

　家族は毎日顔を合わせるという前提があるので、「こんにちは」は使わな
　かぞく　まいにちかお　あ　　　　　　　　　　ぜんてい　　　　　　　　　　　　　つか
い。たとえ長い間会わなかった場合でも使わない。但し、姑ー嫁の関係など、
　　　　　なが　あいだあ　　　　　　ばあい　　つか　　　　ただ　しゅうとめ　よめ　かんけい
血縁関係がなく、普段別居している場合は使える。
けつえんかんけい　　　ふだんべっきょ　　　　　ばあい　つか

[練習]
　れんしゅう

次の会話を作ってください。
　つぎ　かいわ　つく

1. 母親と息子が、朝の挨拶をします。
　　ははおや　むすこ　あさ　あいさつ

2. 父親と娘が、夜寝る時の挨拶をします。
　　ちちおや　むすめ　よるね　とき　あいさつ

3. 学校に出かける娘を、母親が送り出します。
　　がっこう　で　　　むすめ　ははおや　おく　だ

4. 出勤する夫を、妻が送り出します。
　　しゅっきん　おっと　つま　おく　だ

5. 外出から帰った息子を、母親が迎えます。
　　がいしゅつ　かえ　むすこ　ははおや　むか

6. 会社から帰った夫を、妻が迎えます。
　　かいしゃ　かえ　おっと　つま　むか

7. 出張から帰った父親を、娘が迎えます。
　　しゅっちょう　かえ　ちちおや　むすめ　むか

2　知人に会った時の挨拶　🔘 CD1 T03-01:25

（1）オフィスや近所の人との挨拶

　　おはよう／おはようございます／こんにちは／こんばんは

（2）天気・気候の話題

　　寒いですね／暑くなりましたね／いいお天気ですね／よく降りますね

（3）道で出会った時の挨拶

　　どちらへ／お出かけですか／ええ、ちょっとそこまで

[解説]

1.「こんにちは」は、中国語で言えば「你好」にあたり、家族以外の人に対する挨拶で、昼間だけに用いるとは限らない。例えば、長らく連絡がなかった友人から夜に電話があった場合、「こんにちは」でもよい。また、相手が何時に受け取るかわからないEメールなどは、「こんにちは」が無難であろう。

2.「こんばんは」は夜の挨拶であるが、中国語で言えば「晩安你好」にあたり、夜に出会った時だけに用いる。別れる時は「お休みなさい」。

3. 中国語の「吃飽了嗎?」にあたる「ご飯、食べましたか。」を言ってはいけないのは論を待たない。それに代わるのが、天候の挨拶である。

4.「どちらへ？」は儀礼的な挨拶だから、まじめに答える必要はない。

[練習]

次の会話を作ってください。

1. 学生と先生が、朝の挨拶をします。

2. オフィスで同僚が、朝の挨拶をします。

3. 夏の午後、道で近所の奥さんと出会いました。挨拶をします。

4. 日曜日、隣の夫婦が出かけるところに出会いました。挨拶をします。

5. 夜、コンビニで後輩に出会いました。挨拶をします。

3 久しぶりに会った時の挨拶 CD1 T03-02:17

(1) 最初の挨拶

しばらく／しばらくです／しばらくでした／（お）久しぶりですね

ご無沙汰しています／ご無沙汰していました／すっかりご無沙汰し

てしまって／やあ、ご無沙汰。

(2) 相手の近況を問う

元気？／最近、どう？／お元気ですか／いかがですか／お変わりあり

ません か

(3) 応答

おかげさまで／相変わらずです／何とかやっています

[解説]

応答の部分は、親しさや上下関係によって自由に話してよい。

[練習]

次の会話を作ってください。決まった言い方だけでなく、状況を想像して自由に作ってくだ

さい。

　大学を卒業して、３年ぶりにクラス会を開きました。最初にクラスメー

トが何人かで挨拶を交わします。次に、先生が来て、みんなで挨拶を交わ

します。

4 お礼を言う　🔘 CD1 T03-03:28
れい　い

① 丁寧度
　ていねいど

サンキュー／ありがとう／どうもありがとう／どうも／ありがとうござ
います／どうもありがとうございます／ごちそうさま／ごちそうさ
まです／本当に、何とお礼を申し上げてよいやら／お礼の申し上げ
　　　　　　ほんとう　なん　　れい　もう　あ　　　　　　　　れい　もう　あ
ようもございません

② 過去のことにお礼を言う習慣
　かこ　　　　　　　れい　い　しゅうかん
先日（このあいだ／先だって／このたび）は、どうもありがとう
せんじつ　　　　　　　　せん
ございました／先日（このあいだ／先だって）は、どうもごちそ
　　　　　　　せんじつ　　　　　　　　せん
うさまでした／その節は大変お世話になりました
　　　　　　　　　　せつ　たいへん　せわ

③ 現在形と過去形
　げんざいけい　　かこけい
いつもありがとうございます／ありがとうございました

④ 謝罪と共通の挨拶
　しゃざい　きょうつう　あいさつ
すみませんね／ごめんなさいね／**悪いですね**／恐れ入ります／恐縮です
　　　　　　　　　　　　　　　　わる　　　　　　おそ　い　　　きょうしゅく

⑤ 応答
　おうとう
どういたしまして／いいえ、とんでもない

［解説］
　　かいせつ

1. 一般に、「挨拶は長ければ長いほど丁寧だ」という思い込みがあるよう
　いっぱん　　あいさつ　なが　　　　　なが　　　ていねい　　　　　おも　こ
だ。しかし、①どうも　②ありがとう　③どうもありがとう　④ありが
とうございます　⑤どうもありがとうございます　を、丁寧な順番に並
　　　　　　　　　　　　　　　　　　　　　　　ていねい　じゅんばん　なら
べてみたらどうなるだろうか。答は、⑤④①③②である。目上の人に向
　　　　　　　　　　　　　　こたえ　　　　　　　　　　　　　めうえ　ひと　む
かって「ありがとう」は失礼である。(同様に「おはよう」も失礼。)「ど
　　　　　　　　　　　しつれい　　　　　どうよう　　　　　　　　しつれい
うも」は、後に「ありがとうございます」が隠されているとみなされる
　　　　　あと　　　　　　　　　　　　　　　　かく
から、目上の人にでも使えるのである。
　　　めうえ　ひと　　つか

2. 外国人にとって理解しにくいのは、過去の恩恵にお礼を言うことであろう。しかし、これは日本人の文化習慣だから、ビジネスでは特に必要なのである。上司や取引先でご馳走になったら、その日のうちにEメールで謝意を示すのもよい。

［練習］

次の会話を作ってください。

1. 会食の場で、隣に座った人に塩を取ってもらいました。お礼を言います。

2. 図書館で、一緒に勉強している友達に辞書を貸してもらいました。お礼を言います。

3. 財布を落としましたが、親切な人が交番に届けてくれました。その人にお礼を言います。

4. 隣の人が作ったケーキをもらいました。お礼を言います。

5. 上司の家でご馳走になりました。しばらくして上司の奥さんに会った時、お礼を言います。

6. 知人が息子をある会社に紹介してくれました。何年か経ってその知人に会った時、お礼を言います。

7. 同僚からコンサートのチケットをもらいました。お礼を言います。

8. 会社員が、忙しい女子社員にコピーを頼みました。お礼を言います。

5 謝罪　CD1 T03-05:04

① 軽く詫びる時

ごめん／ごめんね／ごめんなさい／すみません／失礼しました

② 深刻な過失を詫びる時

申し訳ありません／申し訳ございません／何とお詫びを申し上げてよいやら／お詫びの申し上げようもありません／どうぞ、お許しください

③ 過去形を用いる場合

悪かったね／すみませんでした／申し訳ございませんでした

④ 強調の副詞

本当に／まことに／大変／どうも

⑤ 応答

いいえ／どういたしまして／いいんですよ／気にしないでください

／気にしない、気にしない

［解説］

1. 「すみません」は、「相手に気を遣わせて悪かった」という、日本人特有の「負い目」意識から出た言葉である。自分が悪いことをした時、相手に世話になった時、人を呼び止める時、などにその意識が働き、「すみません」が発せられる。だから、「謝罪」「お礼」「呼びかけ」が皆同じ言葉になる。

2. 「ごめんなさい」は目下か親しい人に対して用いる。小さい子供は、自分の周囲をすべて親しい人と認識しているから「ごめんなさい」を使っている。

［練習］

次の会話を作ってください。

1. 学生が、歩いている時に友達にちょっとぶつかります。友達に謝ります。
2. 小学生がおしゃべりをしていて先生に叱られます。先生に謝ります。
3. 間違い電話をかけてしまいます。相手に謝ります。
4. デートに15分遅刻してしまいました。相手に謝ります。
5. 中学生の息子が商店で万引きをしました。母親が店の主人に謝ります。

6 人に同情する CD1 T03-06:33

① ねぎらう

お疲れさん／**お疲れ様**／お疲れ様です／お疲れ様でした／お疲れ様で

ございました／**ご苦労**／**ご苦労さん**／**ご苦労様**／ご苦労様です／ご苦労様

でした

② 相手の精神的・肉体的辛労を慰める

大変ですね／大変でしたね／大変だったでしょう／お疲れになった

でしょう

③ 相手の不幸を慰める

それはお気の毒ですね／まあ、それはそれは……／残念ですね／そ

れは残念でしたね／**残念だったね**／それは困りましたね／それはいけ

ませんね

④ 激励する

がんばってね／がんばってくださいね／元気出してくださいね／**元気**

出してね

[解説]

同情の言葉、「困りましたね」「大変ですね」「残念ですね」の使い分けに注
意すること。

「困りましたね」は相手に難問が生じた時、「大変ですね」は相手が難問
と格闘している時、「残念ですね」は格闘の結果が思わしくなかった時に用
いる。

「A先生の科目、落ちそうなんです。」——「それは困りましたね。」

「で、今必死で先生にお願いしているんです。」——「それは大変ですね。」

「A先生の科目、やっぱり落ちちゃいました。」——「それは残念ですね。」

この段階を間違えて、「Ａ先生の科目、落ちそうなんです。」「それは残念ですね。」とやったら、結果の先回りをされたと感じて、相手はムッとするだろう。

［練習］

次の会話を作ってください。

1. オフィスで、社員が出張から帰ってきました。同僚がねぎらいます。
2. オフィスで、社員が出張から帰ってきました。課長がねぎらいます。
3. 社員Ａは、10時まで残業しました。翌朝、同僚がねぎらいます。
4. 明日試験を受ける友達を激励します。
5. 知人の息子が大学に落ちました。知人を慰めます。
6. 友達のお母さんが亡くなりました。友達を慰めます。

7　お祝いを言う　　CD1 T03-08:09

① 誕生日・合格・卒業・結婚・出産・昇進等
　おめでとう／おめでとうございます

② 新年の挨拶
　新年おめでとう／**明けましておめでとう**／新年おめでとうございます／明けましておめでとうございます／**今年もよろしく**／今年もよろしくお願いします

③ 共に喜ぶ
　よかったですね／それは、よかったですね／**よかったね**

［解説］

　誕生日や冠婚葬祭など、人生の節目となる慶事には「おめでとうございます」を用いるが、「好きな人からプロポーズされた」など、思いがけない幸運には「よかったですね」など、共に喜ぶ言葉を言うのが普通である。

［練習］
れんしゅう

次の会話を作ってください。
つぎ　かいわ　　つく

１．司法試験に合格した友達に、お祝いを言います。
　　しほうしけん　ごうかく　ともだち　　　いわ　　い

２．課長が部長に昇進しました。昇進パーティで社員がお祝いを言います。
　　かちょう　ぶちょう　しょうしん　　　　　しょうしん　　　　　　　　しゃいん　　いわ　い

３．子供が親戚の人にたくさんお年玉をもらって、お母さんに報告します。
　　こども　しんせき　ひと　　　　　　としだま　　　　　　　　かあ　　　ほうこく

　　お母さんは共に喜びます。
　　かあ　　とも　よろこ

４．先生に電話で新年の挨拶をします。
　　せんせい　でんわ　しんねん　あいさつ

５．友達の結婚式でお祝いを言います。
　　ともだち　けっこんしき　いわ　い

8　紹介の時の挨拶
しょうかい　とき　あいさつ
CD1
T03-09:17

① 他人を紹介する時
　　たにん　しょうかい　とき
　　Ａさん、Ｂさんです／こちらはＢさんです

② 初対面の挨拶
　　しょたいめん　あいさつ
　　初めまして／お初にお目にかかります／よろしく／どうぞよろしく
　　はじ　　　　　はつ　め
　　／よろしくお願いします／どうぞよろしくお願いします（お願いい
　　　　　　　ねが　　　　　　　　　　ねが　　　　　　ねが
　　たします／お願い申し上げます）
　　　　　　ねが　もう　あ

③ 自分の名前を言う
　　じぶん　なまえ　い
　　～です／～と言います／～と申します
　　　　　　　い　　　　　もう

④ 紹介された相手との縁故について言及する
　　しょうかい　あいて　えんこ　　げんきゅう
　　お噂はかねがね～から承っております／ご高名はかねがね（承って
　　うわさ　　　　　　うけたまわ　　　　　　こうめい　　　　　うけたまわ
　　おります）こちらこそ、お世話になっております／（～が）いつも
　　　　　　　　　せわ
　　お世話になっております／（～さんには）いつもお世話になってお
　　せわ　　　　　　　　　　　　　　　　　　　　せわ
　　ります

［解説］
かいせつ

　　紹介された時、相手との縁故を確認するのは、コミュニケーションをより
　　しょうかい　とき　あいて　えんこ　かくにん

円滑に進めたいという意識の表れである。会社同士が電話する時、それほど
えんかつ　すす　　　　　　　　いしき　あらわ　　　　　　かいしゃどうし　でんわ　とき

世話になってもいないのに「いつもお世話になっています。」と挨拶する習慣
は、相手との縁故を重視する意識から出た一種の社交辞令であろう。

［練習］

次の会話を作ってください。

1. 山田さんと川村さんが、初対面の挨拶をします。
2. 部長が部下に奥さんを紹介します。
3. 学生が先生に自分の父親を紹介します。
4. パーティで、著名な学者に挨拶に行きます。
5. AがBに挨拶します。AはBの恩師を知っています。

9 別れる時の挨拶 CD1 T03-10:44

① 親しい人に

バイバイ／ごきげんよう／じゃ、また／またね／じゃ、ここで／じゃ、
これで

② 目上の人に

失礼します／じゃ、失礼させていただきます／お先に失礼します

③ 訪問時の辞去

～さんによろしく／おじゃましました／失礼しました／ごめんくだ
さい

④ 病人・病人の家族に

お大事に／お大事になさってください

⑤ 職場で

お疲れさまでした

⑥ 夜

お休み／お休みなさい／じゃ、またあした

⑦ 相手に世話になった時・相手にご馳走になった時・相手に迷惑をかけた時

ありがとうございました／ごちそうさまでした／すみませんでした

⑧ 相手に何か依頼した時

じゃ、よろしくお願いします／じゃ、よろしくね

⑨ 相手が大変な時

じゃ、頑張ってね／頑張ろうね／頑張ってくださいね／頑張りましょうね

⑩ 年末に人に会った時

よいお年を／よいお年をお迎えください

⑪ 訣別・学校で

さようなら／お元気で／体に気をつけて／お世話になりました

［解説］

1. 別れの挨拶ほど多様なものはない。それは、上記に見るように、別れの挨拶とは別れる以前の会話の内容や対人関係の総括になっているからである。

2. 「さようなら」は、学校以外では日常的に使わない。「さようなら」は、夫婦が離婚する時、留学生が帰国する時、死者への告別など、これから会えなくなることが前提された場合の挨拶である。つまり「さようなら」は「再見」でなく、「不再見」なのである。

3. 学校では、教師と学生、学生同士が別れる時に「さようなら」を言う。学校とは、毎日勉強をして帰る場所である。別れる以前の会話の内容や人間関係が決まっている一種の「聖域」であるから、「さようなら」は固定した挨拶語として機能する。しかし、学校で先生と別れる時は「さようなら」でも、日曜日先生の家を訪問して帰る時の挨拶は「失礼します」

であろう。また、教師にとって学校は職場でもあるから、教師同士の挨拶は「さようなら」ではなく、「失礼します」か「お疲れさまでした」であろう。

[練習]

次の会話を作ってください。決まった言い方だけでなく、状況を想像して 自由に作ってください。

1. デートをして、男性が女性を家の前まで送ります。二人は別れの挨拶をします。

2. 先生の家でご馳走になりました。帰る時、先生に挨拶をします。

3. 先生の研究室に呼ばれて叱られました。帰る時、先生に挨拶をします。

4. 仲のよかった留学生の友達が帰国します。空港で別れの挨拶をします。

5. オフィスで、残業している上司に挨拶をして、帰ります。

6. 友人のお母さんが病気なので、病院にお見舞いに行きました。別れる時の挨拶をします。

7. 恋人同士が別れます。最後の日、別れの挨拶をします。

8. 友達にレポートを書いてくれるように頼みに行きます。その後、別れの挨拶をします。

9. 幼稚園で、先生と園児が別れの挨拶をします。

10. 明日試験があり、友達と夜遅くまで図書館で勉強しました。友達と別れの挨拶をします。

11. オフィスで年末大掃除を済ませて帰宅します。社員同士が挨拶します。

［問題］

挨拶の会話を作り、実演しなさい。

1. 近所のＡ夫人とＢ夫人が道で出会います。Ａ夫人の息子は今年政治大学に合格しました。Ｂ夫人の娘は今年台湾大学に落ちました。二人はどんな挨拶をするでしょうか？

2. Ａ（男）とＢ（Ａの浮気の相手）が別れます。二人はどんな挨拶をするでしょうか？

3. Ａ（男）は、自分の妻を昔の恋人に紹介します。三人はどんな挨拶をするでしょうか？

4. Ａの息子がＢの家の犬にビールを飲ませました。ＡはＢの家に謝りに行きます。ＡとＢはどんな挨拶をするでしょうか？

5. Ｂは癌で入院しているＡのお見舞いに行きます。二人はどんな挨拶をするでしょうか？

6. 10年ぶりのクラス会です。Ａは大学教授になりました。Ｂはやくざの組長になりました。Ｃはタクシーの運転手になりました。三人はどんな挨拶をするでしょうか？

7. ＡはＢの息子を大学の医学部に裏口入学させました。ＢはＡの家に息子と一緒にお礼に行きます。三人はどんな挨拶をするでしょうか？

勧める
すす

[学習ワンポイント] ― 「勧め」と「押し売り」は、文型も違う！

何かに失敗すると、「だからそうしない方がいいと、私は思ったのよ。」などと後になってから言う人がいます。そう思ったのなら、最初からそう勧めてくれればいいのに、と恨めしい気持ちにもなります。

これと対極をなすのが、セールスマンの「勧め」でしょう。どんなに口実を設けて断ろうとしても、「これは絶対にいいものだから。」と、後へ引きません。では一歩進んで、もし人に殺人を勧めたらどうでしょうか。これは、「殺人教唆」という立派な犯罪になってしまいます。人に強く勧めれば、それだけ責任も重くなるというもの。日本人が人にものをあげる時、「つまらない物ですが…」と言いながら差し出すのも、それなりの根拠があるわけです。

人の情報に振り回されないためには、やはり自分の定見を持つべきなのですが、人に勧める時にも自分の持っている情報をいろいろな面からよく検討し、また相手の要求の度合いをよく見て、強硬に勧めるべきか、控えめに勧めるべきか、まずは文型レベルで弁えたいものです。

学習事項
がくしゅうじこう

 I　控えめな提案
　　　ひか　　ていあん

 II　自信のある提案
　　　じしん　　ていあん

 III　強い助言
　　　つよ　じょげん

 IV　その他の提案のしかた
　　　た　ていあん

第2課

[基本会話　Ⅰ．控えめな提案]　 CD1 T04
　きほんかいわ　　　ひか　　ていあん

A：どうしたんですか。元気がありませんね。
　　　　　　　　　　　　げんき

B：ええ、最近、夜、何だか眠れない¹んです。
　　　　さいきん よる なん　　ねむ

A：それは困りましたね。
　　　　　こま

B：²どうしたらいいでしょうか。

A：そうですね……寝る前に熱いお風呂に入ってみ³たらどうでしょう
　　　　　　　　　ね　まえ あつ　　ふろ はい
　か。私もそうしているんですが、ぐっすり眠れますよ。
　　わたし　　　　　　　　　　　　　　　ねむ

B：そうですか。じゃ、やってみようかな。

[解説]
　かいせつ

1. 事情説明の「〜んです」：（⇒7.「〜んです」参照）
　　じじょうせつめい　　　　　　　　　　　　　　　　さんしょう
2. 相手に助言を求める言い方：「疑問詞＋〜たらいいでしょうか」
　　あいて じょげん もと　い　かた　ぎもんし
　　例「どこへ行ったらいいでしょうか」「何時に行ったらいいでしょうか」
　　れい　　　い　　　　　　　　　　　なんじ い
　　「どんな服を着て行ったらいいでしょうか」「どう話したらいいで
　　　　　ふく き　い　　　　　　　　　　　　　はな
　　しょうか。」
3. 相手と一緒に考えてあげる時の答：「〜たらどうでしょうか」「〜てみた
　　あいて いっしょ かんが　　　とき こたえ
　　らどうでしょうか」。「〜たらどうですか」は、やや突き放した言い方な
　　　　　　　　　　　　　　　　　　　　　　つ はな い かた
　　ので、使わない方がいい。
　　　　　つか　　ほう

[練習]
　れんしゅう

1. 不眠症の友達に、あなたのアドバイスをしましょう。
　　ふみんしょう ともだち
2. 日本語がなかなか上手にならない友達に、アドバイスをしましょう。
　　にほんご　　　　　じょうず　　　ともだち
3. 夏バテした友達に、アドバイスをしましょう。
　　なつ　　　ともだち

[基本会話　Ⅱ. 自信のある提案] 🔵 CD1 T04-00:52

薬屋（くすりや）：いらっしゃいませ。

客（きゃく）：あのー、風邪（かぜ）を引（ひ）いた<u>ん</u>¹ですが…

薬屋（くすりや）：それはいけませんね。どんな具合（ぐあい）ですか。

客（きゃく）：鼻水（はなみず）とくしゃみが出（で）るし、それから喉（のど）が痛（いた）い<u>ん</u>¹です。

薬屋（くすりや）：咳（せき）は？

客（きゃく）：少（すこ）し出（で）ます。

薬屋（くすりや）：熱（ねつ）は？

客（きゃく）：熱（ねつ）はありません。

薬屋（くすりや）：まだ初期症状（しょきしょうじょう）ですね。それなら、

この薬（くすり）を飲（の）<u>んだら</u>³いいですよ。

日本（にほん）から輸入（ゆにゅう）した薬（くすり）で、よく効（き）きます<u>よ</u>⁴。

毎食後（まいしょくご）、飲（の）んでください。

客（きゃく）：ああ、そうですか。

薬屋（くすりや）：それから、毎日総合（まいにちそうごう）ビタミン剤（ざい）を飲（の）<u>んだら</u>³いいですよ。風邪（かぜ）を

引（ひ）きにくくなります<u>から</u>⁴。

客（きゃく）：そうですか。じゃ、その風邪薬（かぜぐすり）を一箱（ひとはこ）ください。

薬屋（くすりや）：はい、かしこまりました。……ありがとうございました。

[解説（かいせつ）]

1. 依頼（いらい）・助言求（じょげんもと）めの時（とき）の事情説明（じじょうせつめい）：「～んですが」「～んですけど」。
（⇒7.「～んです」参照（さんしょう））

2. 事情説明（じじょうせつめい）の「～んです」：（⇒7.「～んです」参照（さんしょう））

3. 自信（じしん）のある提案（ていあん）：「～たらいいですよ」は、「～たらどうでしょうか」と
違（ちが）い、相手（あいて）より多（おお）くの情報（じょうほう）を持（も）っていて自信（じしん）がある場合（ばあい）に使（つか）う。

4．相手に情報を与える終助詞「〜よ」：（ ⇒4．「終助詞」参照）

5．理由を沿える言い止しの「から」。

［練習］

1．風邪を引いた友達に、あなたの知っている療法をアドバイスしましょう。

2．日本人の友達が台湾のお土産を買いたがっています。適当なお土産、賢い
買い方、いいお土産屋さんなどをアドバイスしましょう。

3．日本語を勉強し始めた友達に、いい教科書をアドバイスしましょう。

［基本会話　Ⅲ．強い助言］ ◉ CD1 T04-01:56

> A：どうしたんですか。
>
> B：ええ、実は、商品の送り先を間違えちゃったんです。
>
> A：それは大変だ。すぐ先方に電話をかけて、謝った方がいいですよ。
> きっと怒っていますよ。それから、このことは課長には言わない
> 方がいいと思いますよ。
>
> B：そうですね。そうします。

［解説］

1．内情を打ち明ける時の「実は〜んです」。（ ⇒7．「〜んです」参照）

2．強い助言「〜た方がいいですよ」。禁止の助言「〜ない方がいいですよ」。
かなり切迫した事態に際し、提案と言うより話者の主張に近い。

3．表現を和らげたい場合は、「〜た方がいいと思いますよ」「〜ない方がい
いと思いますよ」。

[練習]
_{れんしゅう}

1. 友達が、新しい服を汚してしまいました。アドバイスをします。
_{ともだち} _{あたら} _{ふく} _{よご}

2. 後輩が試験でカンニングをすると言っています。先輩がアドバイスをします。
_{こうはい} _{しけん} _い _{せんぱい}

3. 同僚が風邪で苦しそうです。アドバイスをします。
_{どうりょう} _{かぜ} _{くる}

[基本会話　Ⅳ．その他の提案のしかた] CD1 T04-02:29
_{きほんかいわ} _た _{ていあん}

> 妻：久しぶりにどこかへ食事に行かない？
> _{つま} _{ひさ} _{しょくじ} _い
>
> 夫：いいね。どこへ行く？
> _{おっと} _い
>
> 妻：横浜へおいしい中華を食べに行く
> _{つま} _{よこはま} _{ちゅうか} _た
> のは、どう？
> <u>　　1　</u>
>
> 夫：いいけど……
> _{おっと}
>
> 妻：で、帰りにデパートで春の服を買って……あっ、銀座のパブでカ
> _{つま} _{かえ} _{はる} _{ふく} _か _{ぎんざ}
> クテルなんか飲む<u>のも</u>いい<u>んじゃない</u>？
> _の 2 3
>
> 夫：……おい、少しは家計のことを考え<u>たらどうだ</u>！
> _{おっと} _{すこ} _{かけい} _{かんが} 4

[解説]
_{かいせつ}

1. 行動提案「動詞原形＋のはどうですか」。「～たらどうですか」が専ら相
_{こうどうていあん} _{どうしげんけい} _{もっぱ} _{あい}
   手だけの行動に助言をするのに対し、「～のはどうですか」は、自分自身
_て _{こうどう} _{じょげん} _{たい} _{じぶんじしん}
   も行動に参加する場合にも用いられる。
_{こうどう} _{さんか} _{ばあい} _{もち}

2. 同じく行動提案「～のがいいです」「～のもいいです」。
_{おな} _{こうどうていあん}

3. 「～んじゃない」控え目な提案：（⇒7.「～んです」参照）女性語。
_{ひか} _め _{ていあん} _{さんしょう} _{じょせいご}

4. 「～たらどうですか」は、提案の形を取って、非難の気持ちが込められて
_{ていあん} _{かたち} _と _{ひなん} _{きも} _こ
   いる。

[練習]
れんしゅう

1. 友達が数人で、夜遊びに行く相談をします。
   ともだち すうにん よるあそ い そうだん
2. 恋人同士が、新婚旅行の相談をします。
   こいびとどうし しんこんりょこう そうだん
3. 同僚数人が、先輩の結婚のプレゼントのことを相談します。
   どうりょうすうにん せんぱい けっこん そうだん

[応用会話] CD1 T04-03:01
おうようかいわ

A：夏休みに旅行に行きたいんですけど、どこ
　　なつやす りょこう い
　　に行ったらいいでしょうか。
　　い

B：阿里山へ行ったらどうでしょうか。阿里山の
　　ありさん い ありさん
　　日の出はきれいですよ。
　　ひ で

C：いいえ、花蓮に行った方がいいですよ。花蓮
　　かれん い ほう かれん
　　には海も山もあります¹し。
　　うみ やま

D：いや、彭湖島²の方³がいいですよ。全く別天地ですよ。³是非行って
　　ぼうことう ほう まった べってんち ぜひい
　　ください。

E：日本に行った⁴ら？　あなたは日本語学科の学生⁵なんだから。
　　にほん い にほんごがっか がくせい

F：いいえ、どこへも行かない方がいい⁶んじゃないですか。どこも暑
　　い ほう あつ
　　⁵いんだから。

G：いや、夏休みは家で勉強する⁷べきです。9月に試験がある⁸でしょう？
　　なつやす いえ べんきょう くがつ しけん

A：…やっぱり、人に相談しない⁹方がよかった！　一人で考える¹⁰こと
　　ひと そうだん ほう ひとり かんが
　　にしよう。

[解説]
かいせつ

1. 理由の列挙「〜し」。
   りゆう れっきょ
2. 名詞＋の方がいいですよ
   めいし ほう

3. 「是非」：希望を強調する副詞。「是非〜たい」「是非〜て欲しい」「是非〜てください」などの文型と共起する。人に何かを勧める時によく用いられる。

4. 「〜たらどうですか」の省略形「〜たら？」。親しい人に対して使う。

5. 理由を表す「〜んだから」。「から」が相手の知らない理由を述べるのに対し、「〜んだから」は相手が知っている理由、または相手が忘れかけている理由を再確認する時に使う。

6. 控え目な提案「〜んじゃないですか」（⇒7.「〜んです」参照）

7. 話者の強い主張・相手に対する強制を表す「〜べきだ」。

8. 相手に確認を求める「〜でしょう？」。アクセントに注意。

9. 行動したことを後悔する「〜ない方がよかった」、行動しなかったことを後悔する「〜た方がよかった」。

10. 自己決定「〜ことにする」

[問題]

次の会話を作ってください。提案者は理由を述べ、提案された人は最後に自己決定をしてください。

1. Ａさんの友達が日本から来ます。どこを案内したらいいか、数人でアドバイスしてください。

2. Ａさんがもうすぐ卒業します。卒業後、何をしたらいいか、数人でアドバイスしてください。

3. Ａさんは明日試験ですが、勉強していません。どうしたらいいか、数人でアドバイスしてください。

4. Ａさんは家で明日パーティを開きます。誰を呼んだらいいか、数人でアドバイスしてください。

勧める

5. Ａさんの息子が大学を受験します。どの大学がいいか、数人でアドバイ
スしてください。

電話をかける
でんわ

［学習ワンポイント］― 携帯で実地に練習してみよう！
がくしゅう けいたい じっち れんしゅう

　　　電話での会話には、どの国でも特別な言い回しや作法があるようで
でんわ かいわ くに とくべつ い まわ さほう
す。特に、電話では相手の様子が見えないので、言葉遣いと共に時間を
とく でんわ あいて ようす み ことばづか とも じかん
配慮した挨拶語に気を遣ってください。電話の相手だけでなく、電話を
はいりょ あいさつご き つか でんわ あいて でんわ
取り次いでくれた人にも気を遣うのがミソです。また、あなたのお友達
と つ ひと き つか ともだち
Ａさんが、Ｂさんの家にいるとします。Ｂさんの家に電話をかけてＡさ
いえ いえ でんわ
んを呼び出す時は、Ｂさんの家の人にも同様の挨拶をした方がいいで
よ だ とき いえ ひと どうよう あいさつ ほう
しょう。

　　　ここでは、ごく普通の日本人が電話をかける時の作法を、フロー
ふつう にほんじん でんわ とき さほう
チャートでまとめてみました。実際に先生に電話をかけて、練習してみ
じっさい せんせい でんわ れんしゅう
るのもいいでしょう。

学習事項
がくしゅうじこう

 Ⅰ　電話をかける
でんわ

 Ⅱ　電話を受ける
でんわ う

 Ⅲ　本人が不在の時
ほんにん ふざい とき

 Ⅳ　伝言
でんごん

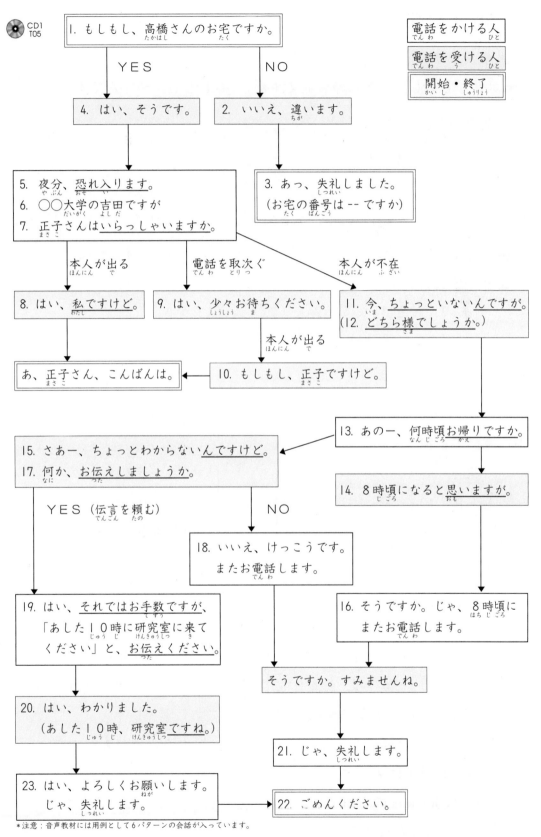

CD1 T05

1. もしもし、高橋さんのお宅ですか。

YES → 4. はい、そうです。

NO → 2. いいえ、違います。

電話をかける人
電話を受ける人
開始・終了

4. はい、そうです。
　↓
5. 夜分、恐れ入ります。
6. ○○大学の吉田ですが
7. 正子さんはいらっしゃいますか。

2. いいえ、違います。
　↓
3. あっ、失礼しました。
　（お宅の番号は -- ですか）

本人が出る
8. はい、私ですけど。

電話を取次ぐ
9. はい、少々お待ちください。

本人が不在
11. 今、ちょっといないんですが。
（12. どちら様でしょうか。）

本人が出る
10. もしもし、正子ですけど。

あ、正子さん、こんばんは。

13. あのー、何時頃お帰りですか。

15. さあー、ちょっとわからないんですけど。
17. 何か、お伝えしましょうか。

14. 8時頃になると思いますが。

YES（伝言を頼む）

NO
18. いいえ、けっこうです。
またお電話します。

19. はい、それではお手数ですが、
「あした10時に研究室に来て
ください」と、お伝えください。

16. そうですか。じゃ、8時頃に
またお電話します。

そうですか。すみませんね。

20. はい、わかりました。
（あした10時、研究室ですね。）

21. じゃ、失礼します。

23. はい、よろしくお願いします。
じゃ、失礼します。

22. ごめんください。

*注意：音声教材には用例として6パターンの会話が入っています。

Ⅰ. 電話をかける

1. 相手の確認：
    「もしもし、～さんのお宅ですか」「もしもし、～さんですか」

2. 間違い電話：
    「いいえ、違います」

3. 謝る：
    「あっ、すみません」「どうも失礼しました」「すみません。間違えました」

    番号を確認する：
    「あの、お宅は、〇〇〇〇-〇〇〇〇ですか」
    「お宅の電話番号は〇〇〇〇-〇〇〇〇ですか」

4. 正しくかかった時：
    「はい、そうです（が）」

5. 電話の挨拶：

    夜分（遅く）／朝早く
    お忙しいところ／お仕事中　｝＋　すみません
    お休みのところ　　　　　　　　恐れ入ります
    　　　　　　　　　　　　　　　申し訳ありません

6. 自分の名を言う：
    　自分の所属　の　名前　ですが／と申しますけど
    「～です」：相手がすでに自分のことを知っている場合
    「～と言います（申します）」：相手が自分のことを知らない場合
    「～けど」「～が」は、前置きして、相手の話の続きを促す機能がある。
    （⇒1.「話し言葉の特徴」，7.「～んです」参照）
    「いつもお世話になっております」と挨拶することがある。特にビジネス会話では必ず言う。
    例「〇〇会社の吉田ですが、いつもお世話になっております」「いいえ、こちらこそ」

7. 指名する：

「～さんはいらっしゃいますか」「～さん、お願いします」

「～さんはご在宅ですか」（いらっしゃいます：「います」

「行きます」「来ます」の尊敬語（⇒6.「敬語」参照）

Ⅱ. 電話を受ける

8. 本人が電話に出た場合：

「はい、私です（けど）」「はい、正子です（が）」

9. 電話を取り次ぐ場合：

「はい、少々（ちょっと）お待ちください」

待ちます　→　お待ちください（⇒6.「敬語」参照）

10. 本人が電話口に来た時：

「もしもし、～ですが」「もしもし、お待たせしました」「はい、お電

話変わりました」

Ⅲ. 本人が不在の時

11. 不在を告げる：

「今、ちょっといませんけど」「今、席をはずしておりますが」「今日

は学校に行っていますけど」「今、留守にしておりますが」。「けど」

「が」は、相手の期待に反することを言う時のシフト。

12. 相手の名前を聞く（相手が名前を言わなかった場合）：

「あの、どちら様でしょうか」「失礼ですが、どちら様ですか」

相手の名前を聞く―相手の名前を忘れた場合

「あの、どちら様でしたっけ」

誰＜どなた＜どちら様

13. 相手の予定を聞く：

「何時頃お帰りでしょうか」「何時頃お帰りですか」

〜ですか＜〜でしょうか

帰ります　→　お帰りです（尊敬語）（⇒6.「敬語」参照）

14. 「が」は、相手の期待に反することを言う時のシフト。

15. 答える②：

「さあー、ちょっとわかりませんが」

「けど」「が」は、相手の期待に反することを言う時のシフト。

16. 処置を決定する：

例「じゃ、またお電話します」「またあした、お電話します」等

Ⅳ. 伝言

17. 伝言を申し出る：

「何かお伝えしましょうか」「どんなご用件でしょうか」

伝えます→お伝えします（「伝える」の謙譲
語）（⇒6.「敬語」参照）

18. 伝言が不要の時：「いいえ、けっこうです」

19. 伝言を依頼する：

「すみませんが／恐れいりますが／お手数

ですが、伝言内容 と、お伝えください」

例「すみませんが、あした 10 時に来てください、とお伝えください」

「お手数ですが、私から電話があった、とお伝えください」

20. 確認する：

「はい、わかりました」「〜ですね」

21. 22.　電話を切る ①：「失礼します」「ごめんください」

23.　電話を切る　②：伝言を依頼した場合「お願いします」

［問題］

次の会話を作ってください。伝言内容は、それぞれ自分で工夫してください。

1. 夜、大学生が、寮の同級生に電話をかけます。同級生のルームメートが
   電話に出ます。同級生は、アルバイトに行って留守なので、伝言を頼み
   ます。

2. 日曜日の朝、会社員が上司の家に電話をかけます。上司の妻が電話に出
   ます。上司はまだ寝ているので、また午後に電話をかけることにします。

3. 朝、大学生がガールフレンドの家に電話をかけます。父親が電話に出ま
   す。ガールフレンドは親戚の家に行って不在なので、伝言を頼みます。

4. 夜、学生が先生の家に電話をかけます。先生の母親が電話に出ます。先
   生はまだ帰っていないので、伝言を頼みます。

5. 妻が夫の会社に電話をかけます。同僚が電話に出ます。夫はちょっと
   トイレに行っています。伝言を頼みます。

道を教える
みち　おし

[学習ワンポイント] ―道を教えるのは「愛」と「論理性」の統一だ！
がくしゅう　　　　　　　　　　みち　おし　　　　　あい　　　ろんりせい　　とういつ

　　ＯＰＩ（Oral Proficiency Interview）という外国語の会話能力を測るテ
　　　　　　　　　　　　　　　　　　　　　　　がいこくご　　かいわのうりょく　はか
ストでは、上級認定の一つの基準は、「道の教え方がきちんとできるこ
　　　　　じょうきゅうにんてい　ひと　　きじゅん　　みち　おし　かた
と」です。日本の会社でも、日本人社員の入社試験の面接で、自分の家
　　　　　にほん　かいしゃ　　　にほんじんしゃいん　にゅうしゃしけん　めんせつ　　じぶん　いえ
から最寄の駅までの行き方を話させて、話し方の論理性を見ることがあ
　　もより　えき　　　い　かた　はな　　　　はな　かた　ろんりせい　み
るそうです。

　　「道の教え方」で使われる文型そのものは、非常に単純です。面倒な
　　　みち　おし　かた　　つか　　　ぶんけい　　　　　　　ひじょう　たんじゅん　　めんどう
のは、道の様子を目に見えるように描写すること、相手が歩く時の身体
　　　みち　ようす　め　み　　　　　びょうしゃ　　　　あいて　あるく　とき　しんたい
的な位置関係を想像しながら話すこと――つまり「いかに相手にわかり
てき　いちかんけい　そうぞう　　　　はな　　　　　　　　　　　　あいて
やすく説明するか」です。お互いに、最寄りの駅またはバス停から自分
　　せつめい　　　　　　たが　　　もよ　えき　　　　　　てい　　じぶん
の家まで説明し、地図を描きあってみるのもいいでしょう。
　いえ　せつめい　ちず　か

学習事項
がくしゅうじこう

 基本的な道の教え方
　　　きほんてき　みち　おし　かた

 やや複雑な道の教え方
　　　ふくざつ　みち　おし　かた

[基本会話　Ⅰ．基本的な道の教え方] CD1 T06
きほんかいわ　　　きほんてき　みち　おし　かた

次の会話を読み、郵便局までの地図を描いてみましょう。
つぎ　かいわ　よ　ゆうびんきょく　　　ちず　か

A：すみません、ちょっとお伺いしますが。
　　　　　　　　　　　うかが

B：はい、何でしょうか。
　　　　なん

A：郵便局はどう行ったらいいんでしょうか。
　　ゆうびんきょく　　　い

B：ああ、郵便局はね、<u>この道をまっすぐ行って</u>、<u>次の角を右に曲がっ</u>
　　　　　ゆうびんきょく　　　　¹みち　　　　い　　　　²つぎ　かど　みぎ　ま

　　<u>て</u>、また<u>50メートルほど歩くと</u>、<u>左にスーパーがあります</u>。
　　　　　　　³　　　　　　ある　　　⁴ひだり

A：はい。

B：その<u>スーパーを左に曲がって</u>また<u>2、3分歩くと</u>、<u>忠孝東路に出</u>
　　　　²ひだり　ま　　　　　　³に　さんぷんある　　　⁵　　　　で

　　<u>ます</u>。

A：はい。

B：<u>忠孝東路を渡って</u> <u>右に少し行くと</u>、<u>左側に郵便局があります</u>よ。
　⁶　　　わた　　　³みぎ　すこ　い　　　⁴ひだりがわ　ゆうびんきょく

A：わかりました。ありがとうございました。

B：いいえ。

[表現]
ひょうげん

1．〜を　まっすぐ（行きます、歩きます）
　　　　　　　　　　　い　　　　ある

　　［この道、仁愛路］
　　　　みち

2．〜を　（右、左）に、曲がります
　　　　　みぎ　ひだり　　　ま

　　［次の角、二番目の角、病院の角、信号］
　　　つぎ　かど　にばんめ　かど　びょういん　かど　しんごう

3．（〜分ほど、〜メートルほど）歩きます
　　　　ぶん　　　　　　　　　　ある

4．（右、左、突き当たり、斜向かい）に　〜が　あります
　　　みぎ　ひだり　つ　あ　　はすむ

　　［病院、本屋、小学校、映画館、喫茶店、雑貨屋、公園、図書館、スーパー］
　　　びょういん　ほんや　しょうがっこう　えいがかん　きっさてん　ざっかや　こうえん　としょかん

5．〜に　出ます
　　　　　で

　　［忠孝東路、国道、広場、ロータリー、大通り］
　　　　　　　こくどう　ひろば　　　　　　　おおどお

6．〜を　渡ります
　　　　わた

　　［忠孝東路、橋、歩道橋、大通り］
　　　　　　　はし　ほどうきょう　おおどお

[文法]
ぶんぽう

A: ___a___ て、___b___ て……：aとbは同一人物の連続動作
　　　　　　　　　　　　　どういつじんぶつ　れんぞくどうさ

B: ___a___ と、___b___ 。：動作aの結果、bになる。
　　　　　　　　　　　　　どうさ　けっか

1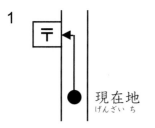

「郵便局は、どこですか」
　ゆうびんきょく

1. まっすぐ行きます。　・まっすぐ行くと、
　　　　　い　　　　　　　　　　い
2. 左にあります。　　・左にあります。
　　ひだり　　　　　　　　　ひだり

2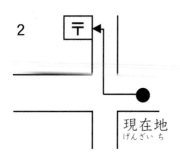

「郵便局は、どこですか」
　ゆうびんきょく

1. まっすぐ行きます。　・まっすぐ行って、
　　　　　い　　　　　　　　　　い
2. 右に曲がります。　・右に曲がると、
　　みぎ　ま　　　　　　　みぎ　ま
3. 左にあります。　　・左にあります。
　　ひだり　　　　　　　　　ひだり

3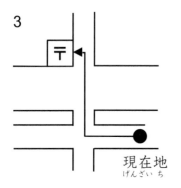

「郵便局は、どこですか」
　ゆうびんきょく

1. まっすぐ行きます。　・まっすぐ行って、
　　　　　い　　　　　　　　　　い
2. 右に曲がります。　・右に曲がって、
　　みぎ　ま　　　　　　　みぎ　ま
3. 大通りを渡ります。　・大通りを渡ると、
　　おおどお　わた　　　　おおどお　わた
4. 左にあります。　　・左にあります。
　　ひだり　　　　　　　　　ひだり

4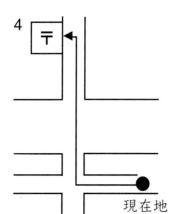

「郵便局は、どこですか」
　ゆうびんきょく

1. まっすぐ行きます。　・まっすぐ行って、
　　　　　い　　　　　　　　　　い
2. 右に曲がります。　・右に曲がって、
　　みぎ　ま　　　　　　　みぎ　ま
3. 大通りを渡ります。　・大通りを渡って、
　　おおどお　わた　　　　おおどお　わた
4. またまっすぐ行きます。・またまっすぐ行くと、
　　　　　　　　い　　　　　　　　　　　い
5. 左にあります。　　・左にあります。
　　ひだり　　　　　　　　　ひだり

次の地図を見て、どこに行くか決めてください。（決めたことを他の人に言ってはいけませ
つぎ　ちず　み　　　　　　　い　　　き　　　　　　　　　　　　　　　　ほか　ひと　い
ん。）次に、目的物までの行き方だけ説明してください。他の人は、どこへ行くか当ててく
　　　　つぎ　もくてきぶつ　　　　い　かた　　せつめい　　　　　　　　　ほか　ひと　　　　　　い　　　あ
ださい。

例「まっすぐ行って、左に曲がって、また少し行くと、右にあります。
れい　　　　　い　　　ひだり　ま　　　　　　　すこ　い　　　　みぎ
　　　私はどこへ行きますか？」（答：銀行）
　　　わたし　　　　い　　　　　　こたえ　ぎんこう

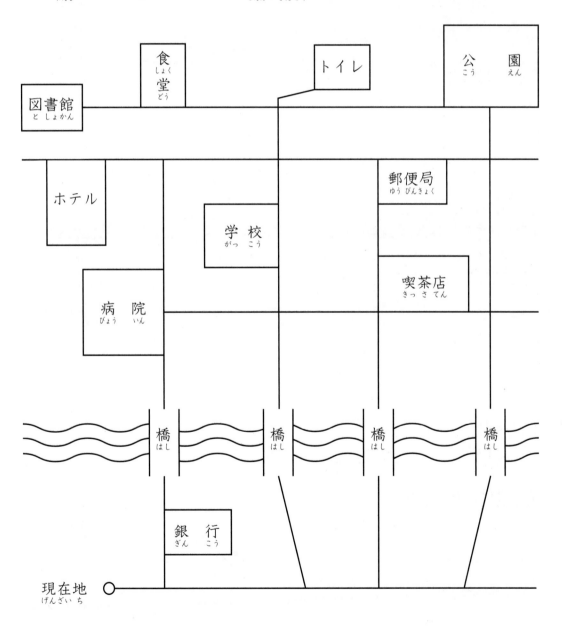

[応用会話 Ⅱ. やや複雑な道の教え方] CD1 T06-01:10

次の会話を読み、図書館までの地図を描いてみましょう。

（大学の中で）

A：すみません、図書館は、どこですか。

B：図書館はね、この建物を出て、右へ行って、しばらく歩くと、道が 2つに分かれています。

A：はい。

B：左の道は、坂になっていますから、その道を上がっていって道なりに歩いていくと、A館とB館が見えます。

A：はい。

B：A館とB館の間の道を入っていくと、A館の裏手に階段があります。

A：はい。

B：その階段を登ると、建物がいくつかあります。一番左の7階建ての建物が図書館です。

A：そうですか。ありがとうございました。

B：いいえ。

[表現]

1. 道の形容：自動詞＋ている
   「道が2つに分かれている」「坂になっている」

2. 進行動作の形容
   ①　～を 上がる ／ ～を 登る

② ～を　出る（小さい場所から離れる）

　　～に　出る（大きい場所へと行く）

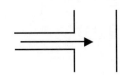

③ ～を(に)　入る（大きい場所から小さい場所へ）

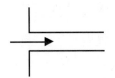

④ 道なりに歩く

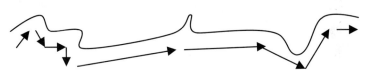

⑤ ～を突っ切る

⑥ ～を回る

3. ～が　見える

4. 方向の形容
　　～の裏手
　　一番左、左から2番目、……
　　AとBの間の道

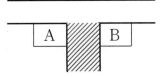

5. 建物の様子
　　～階建て、白塗り、レンガ造り、

※ ［道の教え方の手順］
みち おし かた てじゅん

進行動作①て
しんこうどうさ

例「あそこの階段を上って
かいだん あ

進行動作②と
しんこうどうさ

公園に出ると
こうえん で

道の形容，目標物。
みち けいよう もくひょうぶつ

銀行が左に見えます」
ぎんこう ひだり み

進行動作③て、
しんこうどうさ

「銀行の横の細い道に入って
ぎんこう よこ ほそ みち はい

進行動作④と、
しんこうどうさ

道なりに5分くらい歩くと
みち ごふん ある

道の形容，目標物。
みち けいよう もくひょうぶつ

大きな交差点に出ます」
おお こうさてん で

:

:

［問題］
もんだい

今いる教室から学校の正門、寮、購買部、図書館、食堂などへの行き方を説明してみましょ
いま きょうしつ がっこう せいもん りょう こうばいぶ としょかん しょくどう い かた せつめい
う。

誘う・断る

［学習ワンポイント］― 文型を正しく学んで、日本へナンパしに行こう！

「～ませんか」は人を誘う言葉ですが、相手と自分のうち、少なくとも相手は必ず行動します。「一緒に行きませんか。」は相手も自分も行動しますが、「明日、うちへ遊びに来ませんか。」は、行動するのは相手だけです。

一方、「～ましょうか」は、相手と自分のうち、少なくとも自分は必ず行動します。「一緒に行きましょうか。」は自分も相手も行動しますが、「荷物をお持ちしましょうか。」は、行動するのは自分だけです。

つまり、「～ませんか」の行動主体は聞き手中心で、「～ましょうか」の行動主体は話し手中心なのです。

ですから、尊敬語は「～ませんか」にだけ付きます。つまり、「召し上がりましょうか。」は間違いです。

また、「食べませんか。」は相手と自分の行動か、それとも相手だけの行動かはっきりしませんが、「召し上がりませんか。」は尊敬語ですから、相手だけの行動を促しているわけです。反対に、「いただきませんか。」は謙譲語ですから、必ず話者自身の行動も含まれることになります。ですから、「ケーキをいただきませんか。」と言われて自分だけがケーキを食べてしまったら、顰蹙を買うこと請け合いです。

また、断る時には「行きません」でなく、「行けません」と、可能形を使うべきでしょう。正しい言語知識がないと、ナンパもデートもままならないのです。

学習事項
<ruby>学習事項<rt>がくしゅうじこう</rt></ruby>

 <ruby>誘<rt>さそ</rt></ruby>う

　　　　１．<ruby>軽<rt>かる</rt></ruby>い<ruby>誘<rt>さそ</rt></ruby>い

　　　　２．やや<ruby>強引<rt>ごういん</rt></ruby>な<ruby>誘<rt>さそ</rt></ruby>い

　　　　３．<ruby>断<rt>ことわ</rt></ruby>る

Ⅱ <ruby>招待<rt>しょうたい</rt></ruby>する

　　　　１．<ruby>招待<rt>しょうたい</rt></ruby>・<ruby>受諾<rt>じゅだく</rt></ruby>

　　　　２．<ruby>招待<rt>しょうたい</rt></ruby>・<ruby>断<rt>ことわ</rt></ruby>る

[<ruby>基本会話<rt>きほんかいわ</rt></ruby>　Ⅰ．<ruby>誘<rt>さそ</rt></ruby>う]

1　<ruby>軽<rt>かる</rt></ruby>い<ruby>誘<rt>さそ</rt></ruby>い（1）　CD1 T07

A：<ruby>今<rt>いま</rt></ruby>、¹<ruby>暇<rt>ひま</rt></ruby>ですか。

B：ええ。<ruby>何<rt>なに</rt></ruby>か？

A：²よかったら、 お<ruby>茶<rt>ちゃ</rt></ruby>³ でも、どうですか。

B：あ、⁴いいですね。

[<ruby>解説<rt>かいせつ</rt></ruby>]

１．<ruby>相手<rt>あいて</rt></ruby>の<ruby>都合<rt>つごう</rt></ruby>を<ruby>聞<rt>き</rt></ruby>く。「<ruby>今<rt>いま</rt></ruby>、お<ruby>時間<rt>じかん</rt></ruby>ありますか」「あした、ご<ruby>都合<rt>つごう</rt></ruby>はどうですか」<ruby>等<rt>など</rt></ruby>。

２．<ruby>前置<rt>まえお</rt></ruby>き（ If you like,）。「よろしかったら」「お<ruby>暇<rt>ひま</rt></ruby>でしたら」<ruby>等<rt>など</rt></ruby>。

３．<ruby>名詞<rt>めいし</rt></ruby>（でも）＋どうですか、いかがですか

４．<ruby>相手<rt>あいて</rt></ruby>の<ruby>提案<rt>ていあん</rt></ruby>に<ruby>賛成<rt>さんせい</rt></ruby>の<ruby>時<rt>とき</rt></ruby>。「いいですね。」

[<ruby>練習<rt>れんしゅう</rt></ruby>]

<ruby>上記基本会話<rt>じょうききほんかいわ</rt></ruby>の ☐ の<ruby>部分<rt>ぶぶん</rt></ruby>に<ruby>下<rt>した</rt></ruby>の<ruby>言葉<rt>ことば</rt></ruby>を<ruby>入<rt>い</rt></ruby>れて、<ruby>会話<rt>かいわ</rt></ruby>を<ruby>作<rt>つく</rt></ruby>ってください。

「<ruby>午後<rt>ごご</rt></ruby>、<ruby>映画<rt>えいが</rt></ruby>でも」「<ruby>今夜<rt>こんや</rt></ruby>、<ruby>食事<rt>しょくじ</rt></ruby>を<ruby>一緒<rt>いっしょ</rt></ruby>に」「<ruby>今夜<rt>こんや</rt></ruby>、<ruby>一杯<rt>いっぱい</rt></ruby>」「<ruby>冷<rt>つめ</rt></ruby>たいビールでも」

1 軽い誘い（2）
かる　さそ

CD1
T07-00:37

> Ａ：午後、お暇ですか。
> 　　ごご　　　ひま
>
> Ｂ：え、何か・・・
> 　　　　なに
>
> Ａ：天気がいいから、少し外を<u>散歩</u>しませんか。
> 　　てんき　　　　　　　すこ　そと　さんぽ
>
> Ｂ：いいですね。<u>行きましょう</u>。
> 　　　　　　　　　い

［解説］
かいせつ

１．勧誘の文型：動詞ます形＋ませんか
　　かんゆう　ぶんけい　どうし　　けい

２．動詞ます形＋ましょう・Let's 〜
　　どうし　　けい

［練習］
れんしゅう

下のことに誘う会話を作ってください。
した　　　　　さそ　かいわ　つく

１．映画を見る
　　えいが　み

２．みんなで麻雀をする
　　　　　　マージャン

３．今年の夏北海道に旅行に行く
　　ことし　なつほっかいどう　りょこう　い

４．お茶を飲む
　　ちゃ　の

５．一緒に食事をする
　　いっしょ　しょくじ

６．みんなで先生の家に行く
　　　　　　せんせい　いえ　い

７．ちょっと休む
　　　　　　やす

８．今夜一杯やる
　　こんや　いっぱい

2 やや強引な誘い 🎧 CD1 T07-00:57

A：散歩に行き ません か。

B：散歩？　うーん、¹　あした、試験があります ²からねえ・・・

A：行き³ましょうよ 。 気持ちがいいです よ。

B：そうですねえ・・・じゃ、少しだけ。

[解説]

1. 「うーん」「そうですねえ」・・・考える時の言い方

2. 「〜からねえ」理由を言って、不賛成の意を示す。
「疲れているからねえ」「今日、忙しいからねえ」「子供が病気ですからねえ」等

3. やや強引な誘い：動詞ます形＋ましょうよ（ ⇒ 4.「終助詞」参照）

[練習]

上記基本会話の □□□□□ の部分に自由に言葉を入れて、会話を作ってください。

3 断る 🎧 CD1 T07-01:23

A：今夜 、お暇ですか。

B：え、何か？

A：よろしかったら、一緒に食事し ません か。

B：…¹せっかくですけど、今日は約束がある ²もので、¹悪いけど、³ちょっと…

A：そうですか。残念ですねえ。

B：ごめんなさいね。またこの次に。

A：じゃ、またこの次。

[解説]

1. 拒絶の前置き：
「せっかくですけど」「悪いけど」「申し訳ありませんけど」「残念ですが」

2. 言い訳：
「〜もので」

3. 不賛同の言葉：
「ちょっと」

4. 謝罪の言葉：
「ごめんなさいね」「誘ってくれてありがとう」「また今度」等。

5. 断られた時の挨拶：
「残念ですね」「またこの次」「また今度」等。

[練習]

上記基本会話の □ の部分に自由に言葉を入れて、会話を作ってください。理由の部分は、自由に創作してください。

1. AはBを飲みに誘います。　　Bは理由を言って断ります。
2. AはBを釣りに誘います。　　Bは理由を言って断ります。
3. AはBを映画に誘います。　　Bは理由を言って断ります。

[基本会話 Ⅱ．招待する] CD1 T07-01:54
きほんかいわ　　しょうたい

1　招待－受諾
しょうたい　じゅだく

A：日曜日、お暇ですか。
にちようび　ひま

B：ええ、何か？
なに

A：今度の日曜日、私の誕生日なんです。うち
こんど　にちようび　わたし　たんじょうび

でパーティをするんですが、よかったら、いらっしゃいませんか。

B：わあ、ありがとうございます。喜んで、伺います。
よろこ　うかが

- -

A：先生、今週の土曜日はお暇でしょうか。
せんせい　こんしゅう　どようび　ひま

B：ええ、空いていますよ。
あ

A：実は、クラスで新年会をするんですが、よろしかったら、先生に
じつ　　しんねんかい　　　　　　　　　　　　　　　せんせい

も、是非、おいでいただきたいと思いまして。
ぜひ　　　　　　　　　　おも

B：ほう、新年会ですか。
しんねんかい

A：卒業生も来ます。カラオケもありますよ。
そつぎょうせい　き

B：楽しそうですね。行きましょう。
たの　　　　　　　い

A：わあ、よかった。では、お待ちしています。
ま

B：楽しみにしていますよ。
たの

［解説］
かいせつ

1．「～んです」「～んですが」：先に事情を説明する（⇒7.「～んです」参照）
さき　じじょう　せつめい　　　　　　　　　　　　さんしょう

2．「いらっしゃる」：「行く」「来る」「いる」の尊敬語。（⇒6.「敬語」参照）
い　く　　　　そんけいご　　　けいご　さんしょう

3．お礼：「ありがとうございます」「喜んで伺います」「お言葉に甘えて」等
れい　　　　　　　　　　　　よろこ　うかが　　　ことば　あま　　　など

伺う：「訪問する」「質問する」の謙譲語（⇒6.「敬語」参照）
うかが　ほうもん　しつもん　　けんじょうご　　けいご　さんしょう

4．でしょうか：「ですか」よりも丁寧
ていねい

5. 「是非」:「〜てください」(依頼)「〜たい」(欲求)の表現と一緒に使う。

6. 「おいでになる」:「来る」の尊敬語 (⇒6.「敬語」参照)

   「おいでいただく」:「来てもらう」の敬語 (⇒6.「敬語」参照)

   勧誘の最も謙虚な言い方:「〜ていただきたいと思いまして」「〜ていただけたらうれしいんですが」

   目上の人に対する招待は、依頼の形を取る (⇒第10課「頼む・断る」参照)

7. 目上の人に対する挨拶:「お待ちしています」

8. 招待を受けた時の挨拶:「楽しみにしていますよ」

[練習]

次の会話を作ってください。

1. 友人を花見に招待します。

2. 先生を食事に招待します。

3. 会社の同僚を家族のハイキングに招待します。

2　招待－断る　　CD1 T07-03:04

A：明日、私の家でクリスマス・パーティをする んですが、よろしかったらいらっしゃいませんか。

B：ありがとうございます。¹行きたいんですが、明日は日本から友達が来る²もので、³ちょっと都合が悪い⁴んですよ。

A：そうですか。それは残念ですね。

B：⁵せっかくお誘いいただいたのに、すみませんね。⁵また、この次、誘ってくださいね。

[解説]

1. 相手の誘いに感謝する：「〜たいんですが」（⇒ 7.「〜んです」参照）
2. 言い訳：「〜もので」（前出）
3. 遠慮した断り方：「ちょっと」（前出）
4. 事情説明の「〜んです」：（前出）（⇒ 7.「〜んです」参照）
5. 断る時の挨拶：「せっかくのお誘いですが」「せっかくお誘いいただいたんですが」「また、今度、お願いしますね」等。

[練習]

上記基本会話の 　　　　　 の部分に自由に言葉を入れて、会話を作ってください。理由の部分は、自由に創作してください。

1. AはBを食事に招待します。 　　　 Bは理由を言って断ります。
2. AはBを新年会に招待します。 　　 Bは理由を言って断ります。
3. AはBをディスコに招待します。 　 Bは理由を言って断ります。

[問題]

コンサートの切符が2枚あります。普段思い慕っている人を誘ってください。

約束する
やくそく

[学習ワンポイント] ― 約束は守るためにするもの！
がくしゅう　　　　　　　　　　　やくそく　まも

　　台湾の人たちは、実に気楽に自分の家に呼んでくれます。今さっき路
たいわん　ひと　　　　じつ　きらく　じぶん　いえ　よ　　　　　　いま　　　ろ
上で初めて出会ったばかりなのに、話が弾むと「ちょっとうちに寄って
じょう　はじ　　であ　　　　　　　　　　はなし　はず
いきませんか。」とくるのです。しかも、何人で行ってもOK。自分の
　　　　　　　　　　　　　　　　　　　　　なんにん　い　　　　　　　　じぶん
内と外に境をつけないこの気さくさは、うれしいカルチャー・ショック
うち　そと　さかい　　　　　　　　き
でした。

　　でも、この距離のなさは台湾社会以外では期待できないようです。日
きょり　　　　　たいわんしゃかいいがい　　　きたい　　　　　　　　　　　に
本人から、面識のある人に対しても「部屋が散らかっているもので
ほんじん　　　めんしき　　ひと　たい　　　　へや　ち
……」などと言って、なかなか家に入れてくれません。つまり、日本人
　　　　　　　　い　　　　　　　　いえ　い　　　　　　　　　　　　にほんじん
は自分の生活を他人に見せることに対して、「構え」を持つようです。
　じぶん　せいかつ　たにん　み　　　　　たい　　　かま　も
「構え」があるから、いざ人を家に呼ぶという時は慎重に準備します。誰
かま　　　　　　　　　　ひと　いえ　よ　　　　とき　しんちょう　じゅんび　　　だれ
が何人来るのか、食事はどの程度準備したらいいか、何時から何時まで
なんにんく　　　　しょくじ　　　ていどじゅんび　　　　　　なんじ　　　なんじ
相手をしたらいいか……どれか一つが約束と違うことになると、大変消
あいて　　　　　　　　　　　　　　　　　やくそく　ちが　　　　　　　　　たいへんしょう
耗感を感じます。
もうかん　かん

　　訪問は、必ずアポイントを取ってから行きましょう。また、時間を守
ほうもん　かなら　　　　　　　　と　　　　　い　　　　　　　　　じかん　まも
ることはもとより、人数の大幅な変更があっても、早めに連絡した方が
　　　　　　　　　　にんずう　おおはば　へんこう　　　　　　はや　れんらく　ほう
歓迎されるでしょう。
かんげい

学習事項
がくしゅう じ こう

Ⅰ 時間・場所の約束
じかん ばしょ やくそく

Ⅱ 目上の人にアポイントメントを取る
めうえ ひと と

Ⅲ ホテル等の予約
など よやく

Ⅳ 事柄の約束
ことがら やくそく

[基本会話 Ⅰ. 時間・場所の約束]
きほんかいわ じかん ばしょ やくそく CD1 T08

女：あした、新宿 へ 映画を見 に行かない？
おんな しんじゅく えいが み い

男：うん、いいね。行こう。
おとこ い

女：どこで待ちあわせる？¹
おんな ま

男：紀伊国屋のエスカレーターの前 はどう？
おとこ きのくにや まえ

女：うーん、私は、²できれば 新宿駅の改札 ²の方がいいんだけどな
おんな わたし しんじゅくえき かいさつ ほう

……私、新宿ってあまり詳しくない³のよ。
わたし しんじゅく くわ

男：じゃ、⁴新宿駅の東口 にしよう。何時がいい？¹
おとこ しんじゅくえき ひがしぐち なんじ

女：4時 ¹で、どう？
おんな よじ

男：4時半 ²にしてくれない？ 授業が 4時に終わる ³んだ。
おとこ よじはん じゅぎょう よじ お

女：いいわよ。⁴じゃ、4時半 に。
おんな よじはん

男：悪いね。⁵じゃ、4時半、新宿駅の東口 ⁵ということで。
おとこ わる よじはん しんしんじゅく ひがしぐち

女：ええ。楽しみにしているわ。⁶
おんな たの

約束する 95

［解説］

1. 相手の意向を聞く：

いつ（何時）　　｝　｛　がいい（ですか）

どこ　　　　　　　　　　にしましょうか／しようか

～時　　　　　　｝　｛　は、どう（ですか）／で、どう（ですか）

場所　　　　　　　　　　は、いかが（ですか）／にしませんか（しない）

2. 自分の希望を言う：

できれば＿＿時間・場所＿＿の方がいいんですが／の方がいいんだけど

＿＿時間・場所＿＿にしてくれませんか／にしてくれない

3. 自分の側の事情を説明する：

「～ん・だ」（男）「～の」（女）（⇒7.「男言葉・女言葉」参照）

4. 決定する：じゃ、＿＿時間・場所＿＿にしましょう／にしよう

5. 確認する：じゃ、＿＿時間・場所＿＿ということで

6. 会話の収束の言葉：「楽しみにしていますよ」

［練習］

上記基本会話の＿＿＿の部分に自由に言葉を入れて、会話を作ってください。

基本会話は、親しい者同士の会話ですから、男言葉・女言葉を使っていますが、丁寧体で会話を作ってもいいです。

［参考語彙］

＜時の表現＞	午前中　昼間　午後　夕方　夜　早い時間　遅い時間
＜場所の表現＞	駅の改札　南口　北口　東口　西口　喫茶店　～の前
＜台北の名所＞	國父紀念館　中正紀念堂　故宮博物院　夜市　植物園
	青年公園　西門町　龍山寺　士林　陽明山　総統府
＜台湾の地名＞	天母　新竹　新荘　木柵　永和　台中　台南　高雄
	墾丁公園　烏来　澎湖島　花蓮　彰化　嘉義　屏東
	桃園　日月潭

［基本会話　Ⅱ．目上の人にアポイントメントを取る］ CD1
T08-01:08

A：もしもし、太田先生ですか？

B：はい、そうですが。

A：私、○○大学の卒業生の劉高嵐です。
以前、日本語の授業でお世話になりま
した。

B：ああ、劉さん。久しぶりですね。

A：<u>先生は、お元気ですか。</u>[1]

B：ええ。おかげさまで。今日は<u>何か</u>[2]……？

A：はい、実はある日系会社に就職が決まりまして。

B：へえ、それはおめでとう。

A：で、ご報告かたがた、久しぶりにお伺いしてお話したい<u>んですが</u>[3]、
<u>先生のご都合はいかがでしょうか。</u>[4]

B：ええ、もちろんいいですよ。

A：<u>明日、伺ってよろしいでしょうか。</u>[4]

B：うーん、今週はちょっとたて込んでいるんで、来週の方がいいん
ですけどね。

A：<u>はい、わかりました。</u>[6] <u>では、来週の水曜日はいかがでしょうか。</u>[4]

B：いいですよ、どうぞ。

A：<u>何時頃、伺ったらいいでしょうか。</u>[4]

B：そうですね。水曜日は、午前中の方が時間があるんだけど。

A：あの、すみませんが、来週から午前中は会社の研修に行かなくて
はならない<u>もので</u>[3]、<u>できれば午後にしていただけるとありがたい</u>[5]
<u>んですが。</u>

B：そうですか。では、午後授業が終わってから、４時半頃でいいで
すか。

A：はい、かまいません。場所は、先生の研究室でよろしいですか。

B：ええ、そうしましょう。

A：あの、先生の研究室は何号室でしたっけ。

B：５２７です。

A：はい、じゃ、来週の水曜日の午後４時半、先生の研究室に伺います。

B：はい、じゃ、待っていますよ。

［解説］

1. いきなり用事を言い出さないで、近況から話し始める。「元気ですか」等。

2. 相手の用向きを聞く：
   「何か……」「今日は何か……」。×「何の用ですか。」と聞くのは失礼。

3. 背後事情の説明：
   「～んですが」、言い訳「～もので」。（⇒7.「～んです」参照）

4. 通常、面会を希望した方が相手の都合を聞き、相手の都合に合わせる。
   「先生のご都合はいかがでしょうか。」「明日伺ってよろしいでしょう
   か。」「何時頃伺ったらよろしいでしょうか。」「場所は、先生の研究室
   でよろしいですか。」

   相手の都合が悪い時は、代案を出す。「では、来週の水曜日はいかがで
   しょうか。」

5. 相手の指示した時間や場所が都合が悪い時：
   「できれば～の方がいいんですが。」「できれば～にしていただけると
   ありがたいんですが。」（⇒7.「～んです」参照）

可能ならば、理由を言う。「～もので」

「来週から午前中は会社の研修に行かなくてはならないもので、できれば、午後にしていただけるとありがたいんですが。」

（⇒第6課「約束する」珍会話・参照）

6. 承諾の時。「わかりました。」「かまいません。」「よろしいです。」

×目上の人に「いいですよ」と言うのは失礼。

7. 場所や時間を確認する。忘れたことを確認する時は、「～でしたっけ？」

例「今日は、何曜日でしたっけ？」

8. 最後に日時と場所を確認する。

［練習］

次の条件で、アポイントメントを取ってください。相手と自分の関係を考え、条件をうまく折り合わせてください。

1. 相手：取引先の部長 ： 自分：会社の営業課社員
   相手の希望時間：5日の10時 ： 自分の希望時間：4日の3時
   相手の希望場所：相手の会社 ： 自分の希望場所：相手の会社

2. 相手：自分の恩師 ： 自分：卒業が危ない学生
   相手の希望時間：土曜日の午後 ： 自分の希望時間：土曜日の午後
   相手の希望場所：自分の研究室 ： 自分の希望場所：相手の家

3. 相手：Eメールの相手 ： 自分：学生
   相手の希望時間：なし ： 自分の希望時間：いつでもいい
   相手の希望場所：なし ： 自分の希望場所：どこでもいい

[基本会話　Ⅲ．ホテル等の予約] CD1 T08-03:16

（ヒルトンホテルに電話をする）

A：はい、ヒルトン宿泊予約受付でございます。

B：あのー、部屋の予約¹をお願いしたいんですが。

A：はい。何月何日でしょうか。

B：3月24日、25日、26日の3日間です。

A：何名様ですか。

B：二人です。

A：お泊りの方のお名前²を、どうぞ。

B：鈴木隆と鈴木正子です。

A：けい、鈴木隆様と鈴木正子様・・・お部屋はいくつお入用ですか。

B：一つ³で結構です。夫婦ですから。

A：ダブルになさいますか。ツインになさいますか。

B：ダブル⁴にしてください。

A：はい。あなた様のお名前は？

B：吉田と言います。

A：はい。吉田様のご予約で、3月24日、25日、26日の3日間、ダブ

　　ルのお部屋をお一つ、鈴木隆様・正子様ご夫妻のお泊り⁵ですね。

B：はい、そうです。で⁶、できれば、上の階の静かな部屋⁷がいいんですが。

A：かしこまりました⁸。お取りいたします⁹。

B：それから、料金は、いくらですか。

A：サービス料込み¹⁰で、お一人様一泊2万2千円¹¹になりますが。

B：2万2千円・・・食事は別ですね。

A：はい、別になっております。

B：そうですか。じゃ、お願いします。

A：では、お待ちしております¹²。

　約束する

［解説］
かいせつ

1. 申し出る：「〜を、お願いしたいんですが」「〜をお願いします」
もう で　　　　　　　　　　　　ねが　　　　　　　　　　　　　　　　　ねが

2. 相手の希望を聞くフロント用語：「〜を、どうぞ」＝「〜を言ってください」
あいて　きぼう　き　　　　　　　　ようご　　　　　　　　　　　　　　　　　い

3. 控えめな要求：「〜で結構です」
ひか　　　ようきゅう　　　けっこう

4. 物を注文する時、選択の言葉：「〜にします」「〜にしてください」
もの　ちゅうもん　　とき　せんたく　ことば

5. 確認の言葉：「〜ですね」
かくにん　ことば

6. 「で、」＝「それから」「それで」

7. 自分の希望を言う：「〜がいいんですが」
じぶん　きぼう　い

8. 「かしこまりました」：「わかりました」の敬語
けいご

9. 「お〜いたします」：「お〜します」の敬語。（⇒6.「敬語」参照）
けいご　　　　　　　けいご　さんしょう

10. 「〜込み」：例「光熱費込み」「管理費込み」「税金込み」「配達料込み」
こ　　　　れい　こうねつひこ　　　かんりひこ　　　ぜいきんこ　　　はいたつりょうこ

11. 「〜になります」：値段などを言う時。遠慮した言い方。
ねだん　　　　い　とき　えんりょ　　い　かた

12. 「お待ちしています」：会話の収束の言葉。
ま　　　　　　　　　　かいわ　しゅうそく　ことば

［練習］
れんしゅう

次の予約の会話を作ってください。
つぎ　よやく　かいわ　つく

1. ひかり号の指定席の予約
ごう　していせき　よやく

2. オペラ『蝶々夫人』の指定席の予約
ちょうちょうふじん　していせき　よやく

3. 宴会の予約
えんかい　よやく

4. 結婚式場の予約
けっこんしきじょう　よやく

5. 飛行機のチケットの予約
ひこうき　　　　　　　よやく

6. ピザの宅配の予約
たくはい　よやく

[基本会話　Ⅳ．事柄の約束] 🎧 CD1
きほんかいわ　　　ことがら　やくそく　　　　T08-05:08

子供：ねえ、お母さん、新しいゲームソフト、買って。
こども　　　　　かあ　　　あたら　　　　　　　　　　か

母　：そうねえ・・・ちゃんと勉強するなら、買ってあげる。
はは　　　　　　　　　　　　　べんきょう　　　　　か

子供：うん、ちゃんと勉強するよ。だから、買ってよ。
こども　　　　　　　べんきょう　　　　　　　　か

母　：ほんと？　絶対勉強する？
はは　　　　　　ぜったいべんきょう

子供：うん、きっと勉強するから、ゲームソフト買ってちょうだい。
こども　　　　　べんきょう　　　　　　　　　　　　か

母　：そう。じゃ、必ず勉強するなら、買ってあげる。
はは　　　　　　かなら　べんきょう　　　　　か

[解説]
かいせつ

１．「～て」「～てちょうだい」（⇒第10課「頼む・断る」参照）
　　　　　　　　　　　　　　　　だい　か　たの　　ことわ　さんしょう

２．「～たら」と「～なら」の違い
　　　　　　　　　　　　　　ちが
　　「AしたらBする」：BはAの後。
　　　　　　　　　　　　　　あと
　　「AするならBする」：BはAの前でも後でもよい。
　　　　　　　　　　　　　　　まえ　　あと
　　例「乗るなら飲むな、飲んだら乗るな」（開車不喝酒，喝酒不開車）
　　れい　の　　　の　　　　の　　　の

　　＊「勉強するなら、お菓子をあげる」と「勉強したら、お菓子をあげ
　　　べんきょう　　　　　かし　　　　　　　　べんきょう　　　　かし
　　　る」は、どう違うか？
　　　　　　　　　ちが

３．終助詞「よ」と「ね」の違い（⇒4.「終助詞」参照）
　　しゅうじょし　　　　　　　ちが　　　　しゅうじょし　さんしょう

４．「きっと」「必ず」「絶対」：強調の副詞
　　　　　　かなら　ぜったい　きょうちょう　ふくし

５．「～から」約束する時の条件の言葉
　　　　　やくそく　とき　じょうけん　ことば

［練習］
れんしゅう

次の会話を作ってください。条件は、適当に考えてください。
つぎ　かいわ　つく　　　　　　じょうけん　てきとう　かんが

１．友達からノートを借ります。
　　ともだち　　　　　　　　か

２．先輩から本を貸してもらいます。
　　せんぱい　　ほん　か

３．同僚から１万円借ります。
　　どうりょう　　いちまんえん　か

４．ボーイフレンドに服を買ってもらいます。
　　　　　　　　　　　　ふく　か

５．夫に指輪を買ってもらいます。
　　おっと　ゆびわ　か

６．妻にお金を貸してもらいます。
　　つま　かね　か

７．父親にバイクを買ってもらいます。
　　ちちおや　　　　　か

８．その他
　　　　た

胡麻をする
ごま

[学習ワンポイント] ―　胡麻すりは科学的に！
がくしゅう　　　　　　　　　ごま　　　　かがくてき

　　相手が女性だったら、どう誉めますか？　やはり「きれいですね。」で
　　あいて　じょせい　　　　　　は
しょう。では、男性やきれいでない女性はどう誉めますか？　能力を誉
　　　　　　だんせい　　　　　　　じょせい　　　は　　　　　　のうりょく　は
めたらいいでしょう。では、能力も特に優れていると言えない人はどう
　　　　　　　　　　　　のうりょく　とく　すぐ　　　　　　い　　　ひと
しますか？　性格とか態度とかを誉めます。では、美貌も能力も人格の
　　　　　　せいかく　　たいど　　　は　　　　　　びぼう　のうりょく　じんかく
優秀さもない人は……台湾ではそういう人には、「あなたは愛国心があ
ゆうしゅう　　ひと　　たいわん　　　　　　ひと　　　　　　あいこくしん
りますね。」とか「あなたは交通規則をよく守りますね。」とか言うそう
　　　　　　　　　　　こうつうきそく　　　まも　　　　　　い
ですが……いえいえ、どんな人にも「服のセンスがいい」とか「歩き方
　　　　　　　　　　　ひと　　ふく　　　　　　　　　　あるかた
がきれいだ」とか、必ず何か美点はあるものです。人間観察の練習とし
　　　　　　かなら　なに　びてん　　　　　　にんげんかんさつ　れんしゅう
て、また物や人の形容の学習として、誉め言葉を勉強してみましょう。
　　もの　ひと　けいよう　がくしゅう　　ほ　ことば　べんきょう
この課を学習する時、「いやあ、そんなこと、ありませんよ。」と謙遜す
　か　がくしゅう　とき　　　　　　　　　　　　　　けんそん
るところを、手を振り下ろす動作をオーバーに演じてみると、教室は間
　　　　て　ふ　お　どうさ　　　　　　　えん　　　　　きょうしつ　ま
違いなく爆笑です。
ちが　　ばくしょう

　　もっとも、最近では男女に拘わらず、人の美醜を本人の前で論じる
　　　　さいきん　　だんじょ　かか　　　ひと　びしゅう　ほんにん　まえ　ろん
ことは「セクハラ」とされることがあるようですから、実地に応用す
　　　　　　　　　　　　　　　　　　じっち　おうよう
る時には、ご注意を。
　とき　　ちゅうい

学習事項
がくしゅうじ こう

Ⅰ 胡麻すりのパターン
ごま

Ⅱ 胡麻すりの実際
ごま じっさい

　　　　基本会話　1. 相手の持ち物を誉める
　　　　きほんかいわ　　あいて　も　もの　ほ

　　　　　　　　　2. 相手の容姿・個性を誉める
　　　　　　　　　　あいて　ようし　こせい　ほ

　　　　　　　　　3. 相手の能力・技術・動作を誉める
　　　　　　　　　　あいて　のうりょく　ぎじゅつ　どうさ　ほ

　　　　　　　　　4. 相手の身内を誉める
　　　　　　　　　　あいて　みうち　ほ

　　　　　　　　　5. 相手の作品を誉める
　　　　　　　　　　あいて　さくひん　ほ

　　　　　　　　　6. 相手の行為を誉める
　　　　　　　　　　あいて　こうい　ほ

Ⅰ 胡麻すりのパターン
ごま

1. 基本的な誉め言葉
　きほんてき　ほ　ことば

2. さらに具体的に誉める
　　　　ぐたいてき　ほ

3. 質問によって関心を示す
　しつもん　　　　かんしん　しめ

4. 依頼・冷やかし・激励などで終結する
　いらい　ひ　　　　げきれい　　　　しゅうけつ

5. 謙遜の言葉
　けんそん　ことば

Ⅱ 胡麻すりの実際
ごま　　じっさい

[基本会話]
きほんかいわ

1 相手の持ち物を誉める
あいて　も　もの　ほ
 CD1 T09

A：そのネクタイ、¹すてきですね。

B：えっ、そうですか。

A：²よく似合いますよ。
　　　にあ

B：そうですか。ありがとうございます。

> A：誰のプレゼントですか。
>
> B：いやあ、家内が買ってくれたんですよ。
>
> A：幸せですね。
>
> B：いやいや、そんな。

[解説]

1. 基本的な誉め言葉

　　その 持ち物 、〜ですね。　　　例「その洋服、きれいですね。」

　　その 持ち物 、〜そうですね。　例「そのコート、暖かそうですね。」

[語彙]

　　衣服・装飾品：

　　　　いい／すてき／きれい／かっこいい／センスがいい／　りっぱ

　　家・家具：

　　　　すてき／りっぱ／気持ちのいい部屋／風通しがいい／涼しい／日当
　　　　たりがいい／静か／落ち着いた雰囲気／アンティーク／シンプル

　　電気製品・機器：

　　　　使いやすそう／便利／デザインがいい／性能がいい

2. 具体的に誉める

　　「よく似合いますよ」「いい色ですね」「おもしろい形ですね」「デザイン
　　がいいですね」「丈夫そうですね」「趣味がいいですね」「暖かそうです
　　ね」「涼しそうですね」等。

3. 質問によって関心を示す　（⇒7.「〜んです」参照）

　　「どこで買ったんですか」「誰のプレゼントですか」「どうやって作ったん
　　ですか」「高かったでしょう」「どこで見つけたんですか」等。

4. 依頼・冷やかし・激励などで終結する

　　「幸せですね」「私もそんなのが欲しいですね」等。

5. 謙遜・感謝「いえいえ、そんな」「いや、どうも」等。

[練習]

隣の人の持ち物を、お互いに誉め合ってみましょう。

2　相手の容姿・個性を誉める　CD1 T09-00:44

A：陳さんは、<u>スタイルがいいです</u>¹ね。

B：<u>いえいえ、とんでもない。</u>⁵

A：ほんとですよ。<u>みんな、そう言っていますよ。</u>²

B：そうですか。ありがとうございます。

A：<u>どうしたら、そんなにきれいになるんですか。</u>³

B：毎日、水泳をしているんです。

A：そうですか。<u>じゃ、私もやってみようかな。</u>⁴今度、教えてくださいね。

B：<u>いえいえ、そんな。</u>⁵

[解説]

１. 基本的な誉め言葉

〜さんは、〜ですね。　　　例「王さんは、美人ですね」

〜さんは、〜て、いいですね。　例「王さんは、背が高くて<u>いいですね</u>」

[語彙]

容姿：きれい／かわいい／美人／魅力的／スマート／ハンサム／健康そう

個性：若々しい／明るい／まじめ／元気／強い／しとやか／やさしい／親切／おとなしい／静か／暖かい／男らしい／女らしい／感じがいい

行動：よく勉強する／よく働く

態度：教育熱心／りっぱ／勇敢／辛抱強い／正義感がある

部分評価：○○さんは、 部分 が 形容語 ですね

　　脚が長い／目がきれい／スタイルがいい／背が高い／頭がいい／声がチャーミング

擬態語を用いた容姿の形容：

　　髪がつやつやしている・黒々としている・さらさらしている／肌がつるつるしている・つやつやしている／目がぱっちりしている・きらきらしている／脚がほっそりしている／体・脚がすらっとしている

2. 具体的に誉める

「みんな、そう言っていますよ」「前からそう思っていたんです」「私、憧れています」「本当に、～ですよ」「感心しますよ」「いつ見ても勉強していて」等。

3. 質問によって関心を示す

「どうしたらそんなにきれいになるんですか」「どうやって勉強したんですか」「どんな化粧品を使っているんですか」「どんなことをしているんですか」「どうしたらそんなに～になれるんですか」等

4. 依頼・冷やかし・激励などで終結する

「今度教えてくださいね」「私もやってみたいですね」「今度、連れて行ってくださいよ」「私にも紹介してくださいよ」等

5. 謙遜の言葉

「いいえ、そんなこと、ないですよ」「そんなこと、ありませんよ」「いやあ、それほどでもないですよ」「それほどでもありませんよ」「とんでもないですよ」「いえいえ（男・女）、そんな」「いやいや（男）、そんな」「お恥ずかしい」等

[練習]

隣の人の容姿や個性を、お互いに誉め合ってみましょう。

3 相手の能力・技術・動作を誉める

A：陳さんは、日本語が上手で、いいですね。

B：いやあ、そんなことありませんよ。自己流で。

A：本当ですよ。発音がとてもきれいだし、流暢だし、羨ましいですね。

B：そうですか。ありがとうございます。

A：どうやって勉強したんですか。

B：テープを聞いて勉強したんです。

A：そうですか。今度、教えてくださいね。

B：いえいえ、お恥ずかしい。

［解説］

１．基本的な誉め言葉

　　〜さんは、技能 が 形容語 ですね。

　　例「陳さんは、日本語が上手ですね」

［語彙］

　　タイプ／歌／ピアノ／テニス／運転／麻雀／字／お世辞 が上手ですね

　　英語／中国語／日本語 が上手ですね・がよくできますね

　　仕事／勉強 がよくできますね

　　タイプ／ワープロ／仕事　が早いですね

　　その他：

　　　歩き方がきれいですね／食べ方が上品ですね／笑顔がすてきですね 等

２．具体的に誉める

　　〜が〜ですよ　　例「発音がきれいですよ」 等

3. 質問によって関心を示す

いつ覚えたんですか／誰に習ったんですか／どうやって勉強したんですか／どこで習ったんですか／どのくらい勉強したんですか　等

4. 依頼・冷やかし・激励などで終結する

今度教えてくださいね／私もやってみたいですね／今度一緒にやりましょう／今度、連れて行ってくださいよ／私にも紹介してくださいよ　等々

5. 謙遜の言葉（⇒ 前節に同じ）

[練習]

隣の人の能力・技術・動作をお互いに誉め合ってみましょう。

4　相手の身内を誉める　CD1 T09-02:00

A：お宅の息子さん、本当に優秀ですね。

B：えっ、いえ、とんでもない。

A：本当ですよ。お勉強はよくできるし、親孝行だし、羨ましいですわ。

B：いいえ、もうおとなしいだけが取り柄で……

A：どこかいい塾に行っていらっしゃるんですか？

B：いいえ、毎日2時間くらい家で勉強しているんですよ。

A：まあ、えらいですねー。うちの子もそうだといいんだけど。

B：いえいえ、そんな。

１．基本的な誉め言葉
きほんてき　ほ　　ことば

　　お宅の＿家族＿は、＿形容語＿ですね。
　　　たく　　かぞく　　　けいようご

　　例「お宅のご主人は、やさしいですね」
　　れい　　たく　　しゅじん

　　あなたの＿家族＿は、＿形容語＿でいいですね。
　　　　　　　かぞく　　　けいようご

　　例「あなたの彼氏は、ハンサムでいいですね。」
　　れい　　　　かれし

［語彙］
　ご　い

　　　相手の奥さん・ガールフレンド：
　　　あいて　おく

　　　　きれい／美人／かわいい／やさしい／料理が上手
　　　　　　　　びじん　　　　　　　　　　りょうり　じょうず

　　　相手のご主人・ボーイフレンド：
　　　あいて　　しゅじん

　　　　ハンサム／貫禄がある／暖かい／知的／頼りになる／りっぱ／
　　　　　　　　かんろく　　あたた　ちてき　たよ

　　すてき

　　　相手の子供：おとなしい／おりこう／元気／かわいい／親孝行
　　　あいて　こども　　　　　　　　　　　げんき　　　　　　おやこうこう

　　　相手の父母：やさしい／理解がある／おだやか／若々しい／教養がある
　　　あいて　ふぼ　　　　　　りかい　　　　　　　わかわか　　　きょうよう

２．具体的に誉める
ぐたいてき　ほ

　　普段の行動を誉める　「いつも、〜ていますね」
　　ふだん　こうどう　ほ

　　例「いつ見ても、勉強していますね」等
　　れい　　み　　　べんきょう　　　　　など

３．質問によって関心を示す
しつもん　　　　かんしん　しめ

４．依頼・冷やかし・激励などで終結する
いらい　ひ　　　げきれい　　　しゅうけつ

　　自分と比べるなどする　例「うちの子もそうだといいんだけど」等
　　じぶん　くら　　　　　れい　　　　こ　　　　　　　　　　など

５．謙遜の言葉
けんそん　ことば

　　「いいえ、〜だけが取り柄で」「いいえ、〜だけが取り柄なんですよ」等
　　　　　　　　と　え　　　　　　　　　　　と　え　　　　　　　　など

［練習］
れんしゅう

隣の人の家族・友達・恋人などを誉め合ってみましょう。
となり　ひと　かぞく　ともだち　こいびと　　　ほ　あ

胡麻をする　　111

5 相手の作品を誉める
あいて さくひん ほ

CD1
T09-02:45

A：あなたの作文、おもしろかったですよ。
　　さくぶん

B：えっ、そうですか。

A：そうですよ。文法の間違いも少なくなったし、特にお父さんのこ
　　　　　　　　まちが　　すく　　　　　　　　　とう
　　とがよく書けていますね。
　　　　　　か

B：そうですか。ありがとうございます。

A：あなたは進歩が早いですね。ずいぶん勉強したんでしょう？
　　　　　しんぽ　はや　　　　　　　　べんきょう

B：そんなこと、ありませんよ。先生のおかげです。
　　　　　　　　　　　　　　せんせい

A：これからも、がんばってくださいね。

B：はい。ありがとうございます。

[解説]
かいせつ

１．基本的な誉め言葉
　　きほんてき　ほ　ことば
　　あなたの　作品　、　形容語　ですよ。
　　　　　さくひん　けいようご
　　例「あなたの作文、おもしろかったですよ。」
　　れい　　　　　　さくぶん

[語彙]
ごい

　　作品一般：
　　さくひんいっぱん
　　　おもしろい／独創的／上手／アイデアがいい
　　　　　　　どくそうてき　じょうず
　　料理を誉める場合：
　　りょうり　ほ　ばあい
　　　おいしそうですね／おいしいですね／いい匂いですね／栄養がありそう
　　　　　　　　　　　　　　　　　　　　にお　　　　えいよう
　　　ですね／きれいですね／あまり油っこくないですね／塩味がちょうどい
　　　　　　　　　　　　　あぶら　　　　　　しおあじ
　　　いですね　等
　　　　　　　など

胡麻をする

2. 具体的に誉める
 〜が 可能形、または自動詞 ていますよ
 例「写真が、きれいに撮れていますよ」「肉が、よく煮えていますよ。」等

3. 質問によって関心を示す
 （料理を誉める場合）何を使ったんですか／どうやって作るんですか

4. 依頼・冷やかし・激励などで終結する
 これからも頑張ってくださいね

5. 謙遜の言葉
 〜のおかげです

6 相手の行為を誉める　CD1 T09-03:27

先生　（男）：君はきのう、病気のお爺さんを助けてあげた¹んだって？

中学生（男）：え？

先生：家族の人から学校に電話があったよ。²とっても感謝していたよ。

中学生：そうですか。

先生：お爺さんの荷物を持って、家まで送ってあげた¹そうだね。

中学生：ええ、⁵まあ…

先生：²なかなかできないことだよ。君はいつも、困っている人を助けるの？

中学生：⁵僕にもお爺さんがいるから…

先生：⁴本当にいいことをしたね。¹偉い、偉い。

中学生：⁵いえ、それほどでも…

［解説］

1. 基本的な誉め言葉

   事実の確認をする：<u>動詞終止形</u> んですって？

   　　　　　　　　 <u>動詞終止形</u> そうですね（「伝聞」の文型）

   偉いですね／偉い、偉い：特に目下の者を誉める時に言う。

   すごいですね／すばらしいですね

2. 具体的に誉める

   相手の行為が好影響を及ぼしていることを言う

   「なかなかできることじゃありませんよ」：善行を誉める常套句

   「みんな、感心していますよ」「みんな、喜んでいますよ」「評判、いいで

   すよ」等

3. 質問によって関心を示す

   「いつもそうなんですか」「いつ頃から始めたんですか」「どんなきっかけ

   で始めたんですか」等

4. 依頼・冷やかし・激励などで終結する

   「本当にいいことをしましたね」「みんな、見習うべきですね」等

5. 謙遜の言葉

   「まあ」：内容を暈して謙遜する（⇒2.「間投詞」参照）

   「〜から」：動機について謙遜する

   例「好きでやっていることです<u>から</u>」「時間があるからやっているん

   　　ですから」「あの時は、たまたまお金があった<u>から</u>」等

　　胡麻をする

［問題］
もんだい

Ⅰ. 次のことを誉めてください。
つぎ　　　　　　　　　　ほ

1. 相手の髪を誉めてください。
　あいて　かみ　ほ

2. 相手の犬を誉めてください。
　あいて　いぬ　ほ

3. 相手の部屋を誉めてください。
　あいて　へや　ほ

4. 相手の描いた絵を誉めてください。
　あいて　か　え　ほ

5. 相手の真面目さを誉めてください。
　あいて　まじめ　　　ほ

6. 成績の悪い友達が猛勉強して 100 点を取りました。誉めてください。
　せいせき　わる　ともだち　もうべんきょう　　ひゃくてん　と　　　　　　　　ほ

7. その他、何でも誉めてください。
　　た　なん　ほ

Ⅱ. あなたの先生に、胡麻をすってください。
　　　　　せんせい　　ごま

［学習ワンポイント］― 日本人と喧嘩になった時は英語を使え！
がくしゅう　　　　　　　　　　　　　　　にほんじん　けんか　　　　　　とき　えいご　つか

　日本語は「罵り言葉」が少ないと言われます。「バカヤロー」は外国
にほんご　ののし　ことば　　すく　　　　　い　　　　　　　　　　　　　　　　　　　　　　　　　　　がいこく
人にもよく知られているようですが、女性が言うのは少々下品でしょ
じん　　　し　　　　　　　　　　　　　　　　　　じょせい　い　　　　　しょうしょうげひん
う。伝統的な罵り言葉でも、「おととい来い」とか「味噌汁で顔洗って
でんとうてき　ののし　ことば　　　　　　　　　　こ　　　　　　みそしる　かおあら
出直して来い」とか「豆腐の角に頭ぶつけて死んじまえ」など、むしろ
でなお　こ　　　　　とうふ　かど　あたま　　　　　　し
ユーモラスな言い回しが多いようです。
い　まわ　　おお

　日本語では、罵ったり喧嘩をしたりする時の決まった語彙があると言
にほんご　　　ののし　　けんか　　　　　　とき　き　　　　　ごい　　　　　　い
うより、表現のし方に工夫があります。そして、自分の迷惑を遠回しに
ひょうげん　　かた　くふう　　　　　　　　　　じぶん　めいわく　とおまわ
相手に悟らせるなど、被害者としての立場を切々と相手に訴えるやり方
あいて　さと　　　　　　ひがいしゃ　　　　たちば　せつせつ　あいて　うった　　　かた
の方が多く、相手を面罵して加害者を打ちのめすやり方を取るのは、か
ほう　おお　あいて　めんば　　かがいしゃ　う　　　　　　かた　と
なり限られた場合のようです。
かぎ　　　ばあい

　でも、本当に相手と戦闘状態になってしまったら、第三者に媒介して
ほんとう　あいて　せんとうじょうたい　　　　　　　　だいさんしゃ　ばいかい
もらって、筋を通して話すのが一番いいでしょう。ふだん人間関係のな
すじ　とお　はな　　　　　いちばん　　　　　　　　　　　　　にんげんかんけい
い行きずりの人とふとしたことで言い争いになった場合は、とにかく英
い　　　　　　ひと　　　　　　　　　　　い　あらそ　　　　　　ばあい　　　　　　えい
語でまくしたてるのがケンカに勝つコツです。それでもだめなら………
ご　　　　　　　　　　　　　　　　　か
勝てない喧嘩はしないことです。
か　　　　けんか

　この課では、誰かさんに対する日頃のウラミツラミを思い切り晴らす
か　　　だれ　　　　たい　ひごろ　　　　　　　　おも　き　は
べく、ロールプレイを楽しむことに主眼を置いてください。そして、こ
たの　　　　　　しゅがん　お
の課で学んだことが応用されるチャンスに巡り合うことのないよう、
か　まな　　　　　おうよう　　　　　　　　めぐ　あ
願っています！
ねが

CD1-T10
00:08

学習事項
がくしゅうじこう

Ⅰ 遠慮がちな苦情
えんりょ　　くじょう

1. 知らない人に傘を間違えられる（注意）
し　　ひと　かさ　まちが　　　　　　　ちゅうい

2. 単身赴任から帰ってきた夫に（嫌味）
たんしんふにん　　かえ　　　　　おっと　いやみ

3. 隣の家の犬がうるさい（遠回しの苦情）
となり　いえ　いぬ　　　　　　とおまわ　　くじょう

4. 自分の家の前にゴミを捨てられる（文句）
じぶん　いえ　まえ　　　　す　　　　　　もんく

5. 原稿の締切日に作家の原稿が間に合わない（懇願）
げんこう　しめきりび　さっか　げんこう　ま　あ　　　　こんがん

Ⅱ 強硬な苦情
きょうこう　くじょう

1. 隣の犬が自分の庭の花壇を荒らした（怒鳴り込み）
となり　いぬ　じぶん　にわ　かだん　あ　　　　　　どな　こ

2. 娘が夜遅く帰ってきた（叱責）
むすめ　よるおそ　かえ　　　　　しっせき

3. 会社で部下が仕事のミスをした（非難・罵倒）
かいしゃ　ぶか　しごと　　　　　　　ひなん　ばとう

［基本会話 Ⅰ. 遠慮がちな苦情］ CD1 T10
きほんかいわ　　えんりょ　　くじょう

1 知らない人に傘を間違えられる（注意）
し　　ひと　かさ　まちが　　　　　　　ちゅうい

A：あのー、その傘、私のなんですけど。
　　　　　　　かさ　わたし

B：あっ、これはどうも失礼。
　　　　　　　　　　　しつれい

［解説］
かいせつ

1. 「あのー」：遠慮がちに人に話しかける時。
えんりょ　　ひと　はな　　　　とき

2. 「〜んです」：先行現象の確認を省略した「のだ」は、逆に相手に先行現
せんこうげんしょう　かくにん　しょうりゃく　　　　　　ぎゃく　あいて　せんこうげん
象の存在を気づかせる効果を持つ。（⇒7.「〜んです」参照）
しょう　そんざい　き　　　　　こうか　も　　　　　　　　　　さんしょう
例「あのー、ちょっとお尋ねしたいんですが。」
れい　　　　　　　　　　たず

3. 「けど」：自分の意見を留保する謙虚な言い方。
じぶん　いけん　りゅうほ　けんきょ　い　かた
例「彼、独身かしら？」「さあ、私は結婚していると思うけど。」
れい　かれ　どくしん　　　　　　　わたし　けっこん　　　　　　おも

罵る　　117

[練習]

1. あなたは、バスの中で、隣の人に足を踏まれています。注意してください。

2. 男の人が間違えて女子トイレに入ろうとしています。注意してください。

3. 電車の中で若い人がシルバーシートに座っています。注意してください。

2　単身赴任から帰ってきた夫に（嫌味）　　CD1
T10-00:36

> 妻：¹そのシャツは、どなたのお見立てかしら。
>
> 夫：自分で買ったんだよ。
>
> 妻：あら、そう。²しばらく会わないうちに、ずいぶん趣味が変わったのね。
>
> 夫：そうでもないよ。
>
> 妻：³きれいに洗濯して、アイロンまでかけてあるじゃないの。⁴うちではしたことなかったのに。
>
> 夫：おい、いったい何が言いたいんだ！
>
> 妻：別に。
>
> 夫：言いたいことがあるなら、はっきり言えよ！
>
> 妻：⁵………

[解説]

1. 相手に質問する形で、注意を引く。

2. 遠回しに文句を言う。

3. 相手を誉める形で、実は嫌味。

4. ほとんど愚痴になっている。

5. この妻は、いったい何が言いたいのか？

[練習]

1. ずっと電話をかけて来なかったボーイフレンドに嫌味を言います。

2. 帰宅が遅かった夫に、妻が嫌味を言います。

3. つきあいの悪い友達に嫌味を言います。

3 隣の家の犬がうるさい（遠回しの苦情） 〔CD1 T10-01:17〕

A：こんにちは。いいお天気ですね。

B：ええ、本当に。

A：お宅、この週末はどこかへお出かけ？

B：ええ、今週は忙しかったし、久しぶりに二人で実家へ行こうと思って。

A：あらまあ、それじゃ、お宅のワンちゃん、またまた大活躍ね。

B：は？

A：お宅はお庭が広くて、本当に羨ましいですわ。あんなに大きな犬が飼えて。

B：いえ、あの……

A：誰かがお宅に近づくとよく吠えるし、お宅みたいにご夫婦がお仕事で家にいなくても、絶対安心ですわよね。

B：あの、それは……

A：本当ですわ。主人もいつも言っているんですよ。お隣はいつもにぎやかで楽しそうだねって。

B：あの、そんなに吠えてますか。

A：ええ、本当にお利口なワンちゃん。…あ、じゃ、そろそろ失礼。ごめんください。

B：ごめんください。………あ〜あ、実家に行く時は、犬をどこかに預けなくちゃ。

[解説]

Aは一貫して犬を誉めているが、実は犬がうるさいことを悟らせたがっている。

[練習]

1. 隣の家のピアノがうるさくてたまりません。遠回しに苦情を言います。
2. スーパーのレジ係が、おしゃべりをしながら客の応対をしています。客が遠回しに苦情を言います。
3. 友人の車の運転が乱暴で、怖くてたまりません。遠回しに苦情を言います。

4 自分の家の前にゴミを捨てられる（文句・説教） CD1 T10-02:34

A：あ、<u>ちょっとちょっと</u>。<u>ここはゴミ捨て場じゃないんですけど</u>。

B：はあ・・・

A：<u>ゴミ捨て場はあそこの角、月、水、金の朝6時から9時までなんですよ</u>。

B：はい・・・

A：<u>人の家の前に捨てたら、その家の人が迷惑するでしょう。お掃除だって大変なんですよ</u>。

B：・・・・・

A：<u>これから、気をつけてくださいね</u>。

B：はあ、どうも・・・

[解説]

1. 「ちょっと」：他人の注意を引くための、わりと無遠慮な呼び方。
2. 間接的に「あなたの行動は正しくない」と言っている。

3．正しい行動のあり方を教えている。「よ」は自分の主張を相手に一方的に
伝える終助詞。（⇒４．「終助詞」参照）

4．間接的に「あなたが正しい行動をしないから、私たちが迷惑する結果に
なった」と言っている。

5．正しい行動をするように指示している。「〜てください」は指示の文型。

［練習］

1．スーパーのレジで、後から来た客が先に勘定をしようとしています。
文句を言ってください。

2．禁煙区で煙草を吸っている人がいます。文句を言ってください。

3．自分の家の前に車を停められました。運転手に文句を言ってください。

4．二階の人が夜中に大きな音で音楽をかけています。文句を言ってください。

5．道で自分の犬に糞をさせて、そのまま立ち去ろうとしている人がいま
す。文句を言ってください。

5　原稿の締切日に作家の原稿が間に合わない（懇願） CD1 T10-03:13

編集者：先生、どうするんです？　もう締切を３日過ぎてるんですよ。

作家　：うーん。あと少しなんだが、あいにく台湾で講演を頼まれて
いて、明日から台湾に行かなくちゃならなくて・・・

編集者：そんな！困りますよ。これ以上遅れたら、年内に出版できなく
なりますっ！

作家　：しかし、台湾の方も断るわけにいかないし・・・

編集者：先生、僕の身にもなってくださいよ。今日、空手で帰ったら、
僕が編集長に怒られるんですから。うちみたいな小さい出版
社は、出版が遅れると、社員の給料が遅配になることもある
んです。

作家　：しかし、そう言われてもねえ・・・

編集者：ねえ、何とかしてくださいよ。先生、頼みますよ。

作家　：うーん・・・

［解説］

1. 「どうするんですか」：相手に現実を突き付ける言い方。

2. 現実を相手に認識させている。

3. 「そんな！」＜そんなひどいこと！：哀願するような苦情の表明。

4. 「困りますよ」：わりと直接的な苦情の表明

5. 「僕の身にもなってくださいよ」：相手に同情を求める苦情の常套句。

6. 自分の側の事情を説明し、愚痴を言っている。

7. 「〜から」：「〜から、いやだ」の省略。愚痴・文句を言う時に使う。

8. 「ねえ」：相手の注意を引くための呼び掛け。（⇒2.「間投詞」参照）

9. 「何とかしてくださいよ」：相手に処理・収拾を求める常套句。

10. 「頼みますよ」：この種の依頼表現も、一種の苦情になる。

［練習］

1. 先生の宿題が多すぎます。学生が数人で、先生に苦情を言いに行きます。

2. 先輩に貸したお金をなかなか返してくれません。先輩に苦情を言います。

3. デパートで子供が商品に悪戯をしています。店員が子供の親に苦情を言います。

[基本会話　Ⅱ．強硬な苦情] 💿 CD1
きほんかいわ　　きょうこう　くじょう　　　　T10-04:25

1　隣の犬に自分の庭の花壇を荒らされた（怒鳴り込み）
　　となり　いぬ　じぶん　にわ　かだん　あ　　　　　　　どな　こ

A：ちょっと、どうしてくれるんですか！
　　　　　　　　１

B：は？　何か？
　　　　なに

A：何か、じゃありませんよ。お宅の犬がうちの花壇に入って、さんざ
　　２　　　　　　　　　　　たく　いぬ　　　　かだん　はい

　　ん荒らしていったんですよ。
　　　あ

B：まあ。

A：土は掘り返すし、糞はしていくし。おかげで、せっかく植えた薔薇
　　３
　　つち　ほ　かえ　　　ふん　　　　　　　　　　　　　　う　　ばら

　　の苗木が めちゃくちゃですよ。
　　　なえぎ

B：申し訳ありません。すぐお掃除に行きますから。
　　もう　わけ　　　　　　　　そうじ　い

A：掃除ももちろんだけど、薔薇は弁償してもらわなくっちゃね。
　　そうじ　　　　　　　　　ばら　べんしょう　４

B：はあ。

A：犬は繋いで飼わなくちゃ、だめじゃないですか。
　　５
　　いぬ　つな　　か

B：はあ。

A：本当に、もうちょっと気をつけてもらわないと。今度うちの庭に
　　ほんとう　４　　　　　　　き　　　　　　　　　　６　こんど　　にわ

　　入ってきたら、保健所を呼びますからね。
　　はい　　　　　　ほけんじょ　よ

B：・・・・・

[解説]
かいせつ

１．「どうしてくれるんですか」：相手に処理・収拾を求める強い言い方。
　　　　　　　　　　　　　　あいて　しょり　しゅうしゅう　もと　つよ　い　かた

２．「〜じゃありませんよ」：相手の言った言葉を否定して、相手の認識の遅
　　　　　　　　　　　　あいて　い　ことば　ひてい　　あいて　にんしき　おく

　　れを非難する言い方。
　　　ひなん　い　かた

３．自分の側の被害状況を列挙している。
　　じぶん　がわ　ひがいじょうきょう　れっきょ

４．「〜てもらいたい」：相手に対する要求。
　　　　　　　　　　あいて　たい　ようきゅう

　　「〜てもらわなくっちゃ（ならない）」＜もらわなくては（ならない）

　　「もうちょっと気をつけてもらわないと（困ります）」
　　　　　　　　き　　　　　　　　　　こま

5. 「～なくちゃだめじゃないですか」<～なくてはいけません：叱る言葉

　「～じゃないですか」は否定ではなく強調。例「きれいじゃないですか。」

6. 相手を脅している。「～から」は理由ではなく、相手に宣告する言い方。

［練習］

1. 隣の子供がボール遊びをしていて、家のガラスを割ってしまいました。
その子の親に苦情を言いに行きます。

2. 近所のカラオケバーがうるさくてしかたがありません。バーの責任者に
苦情を言いに行きます。

3. 近所のレストランがいつも汚い排水を流します。レストランに苦情を言
いに行きます。

2　娘が夜遅く帰ってきた（叱責）　CD1 T10-05:26

娘 ：・・・ただいま。

母 ：¹ただいま、じゃないでしょ。²今、何時だ
と思ってるの。

娘 ：・・・・・

母 ：こんなに遅くまで、一体何してたのよ。

娘 ：追い出しコンパで、先輩に二次会に行こうって誘われたから・・・

母 ：³いいかげんにしなさい。自分の部屋の掃除もしないで、⁴毎日毎日遊
んでばかりいて。⁵お父さんだって怒ってるのよ。第一、近所の人が
どう思うか。

娘 ：・・・近所なんて、関係ないじゃない。

母 ：⁶そうはいきませんよ。女の子が夜遅く帰ってくるなんて、親が笑
われます。とにかく、あしたは6時までに帰っていらっしゃい。

娘 ：・・・・・

[解説]
かいせつ

1. 「～でしょ」：相手に確認する形で、自分の主張を強く言う。
　　　　　　　 あいて　かくにん　　 かたち　　 じぶん　しゅちょう　つよ　い

2. 「今何時だと思ってるの」：修辞疑問文。相手に時間の観念がないことを
　　 いまなんじ　　 おも　　　　　　 しゅうじぎもんぶん　あいて　 じかん　 かんねん
　　 非難する常套句。
　　 ひなん　じょうとうく

3. 「いいかげんにしなさい」：相手の悪い癖を罵る言葉。
　　　　　　　　　　　　　　 あいて　わる　くせ　ののし　ことば

4. 「～て」＜～て、しょうがない

5. 自分の愚痴の根拠を他人に求めている。
　　 じぶん　ぐち　 こんきょ　たにん　もと

6. 「そうはいきませんよ」：相手の考え通りにいかないことを告げる常套句。
　　　　　　　　　　　　　 あいて　　かんが　どお　　　　　　　　　　 つ　　 じょうとうく

[練習]
れんしゅう

1. 息子が無駄遣いばかりします。父親が息子を叱ります。
　　 むすこ　む だづか　　　　　　　　 ちちおや　むすこ　しか

2. 友達がいつも授業をさぼってノートを借りに来ます。友達に文句を言います。
　　 ともだち　　　　 じゅぎょう　　　　　　　　　　 か　　 き　　　 ともだち　もんく　い

3. 娘がいつも長電話をしています。母親が娘を叱ります。
　　 むすめ　　　 ながでんわ　　　　　　　　 ははおや　むすめ　しか

4. ルームメートがいつも他人の物（石鹸、ブラシ、食器など）を勝手に使っ
　　　　　　　　　　　　 たにん　もの せっけん　　　　　　 しょっき　　　　 かって　 つか
　　 て困ります。ルームメートに文句を言います。
　　 こま　　　　　　　　　　　　　　　 もんく　い

5. 妻が仕事で食事の支度をさぼります。夫が妻に文句を言います。
　　 つま　しごと　しょくじ　したく　　　　　　　 おっと　つま　もんく　い

3 会社で部下が仕事のミスをした（非難・罵倒）
かいしゃ ぶか しごと ひなん ばとう

課長：君、また請求書の計算を間違えたね。<u>一体どういうつもりなんだ。</u>[1]
かちょう きみ せいきゅうしょ けいさん まちが いったい

部下：はっ、すみません。
ぶか

課長：[1]<u>冗談じゃないよ。</u>[2]<u>君は、一体何年この仕事をやっているの。</u>
かちょう じょうだん きみ いったいなんねん しごと

部下：はっ・・・
ぶか

課長：[3]<u>何回同じことを言わせるんだ。</u>[4]<u>こんな簡単な計算を間違えるとは</u>
かちょう なんかいおな い かんたん けいさん まちが

　　　<u>何事だ。</u>[5]<u>まったく、親の顔が見たいよ。</u>
なにごと おや かお み

部下：申し訳ありません。このところ、ちょっとコンピューターの調子
ぶか もう わけ ちょうし

　　　が悪くて。
わる

課長：[6]<u>言い訳はしなくていい。</u>会社は信用が第一なんだ。発見したのが
かちょう い わけ かいしゃ しんよう だいいち はっけん

　　　[7]<u>私だったからよかったが、</u>[8]<u>部長が知ったら、君はこの会社にいら</u>
わたし ぶちょう し きみ かいしゃ

　　　<u>れなくなるよ。</u>

部下：はっ・・・
ぶか

［解説］
かいせつ

1．相手の不見識を非難する常套句。
あいて ふけんしき ひなん じょうとうく

2．相手の能力がないことについて、皮肉を言っている。
あいて のうりょく ひにく い

3．相手の繰り返しの失敗を罵る常套句。
あいて く かえ しっぱい ののし じょうとうく

4．「〜とは何事だ」＜〜は、とんでもないことだ。
なにごと

5．相手の能力のないことを非難する常套句。
あいて のうりょく ひなん じょうとうく

6．目下の者を叱る常套句。
めした もの しか じょうとうく

7．「私だからいいが〜」：自分の寛容さを誇示して相手に恩を着せる常套句。
わたし じぶん かんよう こじ あいて おん き じょうとうく

8．相手を脅している。
あいて おど

［練習］

1. 遅刻ばかりする社員を、社長が非難します。
2. 宿題を忘れてばかりいる学生を、家庭教師が叱ります。
3. まじめに授業をしない先生を、主任が叱ります。

［問題］

次のような学生を、教師はどう叱ったらいいでしょうか。

1. 遅刻ばかりする学生。
2. アルバイトばかりやって、まじめに勉強しない学生。
3. 試験の時、カンニングをした学生。
4. 成績が悪い学生。
5. 援助交際をしている女子学生。

面接試験を受ける
めんせつ し けん う

［学習ワンポイント］ ― 　面接の応答は、長過ぎず、明確に！
がくしゅう 　　　　　めんせつ　おうとう　　ながす　　めいかく

　　　面接にジーパンを穿いて行ってはいけないことは、常識中の常識。外
めんせつ　　　　　　　　は　　　い　　　　　　　　　　　　　　　　　　じょうしきちゅう　じょうしき　　がい
国人も、大学入試などで日本語の面接を受ける機会があるでしょう。大
こくじん　　だいがくにゅうし　　にほんご　めんせつ　う　　　きかい　　　　　　　　　　だい
学の面接官の話によれば、面接で落ちる人というのは、質問されると数
がく　めんせつかん　はなし　　　　　　　めんせつ　お　　ひと　　　　　　　　しつもん　　　　　すう
秒間黙り込んでしまい、即答することができない人のようです。何と
びょうかんだま　こ　　　　　　　　そくとう　　　　　　　　　ひと　　　　　　なん
言っても、質問事項を予測して行けば、答につまることはないでしょ
い　　　　　　しつもんじこう　よそく　　い　　　　こたえ
う。面接は練習で上手になれます。また、考えることが必要な質問でも、
めんせつ　れんしゅう　じょうず　　　　　　　　　かんが　　　　　　ひつよう　しつもん
「そうですね…」「〜ですか。」など、間を取る言葉のストラテジーを身
ま　と　ことば　　　　　　　　　　　　み
につけましょう。また、男言葉・女言葉で話してはいけないのはもちろ
おとこことば　おんなことば　はな
んのこと、終助詞の「ね」「よ」も、一切使ってはいけません。社会問
しゅうじょし　　　　　　　　　　　　いっさいつか　　　　　　　　　　しゃかいもん
題について意見を聞かれたら、答はオーソドックスに。思いもかけない
だい　　　　いけん　き　　　　　こたえ　　　　　　　　　　おも
質問をされてもあわてず、ユーモアで切り返すくらいの余裕を持ちま
しつもん　　　　　　　　　　　　　　　　き　かえ　　　　　　　よゆう　も
しょう。

学習事項
がくしゅうじこう

 生活について聞かれる
せいかつ　　　　　　　き

 応募動機について聞かれる
おうぼどうき　　　　　　　き

 能力・資質について聞かれる
のうりょく　ししつ　　　　　　き

 待遇上の希望について聞かれる
たいぐうじょう　きぼう　　　　　き

 採用・不採用の決定
さいよう　ふさいよう　けってい

[基本会話　Ⅰ．生活について聞かれる]　CD1 111

面接官Ａ	：お名前は？
受験者	：○×△と申します。

面接官Ａ	：おいくつですか。
受験者	：23オです。

面接官Ａ	：出身大学は？
受験者	：○○大学の日文学科です。

面接官Ａ　：ご家族は？

受験者　：はい、両親と姉と弟がおります。父は公務員で、母は主婦です。姉は結婚して、主婦です。弟は、××大学で経営学を専攻しています。

面接官Ａ　：「住所は東京都○○区」だそうですが、これはあなたのご実家ですか。

受験者　：はい、両親と一緒に住んでいます。

面接官Ａ　：履歴書には「趣味はスポーツ」と書いてありますが、何が得意ですか。

受験者　：はい、水泳と、それから最近ダンスを少しやっています。

[解説]

1. 簡単な自己紹介を求める。面接官は、敬語で質問することもある。
　　「お名前は？」「ご家族は？」「お年は？」「ご趣味は？」「ご出身は？」等

2. 名前は、「○×△と申します」（⇒第3課「電話をかける」参照）

3. 面接官は、履歴書を見ながら質問する。
　　「～だそうですが」「履歴書には～と書いてありますが」

4. 女子社員が実家から通うことを必要条件とする会社もある。

[練習]
めんせつ

面接で簡単な自己紹介をする練習をしましょう。

[基本会話　Ⅱ．応募動機について聞かれる] 💿 CD1
T11-01:26

面接官B：どうしてうちの会社に応募しましたか？

受験者：私は4年間日本語を勉強して、日本語やいろいろな日本事情
を知りました。大学で学んだことを生かして、日本と台湾の
懸け橋になれるような仕事をしたいと思いました。この会社
は有名ですし、職種も多いですから、働きがいがあると思い
ました。先輩からこの会社は将来性があると聞いて、応募し
ました。

[解説]
かいせつ

1．動機を自分の専攻や経験と関連づける。

2．理念を少し述べる。

3．自分の本音も控えめに言う。

4．嘘でもいいから、相手の会社を誉める。会社の紹介者についても触れる。

[練習]
れんしゅう

さまざまな会社を想定して、応募動機を述べる練習をしてみましょう。

[基本会話　Ⅲ．能力・資質について聞かれる] 💿 CD1
T11-02:09

面接官B：あなたの長所と短所を、簡単に話してください。

受験者：長所は、明るいことです。何でも前向きに考える方だと思い
ます。また、人から「親しみやすい」と、よく言われます。

短所は、物事に慎重すぎることです。買い物をする時など、時間がかかりすぎて困ります。

面接官Ｂ：○○大学の日文学科をご卒業だ<u>そうですが</u>、日本語は、どのくらいできますか。

受験者 ：<u>去年、日本語能力試験の１級を取りました。</u>でも、あまり話すチャンスがなかったので、書くことに比べて会話の力は少し弱いと思います。

面接官Ｂ：日本語以外では何ができますか。

受験者 ：コンピューター<u>ができます</u>。また、

大学で秘書実務の勉強もしましたか

ら、簡単なビジネスレターも<u>書けます</u>。

［解説］

1．長所と短所を聞かれる。
　「長所は、～ことです」「短所は、～ことです」

2．長所を言う時は、断定形で言うのでなく、次のように言う。
　「～方だと思います」「～と、（友達に）よく言われます」
　また、短所は「ちょっと～ところがあります。」など、印象を柔らげるような言い方をする。　例「<u>ちょっとせっかちなところがあります。</u>」

3．印象を悪くしないような具体例を挙げる。

4．「～そうですが」：相手についての情報を復唱する時、伝聞の文型を使う。
　常体＋そうだ　例「この会社は、福利厚生が充実している<u>そうですが</u>」

5．能力を聞かれる：取得した資格があれば、はっきり言う。

6．欠点も控え目に言った方がいい。

7．具体的な能力を、可能形で述べる。

［練習］
れんしゅう

１．自分の長所と短所を述べてみましょう。
　　じぶん　ちょうしょ　たんしょ　の

２．自分のできることや取得した資格を述べて、自己ＰＲをしてみましょう。
　　じぶん　　　　　　　　　　しゅとく　しかく　の　　　　　じこ

［基本会話　Ⅳ．待遇上の希望について聞かれる］ 🔘 CD1
　きほんかいわ　　　たいぐうじょう　きぼう　　　　　　き　　　　　　　　　T11-03:11

面接官Ｃ：では、この会社に入ったら、どんな仕事を希望しますか。
めんせつかん　　　　　　　　　　かいしゃ　はい　　　　　　　しごと　きぼう

受験者　：できれば、翻訳の仕事<u>がいいんですが</u>・・・
じゅけんしゃ　　　　　　ほんやく　しごと

面接官Ｃ：翻訳の経験はありますか。
めんせつかん　ほんやく　けいけん

受験者　：大学の先生の手伝いで、論文の下訳を<u>した経験があります</u>。ま
じゅけんしゃ　　だいがく　せんせい　てつだ　　　ろんぶん　したやく　　けいけん

　　　　　た、アルバイトでアニメビデオの翻訳を<u>したこともあります</u>。
　　　　　　　　　　　　　　　　　　　　　　　ほんやく

面接官Ｃ：翻訳以外に、どんな仕事がしたいですか。
めんせつかん　ほんやくいがい　　　　しごと

受験者　：<u>人と話すのが好きですから</u>、営業なんかも<u>してみたいと思い</u>
じゅけんしゃ　ひと　はな　　す　　　　　　えいぎょう　　　　　　　おも

　　　　　<u>ます</u>。

面接官Ｃ：会社が忙しい時は、残業をしますか。
めんせつかん　かいしゃ　いそが　とき　　ざんぎょう

受験者　：<u>はい、もちろんします</u>。
じゅけんしゃ

面接官Ｃ：では、給与や休暇はどのくらい
めんせつかん　　　きゅうよ　きゅうか

　　　　　希望しますか。
　　　　　きぼう

受験者　：そうですね…<u>仕事は１日に６時</u>
じゅけんしゃ　　　　　　　しごと　いちにち　ろくじ

　　　　　<u>間、有給休暇は１年に20日間、</u>
　　　　　かん　ゆうきゅうきゅうか　いちねん　はつか　かん

　　　　　<u>月給は最低50万円、ボーナスは</u>
　　　　　げっきゅう　さいてい　ごじゅうまんえん

　　　　　<u>１年に２回、６ヵ月分で、けっこうです</u>。
　　　　　いちねん　にかい　ろっかげつぶん

面接官Ａ，Ｂ，Ｃ：……（ワナワナワナ）
めんせつかん

社長　　：採用・不採用の返事は後日、郵便でお知らせします。
しゃちょう　　さいよう　ふさいよう　へんじ　ごじつ　ゆうびん　し

[解説]
かいせつ

1. 希望の職種・待遇・条件を聞かれ、それに答える。
   きぼう しょくしゅ たいぐう じょうけん き こた
   「できれば、〜がいいんですが」「〜も、してみたいと思います」
   おも

2. 経験を聞かれ、それに答える。
   けいけん き こた
   「〜たことがあります」「〜た経験があります」
   けいけん

3. 希望の理由を簡単に添える。
   きぼう りゆう かんたん そ
   「私は人と話すのが好きなので、営業などもしてみたいと思います」
   わたし ひと はな す えいぎょう おも

4. 会社の任務については、積極的な姿勢を示す。
   かいしゃ にんむ せっきょくてき しせい しめ

5. 要求が多すぎるのは、よくない。ずうずうしい人は、必ず落ちる!
   ようきゅう おお ひと かなら お
   模範回答:「会社の規定の額で、けっこうです」
   もはんかいとう かいしゃ きてい がく
   「会社の規定の額がいただければ、充分です」
   かいしゃ きてい がく じゅうぶん

[練習]
れんしゅう

1. 自分が将来やってみたい仕事を、具体的に話してみましょう。
   じぶん しょうらい しごと ぐたいてき はな

2. それについて、自分の経験を話してみましょう。
   じぶん けいけん はな

[基本会話　Ⅴ．採用・不採用の決定] CD1
きほんかいわ　さいよう ふさいよう けってい T11-04:35

社長　：○×△さん、どうですか。
しゃちょう

面接官A：はきはきしていて、いいんじゃないですか。日本語も上手だ
めんせつかん　　　　　　　　１　　　　　　　　　　　　　　　　にほんご じょうず
　　　　　し、積極的で、仕事ができそうですよ。
　　　　２　せっきょくてき しごと ３

面接官B：でも、ちょっとずうずうしいですよ。気も強そうだ　し。あ
めんせつかん　　　　　　　　　　　　　　　３ き つよ ２ １
　　　　んまり感心しませんね。
　　　　　かんしん

面接官C：そうですね。上司に反抗しそうですね。わがままそうだ　し、
めんせつかん　　　　　じょうし ３はんこう ３ ２
　　　　忙しい時に休暇を取られたら困りますね。
　　　　いそが とき きゅうか と こま

社長 : じゃ、不採用にしましょう。
しゃちょう 　　ふさいよう

・・・

受験者 : (不採用通知を見て) チクショー、バカヤロー、クソー、死ネー!
じゅけんしゃ　　ふさいようつうち　み　　　　　　　　　　　　　　　　　　し

[解説]
かいせつ

1. 人の評価
   ひと　ひょうか
   プラス評価「〜て、いいんじゃないですか」等
   　　　ひょうか　　　　　　　　　　　　　　　　　　　　　など
   マイナス評価「あんまり感心しませんね」等
   　　　　ひょうか　　　　　　　かんしん　　　　　　　　　など

2. 理由を列挙する:〜し
   りゆう　れっきょ

3. 人・物の見た様子から本質を予想する「〜そうだ」
   ひと　もの　み　ようす　　　ほんしつ　よそう
   イ形容詞語幹・ナ形容詞語幹・動詞ます形＋そうだ
   けいようしごかん　　けいようしごかん　どうし　　けい

4. 結論を述べる:じゃ、〜(に)しましょう
   けつろん　の
   「じゃ、不採用にしましょう」「じゃ、採用しましょう」
   　　　ふさいよう　　　　　　　　　　　さいよう

[練習]
れんしゅう

1. お見合いの写真と経歴書を見ながら、女性数人がいろいろ評価をします。
   みあ　しゃしん　けいれきしょ　み　　　　　じょせいすうにん　　　　　　ひょうか
   結婚するかしないか、決めます。
   けっこん　　　　　　　　き

2. ブティックの前で、女性二人がいろいろな服(靴、ハンドバッグでもよ
   　　　　まえ　じょせいふたり　　　　　　　ふく　くつ
   い)を見ながら品定めをしています。どれを買うか、決めます。
   　　み　　　　　しなさだ　　　　　　　　　　　　か　　　き

3. 夫婦が不動産屋の前で物件案内を見ながら、相談しています。どの部屋
   ふうふ　ふどうさんや　まえ　ぶっけんあんない　み　　　　　そうだん　　　　　　　　へや
   を借りるか、決めます。
   か　　　き

[問題]
もんだい

次の仕事は、それぞれどんな能力が必要ですか。一つ選んで面接試験の会話を作ってくださ
つぎ　しごと　　　　　　　　　　　　　　のうりょく　ひつよう　　　　　ひと　えら　　　　めんせつしけん　かいわ　つく

い。どんな質問をしたらいいですか。また、面接官は採用・不採用を決定してください。
　　　　　　しつもん　　　　　　　　　　　　　　　　　めんせつかん　さいよう　ふさいよう　けってい

[関連語彙]
かんれんごい

募集（する）　応募（する）　給料　月給　時給　ボーナス　家族手当
ぼしゅう　　　　　　おうぼ　　　　　　きゅうりょう　げっきゅう　じきゅう　　　　　　　　　　　　かぞくてあて

残業手当　有給休暇　出張（する）　結果　落ちる　採用（する）　不採
ざんぎょうてあて　ゆうきゅうきゅうか　しゅっちょう　　　　けっか　お　　　　　さいよう　　　　　　ふさい

用（にする）　営業　経理　企画　人事　事務
よう　　　　　　　　えいぎょう　けいり　きかく　じんじ　じむ

1. 銀行に就職したい。
　　ぎんこう　しゅうしょく
　　経理　通訳（する）　翻訳（する）　窓口　帳簿をつける
　　けいり　つうやく　　　　　　ほんやく　　　　　　まどぐち　ちょうぼ

2. 旅行会社に就職して、ガイドになりたい。
　　りょこうがいしゃ　しゅうしょく
　　海外　ガイド　外国　語学　案内（する）　ツアー・コンダクター
　　かいがい　　　　　がいこく　ごがく　あんない

3. パブでアルバイトをしたい。
　　バーテン　お酌（する）　チップ　相手をする　酔っ払い　看板
　　　　　　　しゃく　　　　　　　　　　あいて　　　　よ　ばら　　　かんばん

4. 亜細亜航空のスチュワーデスになりたい。
　　あじあこうくう
　　身長　語学　飛行機　フライト　地上勤務　国際便　国内便
　　しんちょう　ごがく　ひこうき　　　　　　　ちじょうきんむ　こくさいびん　こくないびん

5. 塾の教師になりたい。
　　じゅく　きょうし
　　数学　英語　国語　理科　社会　小学生　中学生　高校生
　　すうがく　えいご　こくご　りか　しゃかい　しょうがくせい　ちゅうがくせい　こうこうせい

6. 日本人の家庭でベビーシッターのアルバイトをしたい。
　　にほんじん　かてい
　　赤ん坊　子供　抱く　世話をする　泣く　玩具　あやす
　　あかぼう　こども　だ　　せわ　　　　　な　　　おもちゃ

7. ビルの管理人の仕事をしたい。
　　かんりにん　しごと
　　ガードマン　腕力が強い　モニターテレビ　泥棒　警備会社
　　　　　　　　わんりょく　つよ　　　　　　　　　どろぼう　けいびがいしゃ

8. レストランでアルバイトをしたい。
　　ウェイター　ウェイトレス　お客さん　会計　レジ
　　　　　　　　　　　　　　　　きゃく　かいけい

9. 政治家の秘書の仕事をしたい。
　　せいじか　ひしょ　しごと
　　スケジュール　コンピューター　ワープロ　秘密文書　接待
　　　　　　　　　　　　　　　　　　　　ひみつぶんしょ　せったい

10. 動物園の飼育係になりたい。
　　どうぶつえん　しいくがかり
　　猿　ゴリラ　ライオン　虎　鰐　象　麒麟　猛獣　餌
　　さる　　　　　　　　　とら　わに　ぞう　きりん　もうじゅう　えさ

頼む・断る
たの　　ことわ

[学習ワンポイント]─　依頼は、依頼内容と人間関係の方程式！
がくしゅう　　　　　いらい　　いらいないよう　にんげんかんけい　ほうていしき

　　人に働きかける会話の中で、「依頼」が最も難しいと言われます。人
ひと　はたら　　　　かいわ　なか　　　　いらい　　もっと　むずか　　　　　　　　　ひと
に頼み事をする時は、自分を相手より一段低い位置に置くことになるか
たの　ごと　　　とき　　じぶん　あいて　　いちだんひく　いち　お
らでしょう。ある優秀なビジネスマンの話によると、交渉の時には決し
ゆうしゅう　　　　　　　　　はなし　　　　　　こうしょう　とき　　けっ
て相手の言うことを否定してはいけないそうです。「おっしゃることは
あいて　い　　　　　ひてい
よくわかりますが」などと相手の言葉をひとまず受け入れてから、「こ
あいて　ことば　　　　　　う　い
ちらとしても……」と自分の立場を主張する「Yes,but」方式を用いるべ
じぶん　たちば　しゅちょう　　　　　　　　ほうしき　もち
きだということです。

　　また、頼まれて断る時にも、非常に気を遣います。相手の気持ちを傷
たの　　ことわ　とき　　　ひじょう　き　つか　　　あいて　きも　　きず
つけて、人間関係を損なうことを恐れるからです。保険の勧誘などの
にんげんかんけい　そこ　　　　　おそ　　　　　　ほけん　かんゆう
セールスを断る時に家庭の主婦が最もよく使う口実は、「主人が帰った
ことわ　とき　かてい　しゅふ　もっと　　つか　こうじつ　　しゅじん　かえ
ら聞いてみます。」でしょう。人間関係を損なうまいという配慮から、一
き　　　　　　　にんげんかんけい　そこ　　　　　　　はいりょ　　　いち
段上の（より絆の強い）人間関係を持ちこんでストラテジーとするわけ
だんうえ　　　きずな　つよ　にんげんかんけい　も
です。

　　ビジネス会話の高度なストラテジーまでここでご紹介することはでき
かいわ　こうど　　　　　　　　　　　しょうかい
ませんが、依頼と拒絶の基本にある姿勢は、そこに通じていると思われ
いらい　きょぜつ　きほん　　　しせい　　　　　つう　　　　おも
ます。

　　なお、章末の「依頼の文型パターン」は全部暗記しようなどと思わな
しょうまつ　いらい　ぶんけい　　　　　ぜんぶあんき　　　　　　おも
いでください。これだけのパターンがあるということに驚いてくだされ
おどろ
ばけっこうです。

学習事項
がくしゅうじこう

I. 最も簡単な依頼（指示）
　　もっと　かんたん　いらい　　しじ

II. 簡単な依頼・承諾
　　かんたん　いらい　しょうだく

III. 少し難しい依頼・承諾と拒絶
　　すこ　むずか　　いらい　しょうだく　きょぜつ

IV. 難しい依頼・承諾
　　むずか　　いらい　しょうだく

V. 難しい依頼・拒絶
　　むずか　　いらい　きょぜつ

［2種類の依頼］
　　　しゅるい　いらい

1. 依頼する（相手が〜することを頼む）
　　いらい　　　　あいて　　　　　　　たの

依頼すること
いらい

（相手の動作）
あいて　どうさ

+ {
てください
てもらえませんか
てくださいませんか　　・・等々
ていただけませんか　　　とうとう
}

2. 許可を得る（自分が〜することを願い出る）
　　きょか　え　　じぶん　　　　　　ねが　で

許可を得たいこと
きょか　え

（自分の動作）
じぶん　どうさ

+ {
てもいいですか
せてください
せてもらえませんか　　・・等々
せてくださいませんか　　とうとう
せていただけませんか
}

（⇒「頼む・断る」珍会話参照）
　　　　たの　ことわ　ちんかいわさんしょう

[基本会話　Ⅰ. 最も簡単な依頼（指示）] ⊙ CD1 T12
きほんかいわ　　　　　もっと　かんたん　いらい　しじ

運転手：どちらまで。
うんてんしゅ

客　　：台北駅まで、<u>お願いします</u>。¹
きゃく　　タイペイえき　　　　　　ねが

運転手：はい、<u>わかりました</u>。²
うんてんしゅ

（台北駅で、……）

[解説]
かいせつ

相手は依頼を承諾する義務があり、拒絶の可能性が全然ない場合（「指示」）
あいて　　いらい　しょうだく　ぎむ　　　　きょぜつ　かのうせい　ぜんぜん　　ばあい　　しじ

1.「 名詞句 （を）、お願いします」「 名詞句 （を）、頼みます」
　　めいしく　　　　　ねが　　　　　　　めいしく　　　　　　たの

2. 返事：「はい」「わかりました」「かしこまりました」等。
　　へんじ　　　　　　　　　　　　　　　　　　　　　　　　　　など

[練習]
れんしゅう

1. レストランで、次のものを頼みます。
　　　　　　　　　　つぎ　　　　　　たの

　　「お水」「灰皿」「ご飯をもう一杯」「ビール」「コーヒーのおかわり」
　　　みず　　はいざら　　はん　　いっぱい

2. お店で、次のものを頼みます。
　　みせ　　つぎ　　　　　たの

　　「配達」「出前」
　　　はいたつ　でまえ

3. 結婚式の司会者が、次のことを頼みます。
　　けっこんしき　しかいしゃ　つぎ　　　　　たの

　　「次に、〜さん、スピーチを」「皆さん、乾杯を」
　　　つぎ　　　　　　　　　　　　みな　　　かんぱい

4. 飛行機の中で、スチュワーデスに次のものを頼みます。
　　ひこうき　なか　　　　　　　　　　　つぎ　　　　　たの

　　「雑誌」「日本語の新聞」「毛布をもう一枚」
　　　ざっし　にほんご　しんぶん　もうふ　　いちまい

5. 事務員に、次のことを頼みます。
　　じむいん　つぎ　　　　　たの

　　「コピーを3枚」「ホテルの予約」「先生に連絡」
　　　　　　さんまい　　　　　よやく　せんせい　れんらく

6. デパートで、店員に次のものを頼みます。
　　　　　　　てんいん　つぎ　　　　　たの

　　「もう少し大きいの」「白いセーター」「子供の運動靴」
　　　　すこ　おお　　　　しろ　　　　　こども　うんどうぐつ

［基本会話　Ⅱ．簡単な依頼・承諾］CD1 T12-00:29

A：¹すみませんが、²ちょっとお砂糖を³取っていただけませんか。

B：はい、どうぞ。

A：⁴あ、どうも。

［解説］

拒絶の可能性は少ないが、承諾は相手の好意を必要とする場合。

1．先に恐縮の意を示す：「すみませんが」「恐れ入りますが」
2．「ちょっと」：遠慮の表現。「ちょっとお願いしてもいいですか」
3．依頼の文型パターン：人間関係及び依頼の大きさによって、文型を決める。（⇒章末「依頼のパターン」）
4．軽くお礼を言う

［練習］

次の人に、次のことを頼んでください。

1．娘に：「鋏を取る」「買物に行く」「テレビを消す」「手紙を出してくる」「お父さんを呼んでくる」
2．友達に：「先生のところに一緒に行く」「1000円貸す」
3．知らない人に：「窓をしめる」「ちょっと静かにする」「シャッターを押す」「道を空ける」「座る」
4．先生に：「もう少しゆっくり話す」「もう一回話す」「この漢字の読み方を教える」「もっと大きな声で話す」「字を大きく書く」
5．お客さんに：「もう少し待つ」「また明日来る」「またあとで電話する」

[基本会話　Ⅲ．少し難しい依頼・承諾と拒絶] 🔘 CD1
　きほんかいわ　　　すこ　むずか　　いらい　しょうだく　きょぜつ　　　　T12-00:46

1　相手の行為
　　　あいて　こうい

A：あのー、ちょっとすみません。[1]

B：はい。

A：このセーター、きのう買った[2]んですが、色が気に入らないんで、
　　　　　　　　　　か　　　　　　　　　いろ　き　い

取り替え[3]ていただけないでしょうか。
と　か

(OK)
B：はい、よろしいですよ。[4]

A：どうもすみませんね。[5]

(NO)
B：申し訳ありませんが、一旦お買い上げいただいた物は、返品
　もう　わけ　　　　　　　いったん　か　あ　　　　　　　　もの　　へんぴん

はできないことになっている[6]もので、[7]ちょっと…[8]

A：ああ、そうですか。どうも。

B：申し訳ございません。[9]
　もう　わけ

A：いいえ。

[解説]
　かいせつ

拒絶の可能性がある。承諾は、全く相手の好意による。
きょぜつ　か のうせい　　　　しょうだく　まった　あいて　こうい

1．相手に話しかける丁寧な言い方。
　　あいて　はな　　　　　ていねい　い　かた

2．事情説明の「〜んですけど」（⇒7.「〜んです」参照）
　　じじょうせつめい　　　　　　　　　　　　　　　　　　さんしょう

3．依頼の文型。「〜てください」は、指示・命令だから、使わない方がいい。
　　いらい　ぶんけい　　　　　　　　　　しじ　めいれい　　　　　つか　　　ほう

4．承諾の意思。「はい」「いいですよ」「どうぞ」
　　しょうだく　いし

5．お礼を言う。
　　れい　い

6．先に拒絶の意思を婉曲に示す。「悪いけど」「すみませんが」
　　さき　きょぜつ　いし　えんきょく　しめ　　わる

7．言い訳：動詞・イ形容詞常体、ナ形容詞語幹・名詞（な）＋もので
　　い　わけ　どうし　けいようし じょうたい　　けいようし ごかん　めいし

8．「ちょっと・・」：難色を示す。婉曲な拒絶の表現。
　　　　　　　　　なんしょく　しめ　えんきょく　きょぜつ　ひょうげん

9．謝る
　　あやま

2 　自分の行為 　CD1 T12-01:44

A：あの、先生、ちょっといいですか。

B：はい、何ですか。

A：風邪で頭が痛いんですけど、帰ってもいいですか。

B：ええ、いいですよ。

A：ありがとうございます。

[解説]

1．2．⇒前項に同じ

3．許可を得る表現：「～てもいいですか」

4．5．⇒前項に同じ

[練習]

Aが頼み、Bが断る会話を作ってください。内容は下の通りです。

A：すみませんが、　事情説明　んですが、　依頼　ていただけないでしょうか。

B：悪いけど、　拒絶理由　もので、ちょっと…

＜事情説明「～んですが」＞	＜依頼＞	＜拒絶理由「～もので」＞
①雨が降っています	①傘を貸します	①傘がありません
②ちょっと話があります	②私の家に来ます	②もう遅いです
③荷物がたくさんあります	③持ちます	③私も荷物があります
④今、忙しいです	④手伝います	④私も忙しいです
⑤お金がありません	⑤電車賃を貸します	⑤私も持っていません
⑥お腹が空きました	⑥弁当を買ってきます	⑥今、手が離せません
⑦辞書を忘れました	⑦貸します	⑦今、使っています
⑧家に電話をしたいです	⑧電話を貸します	⑧今、壊れています
⑨家に電話をしたいです	⑨電話を使います	⑨今、使っています
⑩時間がありません	⑩早くします	⑩今、混んでいます

［基本会話　Ⅳ．難しい依頼・承諾］
きほんかいわ　　　　むずか　　いらい　しょうだく

1　相手の行為
あいて　こうい

CD1
T12-02:06

A：先生、ちょっといいですか。[1]
　　せんせい

B：ええ、いいですよ。何ですか。
　　　　　　　　　　　　なん

A：実は、私たち、来月、結婚することになりまして。[2,3]
　　じつ　わたし　　らいげつ　けっこん

B：そうですか。それは、おめでとう。

A：それで、是非先生に、結婚式に来ていただきたいと思いまして。[4]
　　　　　　ぜ ひ せんせい　けっこんしき　き　　　　　　　　　　　おも

B：ええ、もちろん、喜んで。[5]
　　　　　　　　　　よろこ

A：で、先生にスピーチをお願いしたいんですが。
　　　　せんせい　　　　　　　　ねが

B：え、スピーチ……スピーチはあんまり得意じゃないからなあ。[6]
　　　　　　　　　　　　　　　　　　とく い

A：お願いします。先生は私たちの指導教授ですし、是非……[7]
　　ねが　　　　せんせい　わたし　　しどうきょうじゅ　　　　ぜ ひ

B：うーん。じゃ、短くてもいいですか。[8]
　　　　　　　　みじか

A：ええ、お言葉がいただければけっこうです。
　　　　　ことば

B：じゃ、あんまり上手じゃないけど、私でよかったら。[5]
　　　　　　　　じょうず　　　　　　わたし

A：ありがとうございます。楽しみにしています。[9]
　　　　　　　　　　　　たの

［解説］
かいせつ

相手の負担が重い依頼　＜承諾の場合＞
あいて　ふ たん　おも　いらい　　しょうだく　ば あい

1. 相手の都合を聞く：「ちょっと、いいですか」「今、よろしいですか」
　　あいて　つ ごう　き　　　　　　　　　　　　　　　　いま

2. 事情説明の前置き：「実は」と言って、相手に心の準備をさせる。
　　じじょうせつめい　まえ お　　じつ　　　い　　　あいて　こころ　じゅんび

3. 事情説明：「実は〜て」「実は〜んですが」（⇒7.「〜んです」参照）「〜
　　じじょうせつめい　じつ　　　　じつ　　　　　　　　　　　　　　　　さんしょう
　　て」。後の部分をはっきり言わないで、相手に想像の余地を与える。
　　　あと　ぶ ぶん　　　　　　い　　　　あいて　そうぞう　よ ち　あた

4. 最も丁寧な依頼のパターン：「〜ていただきたいと思いまして」

「〜ていただけませんでしょうか」

「〜ていただけたらありがたいのですが」

「〜をお願いできませんでしょうか」

5. 承諾の表現：「いいですよ」「喜んで」「〜でよかったら」等。

6. 謙虚に相手の依頼を退けようとする。

7. 依頼の事情を説明して、さらに説得する。

8. 条件を付けて承諾する。

9. 謝辞：「楽しみにしています」等。

2　自分の行為　CD1 T12-03:13

A：あのー、課長、<u>ちょっとよろしいでしょうか</u>¹。

B：うん、何？

A：<u>実は</u>²、今日、息子が熱を<u>出した</u>³んですが。

B：うん。

A：それで、午後は早めに<u>帰らせていただきたい</u>⁴んですが、<u>よろしいで</u>

<u>しょうか</u>⁵。

B：<u>ああ、いいよ</u>⁶。今日はわりと暇だから。

A：ああ、そうですか。ありがとうございます。

B：<u>その代わり、明日は少し早めに来てください</u>⁷。

A：<u>はい、わかりました</u>⁶。じゃ、失礼します。

B：<u>お大事に</u>⁸。

[解説]
かいせつ

1．2．3．⇒　前項に同じ
　　　　　　　　ぜんこう　おな

4．許可を得る場合：「〜せていただけませんでしょうか」が最も一般的。
　　きょか　え　ばあい　　　　　　　　　　　　　　　　　　　　もっと　いっぱんてき

5．いいですか＜よろしいでしょうか

6．承諾の返事：許可を与える「いいですよ」、指示に従う「わかりました」
　　しょうだく　へんじ　きょか　あた　　　　　　　　　し　じ　したが

7．条件を付ける
　　じょうけん　つ

8．病人または病人の家族への挨拶（⇒第１課「挨拶」参照）
　　びょうにん　　　びょうにん　かぞく　あいさつ　　だい　か　あいさつ　さんしょう

[練習]
れんしゅう

1．あした、試験があります。友達にノートを貸してもらいます。
　　　　　しけん　　　　　　ともだち　　　　　か

2．論文を書きました。先生に見てもらいます。
　　ろんぶん　か　　　　　せんせい　み

3．夜、デートがあります。同僚に残業を代わってもらいます。
　　よる　　　　　　　　　どうりょう　ざんぎょう　か

4．忘年会があります。同僚に幹事をやってもらいます。
　　ぼうねんかい　　　　　どうりょう　かんじ

5．会社で翻訳の仕事をしたいと思います。社長にやらせてくれるよう頼み
　　かいしゃ　ほんやく　しごと　　　　　おも　　　しゃちょう　　　　　　　　　　たの
ます。

[基本会話　Ⅴ．難しい依頼・拒絶]
きほんかいわ　　　　むずか　いらい　きょぜつ

1　相手の行為　　　CD1
　　あいて　こうい　　　T12-03:49

A：あのー、ちょっとよろしいでしょうか。

B：ええ。何ですか。
　　　　　なん

A：家賃のことなんですが。
　　やちん

B：はい。

A：実は、今月、ちょっと仕送りが遅れているもので、少し待っていた
　　じつ　こんげつ　　　　　しおく　おく　　　　　　　　　すこ　ま
だけないでしょうか。

B：いつ頃になりますか。
　　　　ごろ

A：来月にしていただけると⁶ありがたいんですが。

B：来月ですか。来月だと⁷ちょっとねえ・・・

A：お願いです。来月は必ず払いますから⁸。

B：こちらもいろいろ都合があるんでねえ・・・

A：⁹そこを何とか、お願いしますよ。

B：うーん、やっぱり¹⁰ちょっと無理ですねえ。保証人にでも¹¹頼んでみみたら？¹²申し訳ないけど。

［解説］

相手の負担が重い依頼　＜拒絶の場合＞

1. 相手の都合を聞く。
2. 依頼のテーマを先に言う：名詞 のことなんですが／名詞 の件についてですが
3. 事情説明の前置き。
4. 言い訳：「〜もので」
5. 6. 最も丁寧な依頼のパターン。
7. 難色を示す：「〜はちょっとねえ」「〜はどうもねえ」
8. 条件をつける：「〜から。」
9. 無理にお願いする：「そこをなんとか」「そこをなんとかお願いしますよ」「そこをなんとかお願いできませんか」
10. 最終的な拒絶：「ちょっと無理ですねえ」「だめですね」
11. 代案を出す：「〜たら？」「〜たらどうでしょうか」（ ⇒第2課「勧める」参照）
12. 謝る：「悪いですね」「すみませんけど」「申し訳ありませんね」等

2 自分の行為
じぶん こうい

CD1
T12-04:51

A：あのー、課長、ちょっとお願いがあるんですが。
　　　　　かちょう　　　　　ねが

B：何ですか。
　　なん

A：実は、ちょっと風邪をひいて頭が痛いんですが、午後休ませていた
　　じつ　　　　　かぜ　　　　　あたま いた　　　　　　　ごご やす
　　だくわけにはいきませんでしょうか。

B：午後？　今日はちょっとねえ。大事なお客さんがあるからねえ。
　　ごご　きょう　　　　　　　　　だいじ　きゃく

A：そこを、何とかなりませんでしょうか。明日、残業しますから。
　　　　　なん　　　　　　　　　　　　あした ざんぎょう

B：風邪薬でも飲んで、頑張ってもらえない？　気の毒だけど。
　　かぜ ぐすり　の　　　がんば　　　　　　　き どく

A：……はい、わかりました。

[解説]
かいせつ

1. 相手の都合を聞く。
   あいて つごう き

2. 事情説明：「実は〜んですが」
   じじょうせつめい　じつ

3. 最も丁寧な許可求め：「〜せていただくわけにはいきませんでしょうか」
   もっと ていねい きょかもと

4. 難色を示す：「〜はちょっとねえ」
   なんしょく

5. 「〜から（ねえ）」理由を言い、後を省略して相手に拒絶を推測させる。
   りゆう い あと しょうりゃく あいて きょぜつ すいそく

6. さらに踏み込んで依頼する。同時に条件を出す。
   ふ こ いらい どうじ じょうけん だ

7. 目下・同等の者に対する依頼：「〜てもらえない」
   めした どうとう もの たい いらい

8. 目下・同等の者に対する慰め：「悪いけど」「気の毒だけど」「申し訳ない
   めした どうとう もの たい なぐさ わる き どく もう わけ
   けど」

［問題］
もんだい

次の依頼と拒絶の要領を用いて、1〜7の会話を作ってください。
つぎ いらい きょぜつ ようりょう もち かいわ つく

> 1. 相手の都合を聞く。「ちょっといいですか」等
>   あいて つごう き など
> 2. 相手に心の準備を与える。「実は」等
>   あいて こころ じゅんび あた じつ など
> 3. 事情説明。「〜んですけど」等
>   じじょうせつめい など
> 4. 言い訳。「〜もので」等
>   い わけ など
> 5. 条件をつける。「〜から」等
>   じょうけん など
> 6. 代案を出す。「〜たらどうでしょうか」等
>   だいあん だ など
> 7. 謝る。「悪いけど」等
>   あやま わる など
> 8. 婉曲な拒絶。「ちょっと…」等
>   えんきょく きょぜつ など

1. 大家さんに、家賃を安くしてもらいたいと思います。条件をつけますが、
   おおや やちん やす おも じょうけん
   大家さんは都合があるので断ります。大家さんは断る時に、代案を提案
   おおや つごう ことわ おおや ことわ とき だいあん ていあん
   します。

2. 大学の教授に、講演を頼みます。条件をつけますが、教授は忙しいので、
   だいがく きょうじゅ こうえん たの じょうけん きょうじゅ いそが
   断ります。教授は断る時に、代案を提案します。
   ことわ きょうじゅ ことわ とき だいあん ていあん

3. 隣の家の人に、子供を見てもらいたいと思います。条件をつけますが、
   となり いえ ひと こども み おも じょうけん
   隣人は自分も出かけるので断ります。隣人は断る時に、代案を提案しま
   りんじん じぶん で ことわ りんじん ことわ とき だいあん ていあん
   す。

4. 知人に、日本語を教えてもらいたいと思います。条件をつけますが、知
   ちじん にほんご おし おも じょうけん ち
   人は自信がないので断ります。知人は断る時に、代案を提案します。
   じん じしん ことわ ちじん ことわ とき だいあん ていあん

5. 知人に、100万円貸してもらいたいと思います。条件をつけますが、知
   ちじん ひゃくまんえん か おも じょうけん ち
   人はお金がないので断ります。知人は断る時に、代案を提案します。
   じん かね ことわ ちじん ことわ とき だいあん ていあん

6. 先生に、卒業させてくれるよう頼みます。条件をつけますが、先生は学
   せんせい そつぎょう たの じょうけん せんせい がく
   生の成績が悪いので断ります。先生は断る時に、代案を提案します。
   せい せいせき わる ことわ せんせい ことわ とき だいあん ていあん

7. 父親に、留学させてくれるように頼みます。条件をつけますが、父親は
   ちちおや りゅうがく たの じょうけん ちちおや
   お金がないので断ります。父親は断る時に、代案を提案します。
   かね ことわ ちちおや ことわ とき だいあん ていあん

依頼の文型パターン （★印は比較的よく使う形）

＜動詞「くれる」を使った文型＞　＜動詞「くださる」を使った文型＞

不 客 気 関 係

1) ～（せ）て★	×
2) ～（せ）てちょうだい（女・子）★	×
3) ～（せ）てくれ（男）	×
4) ～（せ）てくれる？	38) ～（せ）てくださる？（女）
5) ～（せ）てくれない？★	39) ～（せ）てくださらない？（女）
6) ～（せ）てくれるとありがたいんだけど	40) ～（せ）てくださるとありがたいんだけど

客 気 関 係

×	41) ～（せ）てください★
7) ～（せ）てくれますか	42) ～（せ）てくださいますか
8) ～（せ）てくれませんか	43) ～（せ）てくださいませんか★
9) ～（せ）てくれるでしょうか	44) ～（せ）てくださるでしょうか
10) ～（せ）てくれますでしょうか	45) ～（せ）てくださいますでしょうか
11) ～（せ）てくれないでしょうか	46) ～（せ）てくださらないでしょうか
12) ～（せ）てくれませんでしょうか	47) ～（せ）てくださいませんでしょうか
13) ～（せ）てくれるとありがたいんですが	48) ～（せ）てくださるとありがたいんですが

＜動詞「もらう」を使った文型＞　＜動詞「いただく」を使った文型＞

不 客 気 関 係

14) ～（せ）てもらいたいんだけど	49) ～（せ）ていただきたいんだけど
15) ～（せ）てもらえる？	50) ～（せ）ていただける？
16) ～（せ）てもらえない？	51) ～（せ）ていただけない？
17) ～（せ）てもらいたいと思って	52) ～（せ）ていただきたいと思って
18) ～（せ）てもらってもいい？	53) ～（せ）ていただいてもいい？
19) ～（せ）てもらえるとありがいんだけど	54) ～（せ）ていただけるとありがたいんだけど

<動詞「もらう」を使った文型>　　<動詞「いただく」を使った文型>

客 気 関 係

20)～(せ)てもらいたいんですが	55)～(せ)ていただきたいんですが★
21)～(せ)てもらえますか	56)～(せ)ていただけますか
22)～(せ)てもらえませんか	57)～(せ)ていただけませんか★
23)～(せ)てもらえるでしょうか	58)～(せ)ていただけるでしょうか
24)～(せ)てもらえないでしょうか	59)～(せ)ていただけないでしょうか
25)～(せ)てもらえますでしょうか	60)～(せ)ていただけますでしょうか
26)～(せ)てもらえませんでしょうか	61)～(せ)ていただけませんでしょうか★
27)～(せ)てもらいたいと思いまして	62)～(せ)ていただきたいと思いまして
28)～(せ)てもらってもいいですか	63)～(せ)ていただいてもいいですか
29)～(せ)てもらってもいいでしょうか	64)～(せ)ていただいてもいいでしょうか
30)～(せ)てもらってもよろしいですか	65)～(せ)ていただいてもよろしいですか
31)～(せ)てもらってもよろしいでしょうか	66)～(せ)ていただいてもよろしいでしょうか
32)～(せ)てもらえるとありがたいんですが	67)～(せ)ていただけるとありがたいんですが
33)～(せ)てもらうわけにはいきませんか	68)～(せ)ていただくわけにはいきませんか
34)～(せ)てもらうわけにはいかないでしょうか	69)～(せ)ていただくわけにはいかないでしょうか
35)～(せ)てもらうわけにはいきませんでしょうか	70)～(せ)ていただくわけにはいきませんでしょうか
36)～(せ)てもらうわけにはまいりませんか	71)～(せ)ていただくわけにはまいりませんか
37)～(せ)てもらうわけにはまいりませんでしょうか	72)～(せ)ていただくわけにはまいりませんでしょうか

注1. 38)～72)には、すべて「～て」の代わりに「お～」という形もある但し、使役形は使えない。
例「お取りください」「お取りいただけませんでしょうか」等。
（×「お取らせください」）

注2.「お～」という形を使う場合、55)～72)には、すべて動詞「いただく」の代わりに動詞「願う」を使った形もある。また、「お～願います」という形もある。但し、使役形は使えない。
例「お取り願えませんでしょうか」「お取り願いたいんですが」等。
（×「お取らせ願えませんか」）

注3.「お～」という形を使う場合、55)～72)には、すべて動詞「いただく」と動詞「願う」を併用した「お～くださるよう、お願いします」という形もある。但し、使役形は使えない。
例「お取りくださるよう、お願いできませんか」「お取りくださるよう、お願いするわけにはまいりませんか」等。
（×「お取らせくださるよう、お願いできませんか」）

訪問の挨拶
ほう もん　　あい さつ

動作 どう さ	客 きゃく	訪問先 ほう もん さき
ベルを押す お	「ごめんください」「〜です」 「こんにちは」 →	「はい」 「いらっしゃいませ」
ドアを開ける あ	「こんにちは」 「ご無沙汰していました」 ← ぶ さ た	「いらっしゃい」「ようこそ」 「お待ちしてました」 ま
客が家の中に きゃく いえ なか 入る はい	「失礼します」 しつれい 「お邪魔します」 ← じゃ ま	「どうぞ、お上がりください」 あ 「どうぞ、お入りください」 はい
客を案内する きゃく あんない	「どうも」「失礼します」 ← しつれい	「どうぞ、こちらへ」
座る すわ	「あ、どうも」 「ありがとうございます」 ←	「どうぞ、おかけください」 「どうぞ、お座りください」 すわ
お土産を渡す みやげ わた	「これ、みなさんでどうぞ」 「これ、つまらない物ですが」 → もの	「まあ、すみませんねえ」 「悪いですねえ」 わる 「気を遣わないでくださいよ」 き つか
お茶を出す ちゃ だ	「どうぞ、おかまいなく」 「どうも」「いただきます」 ←	「お茶をどうぞ」「粗茶ですが」 ちゃ　　　　　　　そ ちゃ 「どうぞ、ごゆっくり」
客を待たせる きゃく ま	「どうぞ、おかまいなく」 「どうぞ、お気遣いなく」 ← き づか	「もう少しお待ちください」 すこ　 ま
主人が来る しゅじん く	「あ、お邪魔してます」 ← じゃ ま	「やあ、いらっしゃい」
主人が客に しゅじん きゃく ご馳走する ち そう	「じゃ、遠慮なく」 えんりょ 「いただきます」 ←	「ご遠慮なく召し上がってください」 えんりょ　め あ 「何もありませんが、どうぞ」 なに
食べ終わる た お	「ご馳走様でした」 ち そうさま 「とてもおいしかったです」 →	「お粗末でした」 そ まつ 「お口に合いましたか」 くち あ

客が帰る （きゃく　かえ）	「そろそろ失礼します」 （しつれい） 「今日はとても楽しかったです」 （きょう　　　　たの）　→	「まだいいじゃありませんか」 「何もおかまいしませんで」 （なに） 「またおいでくださいね」
玄関での挨拶 （げんかん　あいさつ）	「～さんによろしくお伝えください」 （つた） 「今日はどうもご馳走様でした」 （きょう　　　　　ちそうさま）	「～さんによろしく」 「何もおかまいしませんで」 （なに）
別れる （わか）	「ごめんください」 「じゃ、失礼します」 （しつれい）	「じゃ、お気をつけて」 （き） 「気をつけてお帰りください」 （き）　　　　（かえ）

［文型］
（ぶんけい）

お（ご）〜ください：お＋ます形／ご＋スル名詞＋ください（尊敬語）
（けい）　　　　　（めいし）　　　　　　　（そんけいご）

（⇒6.「敬語」参照）
（けいご　さんしょう）

「お上がりください」「お入りください」「おかけください」「お座りくだ
（あ）　　　　　（はい）　　　　　　　　　　　　　　　　（すわ）
さい」「お待ちください」「お伝えください」「おいでください」「お帰り
（ま）　　　　　（つた）　　　　　　　　　　　　　　　　　　（かえ）
ください」

お（ご）〜します：お＋ます形／ご＋スル名詞＋します（謙譲語）
（けい）　　　　　（めいし）　　　　　　（けんじょうご）

（⇒6.「敬語」参照）
（けいご　さんしょう）

「お邪魔します」「おかまいしませんで」「お待して（い）ました」
（じゃま）　　　　　　　　　　　　　　（ま）

お（ご）〜なく：お＋ます形／ご＋スル名詞＋なく（請不要〜）
（けい）　　　　　（めいし）

「おかまいなく」「お気遣いなく」「ご遠慮なく」（「遠慮なく」：我不客氣）
（きづか）　　　　（えんりょ）　　　　（えんりょ）

［関連語句］
（かんれんごく）

呼び鈴　ノックする　玄関　靴を脱ぐ　上がる　（客）を（部屋）に通す
（よ　りん）　　　　　　（げんかん）　（くつ　ぬ）　（あ）　　（きゃく）　（へや）　（とお）
応接間　客間　居間　ダイニング・キッチン　ソファー　座敷
（おうせつま）（きゃくま）（いま）　　　　　　　　　　　　　　　　　　（ざしき）
座布団（を勧める）　お茶を出す／お茶を勧める　もてなす　相手をする
（ざぶとん）　（すす）　　（ちゃ　だ）　（ちゃ　すす）　　　　　　　　（あいて）
食事を出す　ご馳走する　お辞儀をする　会釈する　見送る　お土産
（しょくじ　だ）　（ちそう）　　（じぎ）　　　　（えしゃく）　（みおく）　（みやげ）
手土産
（て　みやげ）

［応用会話］
おうようかい わ

＜玄関で＞ CD2 T01-00:08
げんかん

（ピンポーン）

妻 ：はい。
つま

客 ：中村です。
きゃく なかむら

妻 ：あ、はい。（ドアを開ける）　あ、いらっしゃいませ。
つま あ

客 ：こんにちは。ご無沙汰してました。
きゃく ぶ さ た

妻 ：まあ、お待ちしてました。さ、どうぞ、お上がりください。
つま ま あ

客 ：失礼します。
きゃく しつれい

妻 ：どうぞ、こちらへ。
つま

＜客間で＞ CD2 T01-00:38
きゃくま

妻 ：どうぞ、おかけください。
つま

客 ：失礼します。……立派なお部屋ですね。
きゃく しつれい りっぱ へや

妻 ：いいえ。狭いうちで……
つま せま

客 ：あの、これ、つまらない物ですが、皆さんで召し上がってください。
きゃく もの みな め あ

妻 ：まあ、そんな……すみませんねえ。あ、ちょっとお待ちください。
つま ま

客 ：いいんですよ。おかまいなく。
きゃく

妻 ：お茶を、どうぞ。
つま ちゃ

客 ：あ、どうぞ、かまわないでください。
きゃく

妻 ：主人はすぐ帰りますから、どうぞ、もうしばらくお待ちください。
つま しゅじん かえ ま

客 ：どうぞ、お気遣いなく。
きゃく き づか

妻 ：では、ごゆっくり、どうぞ。
つま

客 ：（会釈）
きゃく えしゃく

　訪問の挨拶

<夫が帰ってくる> CD2 T01-01:24

夫　：やあ、いらっしゃい。

客　：あ、どうも、お邪魔してます。

妻　：あなた、ケーキ、いただいたのよ。

夫　：悪いですねえ。そんなに気を遣わないでくださいよ。

客　：いいえ、ほんの気持ちだけですから・・・

夫　：ご家族の皆さんは、お元気ですか。

客　：ええ、おかげさまで。母がよろしくと申しておりました。

夫　：今日はゆっくりしていってくださいよ。ご一緒に食事でも、どうで
　　　すか。

客　：えっ、でも、それじゃあんまり・・・

妻　：いいんですよ。ご遠慮なく、どうぞ。

客　：そうですか。それじゃ、お言葉に甘えて。

<ダイニング・キッチンで> CD2 T01-02:11

妻　：何もありませんが、どうぞ。

夫　：さあ、遠慮なくやってください。

客　：それじゃ、遠慮なくいただきます。

夫　：（ビールを）一杯、いかがですか。

客　：あ、どうも。いただきます。

<食事が終わる> CD2 T01-02:31

妻　：中村さん、ご飯、もう一杯いかが。

客　：いえ、もう充分いただきました。ごちそうさまでした。

妻　：お粗末さまでした。

客　：奥さんは料理が上手ですね。

妻　：お恥ずかしい。自己流ですのよ。

客：とてもおいしかったですよ。

妻：そうですか。お口に合ってよかったですわ。じゃ、お茶でも。

<客が帰る> 🔘 CD2
T01-03:00

客：あっ、もうこんな時間だ。そろそろ失礼します。

夫：いいじゃありませんか。まだ早いですよ。

客：でも、母が待っていますので。今日は、本当に楽しかったです。

妻：そうですか。じゃ、またいつでもおいでくださいね。

客：ありがとうございます。是非、また伺います。

<玄関で> 🔘 CD2
T01-03:26

客：じゃ、どうもごちそうさまでした。

妻：いいえ、何のおかまいもしませんで。

夫：奥さんによろしく。

妻：この次は、奥さんとご一緒に、どうぞ。

客：ありがとうございます。私の家にも遊びに来てくださいよ。汚い所ですけど。じゃ、失礼します。

妻：お気をつけて。

客：ごめんください。

台湾の祭日を口頭で紹介してみましょう
たいわん　さいじつ　こうとう　しょうかい

（休日には○をつけましょう）
きゅうじつ

月 日	月 日
月 日	月 日
月 日	月 日
月 日	月 日
月 日	月 日
月 日	月 日
月 日	月 日
月 日	月 日
月 日	月 日
月 日	月 日
月 日	月 日
月 日	月 日
月 日	月 日
月 日	月 日
月 日	

付録
2

日本の祭日（　　　は休日）
にほん　さいじつ　　　　　きゅうじつ

日本の祭日を先生に聞きながら書き取ってみましょう
にほん　さいじつ　せんせい　き　　　　　か　と

月	日	元旦	月	日	海の日
		がんたん			うみ　ひ
月	日	仕事始め	月	日	広島原爆記念日
		し ごとはじ			ひろしまげんばく き ねん び
月	日	成人の日	月	日	長崎原爆記念日
		せいじん　ひ			ながさきげんばく き ねん び
月	日	節分	月	日	終戦記念日
		せつぶん			しゅうせん き ねん び
月	日	建国記念日	月	日	新学期開始
		けんこく き ねん び			しんがっき かいし
月	日	雛祭り	月	日	重陽の節句
		ひなまつ			ちょうよう　せっく
月	日	前後　春分の日	月	日	敬老の日
		ぜんご　しゅんぶん ひ			けいろう　ひ
月	日	新年度開始	月	日	前後　秋分の日
		しんねんど かいし			ぜんご　しゅうぶん ひ
月	日	花祭り	月	日	都民の日（東京）
		はなまつ			と みん　ひ　とうきょう
月	日	緑の日	月		体育の日
		みどり　ひ			たいいく　ひ
月	日	メーデー	月	日	文化の日
					ぶん か　ひ
月	日	憲法記念日	月	日	七五三
		けんぽう き ねん び			しち ご さん
月	日	国民の休日	月	日	勤労感謝の日
		こくみん　きゅうじつ			きんろうかんしゃ　ひ
月	日	子供の日	月	日	天皇誕生日
		こども　ひ			てんのう たんじょうび
月		母の日	月	日	クリスマス
		はは　ひ			
月	日	七夕	月	日	大晦日
		たなばた			おおみそか

台湾と日本の公共施設の営業時間を教え合ってみましょう
たいわん　　にほん　　こうきょうしせつ　　えいぎょうじかん　　おし　あ

	営 業 時 間 えい ぎょう じ かん		休 み 時 間 やす じ かん		定 休 日 てい きゅう び	
	台 湾 たい わん	日 本 に ほん	台 湾 たい わん	日 本 に ほん	台 湾 たい わん	日 本 に ほん
郵便局 ゆうびんきょく						
郵便局・預貯金 ゆうびんきょく　よちょきん						
銀行 ぎんこう						
銀行・カード ぎんこう						
病院 びょういん						
デパート						
スーパー						
公共図書館 こうきょうとしょかん						
大学の図書館 だいがく　　としょかん						
会社 かいしゃ						
レストラン						
一般商店 いっぱんしょうてん						

日本と台湾の物価比較
にほん　たいわん　ぶっかひかく

	物　　件 ぶっ　けん	台湾（元） たいわん　げん	日本（円） にほん　えん	台湾元換算 たいわんげんかんざん
1	タクシー（初乗り運賃） はつの　うんちん			
2	バス（一区間） いちくかん			
3	電車（15分間・普通列車） でんしゃ　ふんかん　ふつうれっしゃ			
4	飛行機のチケット（台北—東京） ひこうき　タイペイ　とうきょう			
5	切手（国内普通郵便） きって　こくないふつうゆうびん			
6	電話（一通話） でんわ　いちつうわ			
7	コピー（セブン・イレブン、A4、1枚） まい			
8	新聞（朝刊1部） しんぶん　ちょうかん　ぶ			
9	学費（国立大学1年間） がくひ　こくりつだいがく　ねんかん			
10	家賃（大学の傍、ワンルーム4～5坪） やちん　だいがく　そば　つぼ			
11	米（標準価格米、5キロ） こめ　ひょうじゅんかかくまい			
12	ランチ（オフィス街の定食） がい　ていしょく			
13	海老チャーハン えび			
14	マクドナルドのビッグマックセット			
15	コーヒー（炭焼） すみやき			
16	缶ジュース かん			
17	ビール（国産、350cc） こくさん			
18	たばこ（国産、20本入り） こくさん　ぼんい			
19	映画（封切、大人1人） えいが　ふうきり　おとな　ひとり			
20	パーマ（シャンプー・カット付き） つ			
21	クリーニング（背広1着） せびろ　ちゃく			
22	テレビ（23インチ）			
23	コンピューター（ノート型・プリンター付き） がた　つ			
24	車（国産、乗用車） くるま　こくさん　じょうようしゃ			
25	月給（大卒初任給、男） げっきゅう　だいそつしょにんきゅう　おとこ			
26	マクドナルドの大学生アルバイト時給 だいがくせい　じきゅう			

次のような表を作って、お互いに紹介し合い、名簿を作ってみましょう。
つぎ　　　　　ひょう　つく　　　　　たが　　しょうかい　あ　　めいぼ　つく

番号 ばんごう	氏　　名 し　　めい	電　話　番　号 でん　わ　ばん　ごう	年　令 ねん　れい	誕　生　日 たん　じょう　び
1				
2				
3				
4				
5				
6				
7				
8				
9				
10				
11				
12				
13				
14				
15				
16				
17				
18				
19				
20				

付録 6

モデル会話
かいわ

珍会話
ちんかいわ

――やはり避けたいコミュニケーション・エラー――
さ

1. ここに収めた「モデル会話」は、日
おさ　　　　　かいわ　　　　　に
本人がごく普通に話すだろうと思
ほんじん　　ふつう　はな　　　　　おも
われる言葉で書きました。あくま
ことば　か
で、ただ一つの例に過ぎません。
ひと　れい　す

2. まず自分で会話を作ってみてか
じぶん　かいわ　つく
ら、「モデル会話」を参考にしてく
かいわ　　　さんこう
ださい。

3. 「珍会話」は、実際にあった会話を
ちんかいわ　　じっさい　　　かいわ
収録したものです。
しゅうろく

挨　拶
あい　さつ

[練習] のモデル会話 (　　　　は男性、　　　　は女性、無印はどちらでもよい)
れんしゅう　　　　　　かいわ　　　　　　　　だんせい　　　　　　　　じょせい　むじるし

[家族の挨拶] 🔘 CD2 T02
かぞく　あいさつ

1. 母親と息子が、朝の挨拶をします。
ははおや　むすこ　　あさ　あいさつ

> 息子 ：あ、お母さん、おはよう。
> むすこ　　　　かあ
>
> 母親 ：おはよう。
> ははおや

2. 父親と娘が、夜寝る時の挨拶をします。
ちちおや　むすめ　　よるね　とき　あいさつ

> 娘 ：じゃ、お休みなさい。
> むすめ　　　　　やす
>
> 父親 ：ああ、お休み。
> ちちおや　　　　やす

3. 学校に出かける娘を、母親が送り出します。
がっこう　で　　　むすめ　ははおや　おく　だ

> 娘 ：行ってきます。
> むすめ　い
>
> 母親 ：行ってらっしゃい。
> ははおや　い

4. 出勤する夫を、妻が送り出します。
しゅっきん　おっと　つま　おく　だ

> 夫 ：じゃ、行ってくるよ。
> おっと　　　　い
>
> 妻 ：お帰りは？
> つま　　かえ
>
> 夫 ：きょうは、ちょっと遅くなるよ。
> おっと　　　　　　　　　　おそ
>
> 妻 ：行ってらっしゃい。気をつけて。
> つま　い　　　　　　　　き

5. 外出から帰った息子を、母親が迎えます。
がいしゅつ　かえ　むすこ　ははおや　むか

> 息子 ：ただいま。
> むすこ
>
> 母親 ：お帰り。
> ははおや　　かえ

6. 会社から帰った夫を、妻が迎えます。
かいしゃ　かえ　おっと　つま　むか

> 夫 ：ただいま。
> おっと
>
> 妻 ：お帰りなさい。
> つま　　かえ

7. 出張から帰った父親を、娘が迎えます。
しゅっちょう　かえ　ちちおや　むすめ　むか

娘(むすめ)：あ、お父(とう)さん、お帰(かえ)りなさい。

父親(ちちおや)：ああ、ただいま。

[知人に会った時の挨拶] CD2 T03
（ちじん　あ　とき　あいさつ）

1. 学生と先生が、朝の挨拶をします。
   （がくせい　せんせい　あさ　あいさつ）

   学生(がくせい)：先生(せんせい)、おはようございます。

   先生(せんせい)：あ、おはよう。

2. オフィスで同僚が、朝の挨拶をします。
   （どうりょう　あさ　あいさつ）

   A：おはようございます。

   B：あ、おはようございます。

3. 夏の午後、道で近所の奥さんと出会いました。挨拶をします。
   （なつ　ご　ご　みち　きんじょ　おく　で あ　あいさつ）

   A：あら、こんにちは。

   B：こんにちは。

   A：お暑(あつ)いですね。

   B：そうですね。

4. 日曜日、隣の夫婦が出かけるところに出会いました。挨拶をします。
   （にちようび　となり　ふうふ　で　で あ　あいさつ）

   A：あ、おはようございます。おそろいで、お出(で)かけですか。

   B：ええ、ちょっと。

5. 夜、セブン・イレブンで後輩に出会いました。挨拶をします。
   （よる　こうはい　で あ　あいさつ）

   A：おっ、Bじゃないか。

   B：あ、先輩(せんぱい)、こんばんは。

[久しぶりに会った時の挨拶] CD2 T04
（ひさ　あ　とき　あいさつ）

   A：やあ、Bさん、久(ひさ)しぶり。元気(げんき)？

   B：うん、何(なん)とかやってるよ。あ、先生(せんせい)、しばらくでした。

   C：先生(せんせい)、お久(ひさ)しぶりです。お元気(げんき)ですか。

先生：ありがとう。私は相変わらずですよ。
みんなにはすっかりご無沙汰しているけど、その後、変わりありませんか。

A，B，C：はい、おかげさまで。

[お礼を言う] CD2 T05

1. 会食の場で、隣に座った人に塩を取ってもらいました。お礼を言います。

A：はい、お塩、どうぞ。

B：あ、どうも。

2. 図書館で、一緒に勉強している友達に辞書を貸してもらいました。お礼を言います。

A：ねえ、辞書、貸して。

B：はい。

A：サンキュー。

3. 財布を落としましたが、親切な人が交番に届けてくれました。その人にお礼を言います。

A：あの、財布を交番に届けていただいたそうで・・・

B：はあ。

A：ほんとに、何とお礼を申し上げてよいやら・・・

B：いやいや、そんな。

4. 隣の人が作ったケーキをもらいました。お礼を言います。

A：ケーキをたくさん作ったんです。おーつ、どうぞ。

B：まあ、おいしそう。ごちそうさま。

A：お口に合うかどうかわかりませんけど。

5. 上司の家でご馳走になりました。しばらくして上司の奥さんに会った時、お礼を言います。

  A：先日は、本当にごちそうさまでした。

  B：いいえ、どういたしまして。またいらしててくださいね。

6. 知人が息子をある会社に紹介してくれました。何年か経ってその知人に会った時、お礼を言います。

  A：やあ、元気にやってますか。

  B：はい、おかげさまで。その節は、大変お世話になりまして。

  A：いや、なんのなんの。

7. 同僚からコンサートのチケットをもらいました。お礼を言います。

  A：これ、「SMAP」のチケットなんだけど、僕、行けなくなっ

  ちゃったから、よかったら行ってよ。

  B：えっ、本当にもらっちゃっていいの？　悪いわねえ。ありがとう！

8. 会社員が、忙しい女子社員にコピーを頼みました。お礼を言います。

  A：これ、3枚コピーしてくれない？

  B：はい。

  A：悪いね。忙しいのに。

  B：いいえ。

[謝罪] CD2 T06

1. 学生が、歩いている時に友達にちょっとぶつかります。友達に謝ります。

  A：（ちょっとぶつかって）あ、ごめん。

  B：うん。

2. 小学生がおしゃべりをしていて先生に叱られます。先生に謝ります。

  小学生：先生、ごめんなさい。

  先生　：もう、しないのよ。

3. 間違い電話をかけてしまいます。相手に謝ります。
まちが　でんわ　　　　　　　　　　　　　　　　　あいて　あやま

　　A：もしもし、Cさんのお宅ですか。
　　　　　　　　　　　　　　　　　たく

　　B：いいえ、違います。
　　　　　　　　ちが

　　A：あっ、すみません。あの、お宅は××××－××××ですか。
　　　　　　　　　　　　　　　　　　　たく

　　B：いいえ、違います。
　　　　　　　　ちが

　　A：あ、そうですか。どうも失礼しました。
　　　　　　　　　　　　　　　　　しつれい

　　B：いいえ。

4. デートに15分遅刻してしまいました。相手に謝ります。
　　　　　じゅうごふん　ちこく　　　　　　　　　　　　　あいて　あやま

　　A：ごめんなさい。ずいぶん待った？
　　　　　　　　　　　　　　　　　ま

　　B：ううん、僕も今来たばかりだよ。
　　　　　　　　ぼく　いまき

5. 中学生の息子が商店で万引きをしました。母親が店の主人に謝ります。
　ちゅうがくせい　むすこ　しょうてん　まんび　　　　　はははおや　みせ　しゅじん　あやま

　　A：どうも、うちの息子がご迷惑をかけまして。
　　　　　　　　　　　　むすこ　　めいわく

　　B：ほんとにもう、こんなことしてくれちゃ、困りますよ。
　　　　　　　　　　　　　　　　　　　　　　　　こま

　　A：まことに申し訳ございません。本当に、何とお詫びを申し上げ
　　　　　　　もう　わけ　　　　　　　ほんとう　なん　わ　もう　あ

　　　てよいやら……どうか、お許しください。
　　　　　　　　　　　　　　　ゆる

　　B：……

[人に同情する] 🔘 CD2 T07
ひと　どうじょう

1. オフィスで、社員が出張から帰ってきました。同僚がねぎらいます。
　　　　　　しゃいん　しゅっちょう　かえ　　　　　　　どうりょう

　　社員　　：ただいま。
　　しゃいん

　　同僚A：あ、お疲れ様でした。
　　どうりょう　　　　つか　さま

　　同僚B：お疲れ様。
　　どうりょう　　　つか　さま

2. オフィスで、社員が出張から帰ってきました。課長がねぎらいます。
　　　　　　しゃいん　しゅっちょう　かえ　　　　　　　かちょう

　　社員：課長、ただいま帰りました。
　　しゃいん　かちょう　　　　　かえ

　　課長：や、ご苦労さんだったね。
　　かちょう　　　くろう

3. 社員Aは、10時まで残業しました。翌朝、同僚がねぎらいます。
　しゃいん　じゅうじ　ざんぎょう　　よくあさ　どうりょう

A：昨日、10時まで残業だったんだ。

B：そう。大変だったわね。

4．明日試験を受ける友達を激励します。

　　A：明日試験なんだ。

　　B：そう。大変ね。がんばってね。

5．知人の息子が大学に落ちました。知人を慰めます。

　　A：息子の奴が大学に落ちましてね。

　　B：そうですか。それは残念でしたね。よく勉強していましたのにね。

6．友達のお母さんが亡くなりました。友達を慰めます。

　　A：母が亡くなったの。

　　B：そう。お気の毒に。元気出してね。

［お祝いを言う］ CD2 T08

1．司法試験に合格した友達に、お祝いを言います。

　　A：おめでとう。本当によかったね。

　　B：うん、ありがとう。

2．課長が部長に昇進しました。昇進パーティで社員がお祝いを言います。

　　A　：課長、昇進、おめでとうございます。

　　課長：ありがとう。みんなのおかげだよ。

3．子供が親戚の人にたくさんお年玉をもらって、お母さんに報告します。

　　子供：お母さん、お年玉、たくさんもらっちゃった。

　　母親：そう、よかったわね。ちゃんとお礼、言った？

4．先生に電話で新年の挨拶をします。

　　学生：先生、明けましておめでとうございます。

　　先生：やあ、おめでとう。今年もよろしく。

5. 友達の結婚式でお祝いを言います。

　　A：おめでとう。お幸せにね。

　　B：ありがとう。

[紹介の時の挨拶] 🔘 CD2 T09

1. 山田さんと川村さんが、初対面の挨拶をします。

　　川村：初めまして。川村と申します。どうぞよろしくお願いします。

　　山田：山田です。よろしく。

2. 部長が部下に奥さんを紹介します。

　　部長　　：吉田君、家内です。

　　部下　　：初めまして。部長にはいつもお世話になっています。

　　部長夫人：いいえ、こちらこそお世話になっております。

3. 学生が先生に自分の父親を紹介します。

　　学生　　：先生、父です。

　　学生の父：初めまして。息子がいつもお世話になっておりまして。

　　先生　　：いえいえ、こちらこそ。

4. パーティで、著名な学者に挨拶に行きます。

　　A：高橋先生、林と申します。どうぞよろしくお願いします。

　　B：高橋です。よろしく。

　　A：高橋先生のご高名はかねがね伺っておりました。

　　B：いえいえ、お恥ずかしい。

5. AがBに挨拶します。AはBの恩師を知っています。

　　A：あ、初めまして。吉田と申します。

　　B：島田です。よろしく。

　　A：島田さんのお噂は、今井先生から伺っておりますよ。

　　B：おや、そうでしたか。懐かしい。

[別れる時の挨拶] CD2 T10

1. デートをして、男性が女性を家の前まで送ります。二人は別れの挨拶をします。

   A：今日は、楽しかったわ。じゃ、またね。

   B：うん。お休み。

   A：お休みなさい。

2. 先生の家でご馳走になりました。帰る時、先生に挨拶をします。

   A：今日は本当にご馳走様でした。

   B：お母さまによろしくね。

   A：はい。じゃ、ごめんください。

3. 先生の研究室に呼ばれて叱られました。帰る時、先生に挨拶をします。

   A：これから気をつけなくちゃ、だめだよ。

   B：はい。すみません。

   A：じゃ。

   B：きょうは本当に申し訳ありませんでした。

4. 仲のよかった留学生の友達が帰国します。空港で別れの挨拶をします。

   A：体に気をつけて。手紙ちょうだいね。

   B：ええ、Aさんもね。

   A：さようなら。

   B：いろいろお世話になりました。さようなら。

5. オフィスで、残業している上司に挨拶をして、帰ります。

   A：それじゃ、申し訳ありませんが、お先に失礼させていただきます。

   B：や、お疲れさん。

6. 友人のお母さんが病気なので、病院にお見舞いに行きました。別れる時の挨拶をします。

A：じゃ、お大事になさってください。また来ますから。

B：ありがとうございました。わざわざ来ていただいて。

7. 恋人同士が別れます。最後の日、別れの挨拶をします。

A：さよなら。体に気をつけてな。

B：元気で生きていってね……さようなら。

8. 友達にレポートを書いてくれるように頼みに行きます。その後、別れの
挨拶をします。

A：悪いな。じゃ、頼んだよ。

B：うん。バイバイ。

9. 幼稚園で、先生と園児が別れの挨拶をします。

学生：先生、さようなら。

先生：○○ちゃん、さようなら。また明日ね。

10. 明日試験があり、友達と夜遅くまで図書館で勉強しました。友達と別れ
の挨拶をします。

A：じゃ、明日、がんばろうね。

B：うん、がんばろうね。

11. オフィスで年末大掃除を済ませて帰宅します。社員同士が挨拶します。

A：じゃ、よいお年をお迎えください。

B：はい、よいお年を。

「挨拶」珍会話
あいさつ　ちんかいわ

1．「寒いですね。」

「いいえ、寒くありません。」

　　これは、ある南アジアの学生の話。彼は亜熱帯の出身なので、日本の冬はかえって心地よいのだそうです。しかし、「寒いですね。」というのは単なる挨拶の形式であって、彼の意見を聞いているのではないのですが……

2．「あら、こんにちは。」

「先生、今は夜ですよ。こんばんは、でしょ？」

　　こんな叱責を何回受けたかわかりません。第１課で述べたとおり、「こんにちは」は「你好」の意味で、必ずしも昼だけに言う挨拶というわけではありません。因みに、芸能界や水商売の世界では、最初に会った人には真夜中でも「おはようございます」と挨拶します。

3．「じゃ、また来年。」

「先生、明けましておめでとうございます。」

　　日本では、新年にならないうちに「新年おめでとう」という挨拶をしてはいけません。まだ新年ではないのですから、「おめでとう」は不合理なのです。暮れに人に会った時は、「よいお年を（お迎えください）」と言って別れます。中国語でも、新年は「恭禧新年」と挨拶し、暮れのうちは「新年快樂」と挨拶するではありませんか。因みに、日本では年賀状が暮れのうちに届かないシステムになっていることを、ご存じでしょうか？

4．「じゃ、今日はこれで。ご馳走になりました。」

「先生、ごゆっくり。」

　　客が帰る時は、「気をつけて」と言いますが、中国語では「慢慢走」と言います。これは、直訳すれば「ゆっくり歩いていってください」という

意味ですが、それをさらに丁寧な表現にすると、「ごゆっくり」になってしまいます。これでは、客はまた靴を脱いでソファーに座り込みかねません。

5.「先生、バイバイ。」

　　年配の人にとっては、英語の「バイバイ」「サンキュー」「ＯＫ」などの挨拶は軽薄と感じられるようです。目上の人には、英語の挨拶は避けた方がいいでしょう。

6.「お母様には、いつもお世話になっております。」

「母が何かお世話しましたか？」

　　これは、日本人の例です。彼の母親をよく知っているから、単に形式的に挨拶しただけなのに……まともに「母が何かお世話しましたか？」と聞かれたら、「いいえ、何も。」と答えるしかありません。何と石頭の日本人！

7.「ようこそ、いらっしゃいません！」

　　これは、台湾の夜店のある骨董店の看板に書かれていた文字です。敬語命令の「ませ」と否定の「ません」を混同しているわけですが、この店ではもしかしたら、冷やかしの客には「ありがとうございません」と言うのでしょうか。それとも、これは店主の受け狙いの高級商法か？
（実は、これと同じ例は、台湾ではよく見られるのです。）
　　因みに、私は午前中の授業では、遅刻した学生に「おはようございません。」と嫌味の挨拶をすることにしています。

8.「愛してるよ。」

「こちらこそ。」

　　これは、ある先生から聞いた、日本人男性と台湾人女性のカップルの話です。「こちらこそ」は、中国語では「倒過來」という意味で、

直訳すれば「彼此、彼此」（お互い様）に当たります。「我也是」と言いたいなら、「私もよ。」と言えばいいのですが…彼らの関係が壊れていないことを祈ります。

9. 「皆様、よくいらっしゃいました。お食事を準備しましたから、どうぞ、たくさん食べなさい。」

　　これは、台日学生の交流パーティでの台湾人学生の挨拶です。何故か「〜てください」が使えず、命令形で代用してしまう人がいます。因みに、これを聞いた台湾側の顧問の先生は、腰を抜かしてしまいました。

10. 「（5分遅刻して）ごめんなさい。」
「いいえ、大丈夫です。」

　　謝罪をした時に、「いいえ、大丈夫です。」という応答を時々聞きます。実は、「大丈夫です」は、怪我をさせられるなど重大な被害を受けて謝罪された時に返すべき言葉で、わずか5分遅刻して謝って「いいえ、大丈夫です。」と言われると、「私はそんなに大きい被害を相手に与えてしまったのか。」と動揺し、かえって心の負担が増すことがあります。
　　こういう場合は、「いいえ、私も今来たところですから。」などと言って、相手の心の負担を軽くしてあげましょう。

11. 「（重い荷物を持っている教師に）先生、ご苦労様。」

　　この学生は、「先生、大変ですね。」と言いたかったのでしょう。しかし、目上の人に「ご苦労様」と言ってはいけないことは、今や常識です。また、先生が重い荷物を持っていたら、気配りのあり方としては、ねぎらうよりも、「先生、お持ちしましょうか。」じゃないでしょうか？

12. 「先生、いつもご親切に私たちを教えて、ありがとうございます。」

　　これは、謝恩会で卒業生にもらったカードの言葉です。授受動詞の使

い方に習熟していない故でしょうか、「ありがとう」の前の動詞に「〜
てくれて」とか「〜てくださって」等を付けることを忘れています。
「〜てくれる」は、相手の動作・行為に感謝の念を抱いたなら（無生物
の作用でも可）、その動作に付けます。例えば、長い間雨が降らなくて
困っている時に突然の夕立があったとしたら、どんなに救われた思いが
することでしょうか。そんな時は、相手が無生物であったとしても、
「ああ、やっと<u>降ってくれた</u>。」と言うことができるのです。いやしくも
人間の行為に感謝する気持ちを持ったなら、相手の動作に「〜てくれる」
か「〜てくださる」を付けましょう。

　「先生、いつもご親切に私たちを<u>教えてくださって</u>、ありがとうござい
ます。」

　カードの言葉自体は大変うれしかったのですが、同時に「やはり私
は親切に教えていなかった。」と反省させられました。

13. **教師**　「あなたのレポート、間違いがたくさんありますよ。直してくださいね。」

　　学生　「残念ですね。」

　第1課で述べたように、「大変ですね」「残念ですね」は、相手の難問
がこちらに責任のない全くの他人事である場合にのみ用います。この学
生の応答は、まるで教師を慰めているようで、レポートの間違いが自分
と無関係のようです。この場合に、相手に同調する「ね」は不要。「残念
です。」だけで充分です。

14. **学生**　「どうしたんですか、その右手。」

　　私　「ええ、交通事故で脱臼しちゃったんです。」

　　学生　「残念ですね。」

　これは、去年私が交通事故で右手をけがした時の実際の会話です。
「残念ですね。」は、普通の状態よりプラスのレベルを目ざして失敗した
時の慰めの言葉です。たとえば、有名大学を受験して失敗した時や、買
おうとしていた物が品切れになって買えなかった時などです。普通の状

態よりマイナスのレベルになってしまった時の慰めの言葉は、「お気の毒に。」とか「大変ですね。」などです。手をけがして「残念ですね。」と言われた時、私は一瞬、相手が私の死ななかった事を残念がっているのかと思ってしまいました。

15. ①（自己紹介で）「初めまして。私は○○○です。1年生です。ありがとうございます。」

　②（タクシーで）「○○まで行ってください。ありがとうございます。」

　　中国語では、①相手に自分の話を聞いてもらった時、②何かを頼んだ時には、最後に「謝謝」と言います。しかし、日本語では、相手がまだ何もしてくれていない時に「ありがとう」と言うのは変です。①の場合は「よろしくお願いします」、②の場合は「お願いします。」と言います。

　　つまり、運転手に行き先を告げた時は「お願いします」、タクシーが目的地に着いたら「ありがとうございます。」と言うのです。

16. 母親　「あ、先生ですか。○○○の母親です。いつもうちの大切な息子を教育してくださって、ありがとうございます。」

　　私　「はあ・・・子供はみんな大切ですから・・・」

　　この挨拶を最後まで聞かないうち、私は文句を言われるのかと思って思わず身構えてしまいました。何故なら、「うちの大切な息子」という表現を使うのは、「うちの大切な息子をよくも傷つけてくれたな。」とケンカをする時とか、「うちの大切な息子を預けるんですから、きちんとした設備の所にしてください。」などの交渉の時とか、とにかく自分の息子を守る必要のある時に限られるからです。ですから、「うちの大切な息子を」まで聞いた時、「もっときちんと教育してくれなくては困ります。」などの苦情を、つい予想してしまったのです。

　　先生に対する謝意を述べるなら、「大切な」という形容詞はいりません。（逆に、日本人なら「うちの馬鹿な息子を」と、謙遜して言う親はいるかもしれません。）それよりも、「いつも息子がお世話になっております。」と、型どおりの挨拶をした方が無難でしょう。

勧める
すす

[練習]のモデル会話（ ▢ は男性、 ▢ は女性、無印はどちらでもよい）
れんしゅう　　　　　かいわ　　　　　　　　だんせい　　　　　　　じょせい　むじるし

[控えめな提案] 🔘 CD2 T11
ひか　　　ていあん

1. 不眠症の友達に、あなたのアドバイスをしましょう。
ふみんしょう　ともだち

A：どうしたの？

B：うん、最近、夜眠れないんだ。
さいきん　よるねむ

A：へえ、何か悩みでもあるの？
なに　なや

B：いや、別にそういうわけじゃないけど。ただ眠れないんだ。
べつ　　　　　　　　　　　　　　　　　　　　　ねむ

A：じゃ、床に入った時に、本を読みながら寝たらどうかな？
とこ　はい　とき　ほん　よ　　　　　　ね

A：そうかな。

B：うん。僕も時々やるんだけど、特に文法の本なんか読むと、よく
ぼく　ときどき　　　　　　　　　とく　ぶんぽう　ほん　　　よ

寝られるよ。
ね

A：うん、そうだろうな。じゃ、やってみよう。

2. 日本語がなかなか上手にならない友達に、アドバイスをしましょう。
にほんご　　　　　じょうず　　　　　　ともだち

A：日本語の勉強は、どうですか。
にほんご　べんきょう

B：おもしろいことはおもしろいんですが……　なかなか上手になら
じょうず

ないんで、悩んでいるんです。
なや

A：何がそんなに難しいんですか？
なに　　　　むずか

B：読むことはまあまあなんですが、聞くのが難しくて。授業中、先
よ　　　　　　　　　　　　　　き　　むずか　　じゅぎょうちゅう　せん

生の言うことが時々聞き取れないんです。
せい　い　　　　　ときどきき　と

A：じゃ、先生の言うことをテープにとっておいて、後で聞いたらど
せんせい　い　　　　　　　　　　　　　　あと　き

うでしょうか。

B：でも、それじゃ大変で……
たいへん

A：留学生は、みんなそうやって努力しているんですよ。テープを聞く時、
りゅうがくせい　　　　　　　　　　　どりょく　　　　　　　　　　き　とき

私も手伝ってあげますから、やってみたらどうでしょうか。
わたし　てつだ

B：そうですね。じゃ、やってみます。

3. 夏バテした友達に、アドバイスをしましょう。

　　A：最近、夏バテしちゃって。

　　B：そう言えば、ずいぶんやせたわね。

　　A：食欲がなくて、毎日ジュースばかり飲んでるの。

　　B：あら、そんなの、よくないわよ。病気になっちゃうわよ。

　　A：じゃ、どうしたらいいかしら？

　　B：そうねえ……　牛のレバーをサラダに入れて食べたらどうかしら。
　　　　安いし、栄養もあるし。

　　A：そうね。サラダなら食べられるかもしれないわ。じゃ、今日、さっ
　　　　そく作ってみよう。

[自信のある提案] CD2 T12

1. 風邪を引いた友達に、あなたの知っている療法をアドバイスしましょう。

　　A：風邪引いちゃった。熱が下がらないの。

　　B：じゃ、熱いお風呂に入ったらいいよ。

　　A：お風呂？　私の祖母は、風邪の時、お風呂に入っちゃいけないって
　　　　言ってたけど。

　　B：そんなことないよ。うんと熱いお風呂に長い時間浸かって、それか
　　　　らすぐ寝たらいいんだよ。次の日にはよくなってるよ。

　　A：そう？　初めて聞いた。じゃ、やってみよう。

2. 日本人の友達が台湾のお土産を買いたがっています。適当なお土産、賢
　　い買い方、いいお土産屋さんなどをアドバイスしましょう。

　　A：明日、日本に帰るんです。

　　B：もう、お土産を買いましたか。

　　A：いえ、まだなんです。どんなものを買ったらいいでしょうか。

　　B：お茶はどうですか？

　　A：お茶は、いろいろな方からいただきましたから。子供に何か買って
　　　　いきたいんですけど、何か、いいものはありませんか？

B：それなら、パイナップルケーキを買って帰ったらいいですよ。安いし、長持ちするし。

A：パイナップルケーキ？

B：ええ、パイナップルのジャムが入ったお菓子です。日本の方は、みんなおいしいと言いますよ。

A：ふうん。

B：私がおいしい店を知っていますから、今からご案内しますよ。

A：そうですか。じゃ、お願いします。

3. 日本語を勉強し始めた友達に、いい教科書をアドバイスしましょう。

A：私、日本語を勉強しようと思っているんです。

B：それはいいですね。どこかの学校に行くんですか？

A：いいえ、時間がないから、自分で勉強しようと思っているんです。どんな教科書がいいでしょうか。

B：ああ、それなら、「日本語〇〇」がいいですよ。私もあれで勉強したんですけど、説明が詳しくていいですよ。

A：そうですか。じゃ、今度見せてください。

[強い助言] 🎧 CD2 T13

1. 友達が、新しい服を汚してしまいました。アドバイスをします。

A：あっ、しまった！

B：どうしたの？

A：スカートにお醤油、こぼしちゃった。

B：あら、大変。

A：どうしよう。昨日買ったばかりのスカートなのに。

B：すぐ水洗いした方がいいわよ。しみになっちゃうから。

A：うん。じゃ、洗面所に行ってくる。

2. 後輩が試験でカンニングをすると言っています。先輩がアドバイスをします。

> A：何、持ってるの？
>
> B：カンニングペーパー。
>
> A：！？
>
> B：だって、明日の試験、全然勉強してないんですよ。
>
> A：カンニングなんて、しない方がいいよ。見つかったら大変だよ。
>
> B：大丈夫ですよ。うまくやるから。
>
> A：いや、やめた方がいいよ。あの先生、不正行為には特別厳しいんだから。それより、今から少しでも勉強した方がいいよ。俺が教えてやるから。
>
> B：そうですかあ……

3. 同僚が風邪で苦しそうです。アドバイスをします。

> A：おや、顔が真っ赤ですよ。熱でもあるんですか。
>
> B：ええ、風邪を引いているんです。頭も痛くて。
>
> A：じゃ、すぐ病院へ行った方がいいですよ。
>
> B：でも、今日は忙しいから、帰ったらみんなに悪いし……
>
> A：そんなことありませんよ。体が第一なんだから、仕事のことは心配しないで。とにかく、今日は早く帰った方がいい。

[その他の提案のしかた] 🔘 CD2 T14

1. 友達が数人で、夜遊びに行く相談をします。

　A：ねえ、どこへ行く？

　B：そうねえ……　陽明山へ夜景を見に行くのはどう？

　A：でも、車がないから不便だよ。

　B：バイクで行ったらいいでしょう。

　A：バイクは危ないよ。

　C：じゃ、夜市はどう？　おいしい物を食べようよ。

　A：夜市は人が多くていやだな。食べ物も不衛生だよ。

　D：じゃ、淡水へ行って夜の海を見るのはどう？　電車で行けば近いし、おいしい海鮮料理もあるし、いいんじゃない？

　A：でも、ちょっと寒いよ。

　B：もう、人の言うことに反対ばかりして。少しは協調性を持ったらどうなのよ！

2. 恋人同士が、新婚旅行の相談をします。

　A：一生に一度のことなんだから、すてきな所へ行きたいわね。

　B：そうだね。北海道はどう？

　A：そうね。雄大な自然を見ながら、おいしい蟹を食べるのもいいわね。

　B：京都の街をのんびり歩くのもいいんじゃない？

　A：そうね。古都で本格的な懐石料理を食べるのもいいわね。

　B：いっそのこと、ハワイとか、タイとか、南の国に行ってみるのはどうかな？

　A：そうね。珍しいトロピカル・フルーツをいろいろ食べてみるのもいいわね。

　B：……君、さっきから食べ物のことばかり言ってるね。もう少しロマンを持ったらどうなの？

3. 同僚数人が、先輩の結婚のプレゼントのことを相談します。

Ａ：山田さんの結婚のお祝いに、何をあげたらいいでしょうか。

Ｂ：そうですね。電子レンジとか、ビデオデッキとか、電気製品はどうでしょうか？

Ｃ：でも、山田さんの彼氏はお金持ちだから、何でも持っていると思いますよ。

Ａ：じゃ、絵なんかどうでしょうか。

Ｂ：うーん。山田さんは、あまり芸術に興味がないみたいですよ。

Ｃ：じゃ、プレゼントでなく、みんなで旅行に招待するのはどうでしょうか。

Ａ：あ、いいですね。ドライブに行って、みんなで記念写真を撮るのもいいですね。

Ｂ：きっと喜ぶでしょう。

「勧める」珍会話

＜友達の家で＞

私「私、風邪を引いてるんです。」

友達「あ、それなら、体を温めて。お風呂に入っていいです。」

私「でも、湯冷めするとよくないし……」

友達「いいえ、熱いお風呂に入って、すぐ寝て、大丈夫です。お風呂、入っていいですよ。」

［何故誤用か］

　この人は、私に熱いお風呂に入ることを勧めてくれました。しかし、この言い方だと、友達は私に「私の家のお風呂に入ってください」と、自分の家のお風呂に入ることを勧めていることになります。本来は、「熱いお風呂に入ったらいいですよ。」「熱いお風呂に入るといいですよ。」「熱いお風呂に入ればいいですよ。」と言うべきところを、条件形「～たら」「～と」「～ば」が使えず、一貫して「～て」で代用しています。

［誤用の原因］

　一般に、初級の学生にとって条件形の「～たら」や「～ば」や「～と」を使うのは苦手なようです。条件－帰結の関係は最も抽象的で用法も複雑なので、会話の途中でその関係が予測しにくいのでしょう。その代わりに、比較的無個性的な接続語の「～て」を使っていると思われます。

［誤用を防ぐために］

　会話では、条件形「たら」「と」「ば」「なら」を正確に使い分けようとしなくてもかまいません。口語では、「たら」「と」「ば」「なら」のほとんどの機能は、「たら」一つでだいたい代用できるからです。

　但し、「たら」「と」「ば」が条件と帰結の間に時間関係があるのに対し、「なら」は条件と帰結の間の時間関係がはっきりしておらず、条件－帰結の論理関係だけなので、用法が多少違ってきます。

　例えば、

　　(a) ご飯を食べたら、この薬を飲んでください。

は、「ご飯を食べた後」に薬を飲むことになりますが、

(b) ご飯を食べるなら、この薬を飲んでください。

は、「薬を飲む」のは「ご飯を食べた後」か「食べる前」かはっきりせず、とにかく「薬を飲むこと」が「ご飯を食べること」の前提条件であることを示すだけなのです。このような、「たら」と「なら」の最も基本的な違いにだけは注意して、とにかく早く「〜たら」の文型に慣れるようにしましょう。

[その他の誤用]

よく聞かれるのは、次の3つです。

① 「お風呂に入る、いいですよ。」

② 「お風呂に入っては、いいですよ。」

③ 「お風呂に入るのは、いいですよ。」

　①は、接続助詞を使って複文を作るのに慣れていない、初級学習者のストラテジーです。この言い方でも、場面性に助けられてコミュニケーションが成立しますが、もし場面性がなかったとしたら、この言い方一つで「お風呂に入ってもいいですよ」も「お風呂に入ったらいいですよ」も「お風呂に入るのは、いいことですよ」も代用させるのは無理でしょう。もし※プロソディーを変えて「お風呂に入る……いいですよ〜。」と言ったら、気持ちよくお風呂に入っている場面を想像して自己陶酔している様子を表すという、大変高度な日本語表現になるのですが。

　②の「〜ては」は、どうも個人の癖のようです。化石化した癖は、なかなか直りにくいものです。自覚的に直そうと試みてください。

　③は、「〜のはどうですか」と「〜たらいいですよ」を混同しています。でも、この言い方でも、文法上の間違いはありません。ただ、これだと意味的には「お風呂に入るのはいいことだ」という一般論を述べているに過ぎないことになるので、やはり「勧め」の場面に即したものとは言えないでしょう。

※プロソディー：prosody 元の意味は、詩学の「韻律」。言語学では、音の高低、強弱、速度などに見られる変動を総称して言う。アクセントは単語単位の高低、イントネーションは節・文単位の高低、プロミネンスは節・文単位の高低や強弱であるが、プロソディーはもっと大きな単位の段落・文章まで支配する。

電話をかける

[練習] のモデル会話（　は男性、　は女性、無印はどちらでもよい）

1. 夜、大学生が、寮の同級生に電話をかけます。同級生のルームメートが電話に出ます。同級生は、アルバイトに行って留守なので、伝言を頼みます。

A：もしもし、あ、夜分すみませんが、英文科の木村君、いますか。

B：今、バイトに行ってますけど。

A：あ、そうですか。じゃ、悪いけど、伝言してくれますか。

B：いいですよ。

A：英文科の松本ですけど、明日の朝の授業は休講になった、と伝えてください。

B：朝の授業は休講……そう言えば、わかりますね。

A：ええ、わかると思います。じゃ、お願いします。

B：はい、じゃ。

2. 日曜日の朝、会社員が上司の家に電話をかけます。上司の妻が電話に出ます。上司はまだ寝ているので、また午後に電話をかけることにします。

A：もしもし、滝沢部長のお宅でしょうか。

B：はい、さようでございます。

A：どうも、私、総務課の北原でございます。

B：あ、どうも。

A：どうも、いつもお世話になっております。

B：いいえ。こちらこそ。

A：お休みのところ、申し訳ございません。恐れ入りますが、部長はご在宅でしょうか。

B：あ、すみません、まだ休んでおりますのよ。

A：あ、そうですか。実は、少々ご相談いたしたいことがありますもの
で……では、また何時頃お電話したらよろしいでしょうか。

B：休みの日はいつもゆっくりなもので……お昼過ぎにでもお電話して
いただいたらよろしいかと存じますが。

A：さようですか。では、また午後にでもお電話させていただきます。

B：すみませんね。お願いいたします。

A：では、失礼いたします。

B：ごめんくださいませ。

3. 朝、大学生がガールフレンドの家に電話をかけます。父親が電話に出ます。
ガールフレンドは親戚の家に行って不在なので、伝言を頼みます。

A：もしもし、原田さんのお宅ですか。

B：はい。

A：あのー、朝早くすみません。小谷ですが。

B：ああ、小谷君。

A：あ、お父さんですか。おはようございます。良子さん、いらっしゃ
いますか。

B：良子は昨日から親戚の所に行ってるんだけどね。

A：あ、そうですか。

B：何か？

A：いえ、特別な用事はないんですけど……じゃ、帰ってきたら、電話
をくれるように、伝えていただけますか。

B：ああ、いいですよ。午後になると思うけど。

A：はい、何時でもかまいませんから。じゃ、失礼します。

B：はい。

4. 夜、学生が先生の家に電話をかけます。先生の母親が電話に出ます。先生はまだ帰っていないので、伝言を頼みます。

A：もしもし、渡辺先生のお宅ですか。

B：はい、そうですが。

A：夜分、恐れ入ります。私、○○大学の大沢と申しますが、渡辺先生はいらっしゃいますか。

B：息子はまだ帰っておりませんが。

A：あ、お母様ですか。先生にはいつもお世話になっております。

B：いいえ。

A：あの、失礼ですが、先生は何時頃お帰りでしょうか。

B：さあ、今日は遅くなると言っていましたが……何か伝えておきましょうか。

A：はい……それでは、謝恩会のことで明日研究室にお伺いする、とお伝えください。

B：はい、わかりました。大沢さん、でしたね。

A：はい。よろしくお願いします。では、失礼します。

B：ごめんください。

5. 妻が夫の会社に電話をかけます。同僚が電話に出ます。夫はちょっとトイレに行っています。伝言を頼みます。

A：もしもし、第一営業課ですか。

B：はい、そうです。

A：お仕事中すみませんが、山下をお願いしたいんですが。

B：あ、奥様ですか。

A：どうも、いつもお世話になっております。

B：いいえ、こちらこそ。あ、山下さん、今、ちょっと席をはずしていらっしゃるんですが。

Ａ：あ、そうですか。じゃ、すみませんが、手がすいたらうちの方へ電話をくれるように伝えていただけませんか。

Ｂ：はい、わかりました。お伝えしておきます。

Ａ：じゃ、ごめんください。

Ｂ：失礼します。

「電話をかける」珍会話

1. A：もしもし、高橋部長のお宅ですか。

   B：はい、そうですが。

   A：朝早く申し訳ありませんが、部長はいらっしゃいますか。

   B：まだ寝ていますよ。

   A：何時頃、起きますか。

　これは、学生にやらせたロールプレイですが、これではまるでケンカ腰。
まず、普通の奥さんなら「まだ寝ていますよ。」とは言わないでしょ
う。自分の側の事情説明として「まだ寝ているんですが。」とか「まだ寝
ていますが。」とか、「〜んですが」「〜が」などの前置き表現を使って、
後に相手の事情を聞くつもりがあるという意味の空白を残すでしょう。
さらに、「寝ている」という直接表現をしないで、「休んでいる」などの
美化語を使うかもしれません（⇒6.「敬語」参照）。「よ」は、相手の
認識していないことを教えたり、自分の主張を強く訴えたい時に使う終
助詞です。顔の見えない電話では特に強く響くので、避けましょう。（⇒
4.「終助詞」参照）
　また、電話をかける方も、上司の家に電話をかけて最初に自分の名前
を言わないのは、ビジネスマンとして失格です。さらに、「何時頃起きま
すか。」は、相手の生活を直接チェックしているようで、感じが悪いもの
です。（「何時頃お起きになりますか。」でも、ダメ。敬語を使えばよいと
いう問題ではありません。）もっと間接的に「何時頃またお電話したらよ
ろしいでしょうか。」などと聞くべきでしょう。

２．学生： もしもし、<u>吉田の家ですか。</u>

　　　これは学生から来た電話です。後で本人は「敬語がわからなくて、すみません。」と言っていましたが、この電話を受けた時はさすがの私もびっくりしました。「吉田さんのお宅」と「吉田の家」では、待遇表現の差だけではなく、語彙的な印象も全く違うことを思い知りました。

３．？　　： もしもし。

　　私　　： はい。

　　？　　： ○○○ですか。

　　私　　： いいえ、<u>違います。</u>

　　？　　： じゃ、どこですか。

　　　間違い電話をしてしまい、途方に暮れた時には、自分がどこにかけたのか確かめたくなるものですが、相手にしてみればまったく関係のないこと。こういう場合には、「失礼ですが、お宅の番号は×××─××××ですか。」と、自分のかけた番号が正しかったかどうかを相手に聞いて確かめるのが礼儀です。電話を受けた方としては、間違い電話をかけてきた相手に自分の情報を与える義務はないのですから。

４．<u>「恐れ入りますが、そうお伝えてください。」</u>

　　　これは、単に敬語の記憶違いでしょう。しかし、「伝えてください」と「お伝えください」が形態的に違うことに気がつかないだけならまだ軽症なのですが、何でも「お」をつけると敬語になると思っていたり、一字の違いくらいどうってことないなどと認識していたりするなら、治療を要するでしょう。

道を教える
みち　　おし

［練習］のモデル会話
れんしゅう　　　　　　　　　かいわ

　道の教え方は、ネイティブにとっても難しいもの。外国人にとっては、文法よりも、道の
みち　おし　かた　　　　　　　　　　　　　　　　　　　むずか　　　　　　　がいこくじん　　　　　　　　　　ぶんぽう　　　　　みち
形容などの表現に問題があるようです。
けいよう　　　ひょうげん　もんだい

　　この課は、誤用例を挙げるより、実際に発表してお互いに検討しあってみた方が有効かと
か　　ごようれい　あ　　　　　　じっさい　はっぴょう　　　たが　　　けんとう　　　　　　　　ほう　ゆうこう
思われます。ですから、以下は2、3、の例だけを挙げておきます。
おも　　　　　　　　　　　　　　　　　　　れい　　　　　あ

（81ページの図） 💿 CD2
ず　　　　　　　　　　T16

1. 現在地から郵便局まで
　　げんざいち　　　　ゆうびんきょく

　　　　この道をまっすぐ行って、3番目の角を左に曲がって、またまっすぐ
　　　　みち　　　　　い　　　　さんばんめ　かど　ひだり　ま
行くと、橋があります。その橋を渡って、またまっすぐ行くと交差点が
い　　　　はし　　　　　　　　　　はし　わた　　　　　　　　　　　い　　　　こうさてん
あって、右に喫茶店が見えます。その交差点を渡って、喫茶店の前を通
　　　　みぎ　きっさてん　み　　　　　　　　こうさてん　わた　　　きっさてん　まえ　とお
り過ぎて、またまっすぐ行くと、右に（郵便局が）あります。
す　　　　　　　　　　　　い　　　　みぎ　ゆうびんきょく

2. 現在地から公園まで
　　げんざいち　　　こうえん

　　　　この道をまっすぐ行って、4番目の角を左に曲がって、またまっすぐ
　　　　みち　　　　　　い　　　　よんばんめ　かど　ひだり　ま
行くと、橋があります。その橋を渡って、またまっすぐ行って、小さい
い　　　　はし　　　　　　　　　　はし　わた　　　　　　　　　　　い　　　　ちい
道路を2つ渡って、ずっと行くと、突き当たりに（公園が）あります。
どうろ　ふた　わた　　　　　　い　　　　つ　あ　　　　こうえん

3. 現在地からトイレまで
　　げんざいち

　　　　この道をまっすぐ行って、2番目の角を左に曲がって、またまっすぐ
　　　　みち　　　　　　い　　　　にばんめ　かど　ひだり　ま
行くと、橋があります。その橋を渡って、またまっすぐ行きます。3つ
い　　　　はし　　　　　　　　　　はし　わた　　　　　　　　　　　い　　　　みっ
目の交差点まで行くと、道が2つに分かれています。左の道をちょっと
め　こうさてん　　い　　　　みち　ふた　わ　　　　　　　　ひだり　みち
行くと、突き当たりに（トイレが）あります。
い　　　　つ　あ

「道を教える」珍会話

　この課の誤用は、正しく言うと「誤用」ではなく、「想像力を欠いた教え方」「相手の立場に立たない教え方」で、ネイティブ・スピーカーにも共通する問題です。最もよいのは、自分が初めてそこへ行った時のことを思い出しながら話すことでしょう。ここでは、外国人にとっての表現の問題を中心に触れておきます。

1．「この道をまっすぐ行って、右に曲がって、次の角を左に曲がって、またまっすぐ行って、突き当たりに郵便局があります。」

　　「〜て」と「〜と」はどうしても、間違えやすいようです。「〜て」は人の連続動作、「〜と」は「〜があります」「道が〜です」等の道の形容の直前につけます。また、テ形の連続では、聞いている方が疲れます。何か大きな目印になるようなものを中心に説明すると、わかりやすくなります。例えば、「この道をまっすぐ行って、右に曲がると、左にスーパーが見えます。そのスーパーの角を左に曲がって、またまっすぐ行くと、突き当たりに郵便局があります。」等。

2．「トイレはどこですか。」

　　「トイレは、この部屋を出て、右に曲がると、突き当たりにあります。」

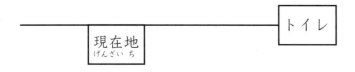

　　「部屋を出て右に曲がると」は変です。「右に行くと」の間違いでしょう。

３．「郵便局は、どこですか。」

「あそこの、白い建物の４階です。入り口を入って、一番奥にあります。」

「？？？」

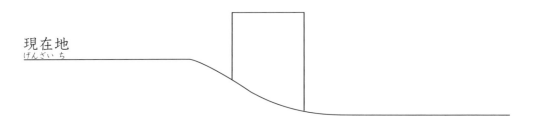

現在地

　　このような地形に建てられた建物（山の斜面に建てられた建物）の場合、入り口がすでに３階か４階ということがあります。その場合は、「入った所が４階です。」と、一言付け加えると、聞き手は納得するでしょう。

４．「すみません。ＹＭＣＡはどこですか。」

「三越デパートの隣りです。」

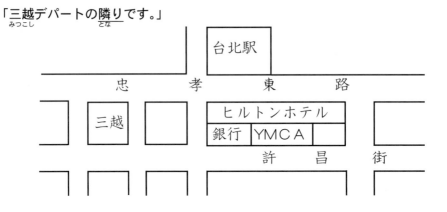

　　台北駅の附近は、だいたい上のような様子になっています。ＹＭＣＡが何故三越の隣なのでしょうか。中国語の「隣」は日本語の「近辺」と同じで、「だいたいそのあたり」を意味するようですが、日本語の「隣」は、本当に隣接している位置関係にあります。

　　ＹＭＣＡの隣は、銀行です。このように教えられた日本人は、さぞびっくりしたことでしょう。

5. 「この道をまっすぐ、10分で歩いてください。」

　　これは初級文法の間違いですが、副詞として数量詞を使う場合は、助詞は一切必要ありません。このほか、「10分を歩く」「10分が歩く」等の誤用もあります。しかし、「で」は範囲指定の用法もありますから、「10分で歩いてください。」と言われたら、脚の短い人は「10分で歩けなかったら、どうなるのだろう。」と、焦るかもしれません。

6. 「〇〇大学は、どこですか。」

　　「土手に沿ってずーっとまっすぐ行って、右。」

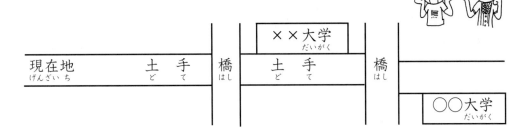

　　「ずーっと」というのは、具体的に何メートルくらい、何分くらい歩けばいいのでしょうか。初めて歩く人は、同じ道を5分歩き続けて変化がないと焦り始めます。ましてや、近隣に同種の建物（××大学）があれば、「あの人は、間違ってこの大学のことを教えてくれたのではないだろうか。」と不安になります。また、橋のように大きな建造物が2つもあれば、「もうすでに大学を通り過ぎてしまったのではないだろうか。」と、動揺したりもします。「土手に沿ってずーっとまっすぐ12、3分行って、右。」とか、「土手に沿ってずーっとまっすぐ800メートルくらい行って、右。」とか、「土手に沿ってずーっとまっすぐ行って、橋を2つ通り過ぎて、またちょっと歩いて、右。」とか、「土手に沿ってずーっとまっすぐ行って、左側に××大学を見ながら歩いて、右。」など、もう少し歩く人の立場に立った教え方をした方が親切です。

誘う・断る
さそ　　ことわ

[練習] のモデル会話（　　　　は男性、　　　　は女性、無印はどちらでもよい）
れんしゅう　　　かいわ　　　　　　だんせい　　　　　　　じょせい　むじるし

[軽い誘い(1)] ―　省略
かる　さそ　　　　　　しょうりゃく

[軽い誘い(2)] 💿 CD2
かる　さそ　　　　　　T17

第5課

1. 映画を見る
　　えいが　み
　　A：今度の日曜、お暇ですか。
　　　　こんど　にちよう　ひま
　　B：え、まあ、今のところ予定はありませんが。
　　　　　　　　　　いま　　　　よてい
　　A：ある映画の試写会の券が2枚、手に入ったんです。もし、よろしか
　　　　　　えいが　ししゃかい　けん　にまい　て　はい
　　　　ったら、一緒に行きませんか。
　　　　　　　いっしょ　い
　　B：え、ほんとですか？　うれしいな。

2. みんなで麻雀をする
　　　　　　マージャン
　　A：今、暇？
　　　　いま　ひま
　　B：うん。何？
　　　　　　なに
　　A：みんなで麻雀しない？　ちょうど今、友達が2人来たんだ。
　　　　　　　マージャン　　　　　　いま　ともだち　ふたり　き
　　B：あ、いいね。すぐ行くよ。
　　　　　　　　　　い

3. 今年の夏北海道に旅行に行く
　　ことし　なつほっかいどう　りょこう　い
　　A：今年の夏、どこか旅行の予定、ある？
　　　　ことし　なつ　　　　りょこう　よてい
　　B：ううん、まだ決めてないけど。
　　　　　　　　　き
　　A：だったら、私たちと北海道旅行に行かない？　今、みんなで計画し
　　　　　　　わたし　　ほっかいどうりょこう　い　　いま　　　　　けいかく
　　　　ているの。人数が多い方が安くなるから。
　　　　　　　にんずう　おお　ほう　やす
　　B：あら、楽しそうね。行く、行く。
　　　　　　たの　　　　い　　い

4. お茶を飲む
　　ちゃ　の
　　A：今、お仕事、大丈夫ですか。
　　　　いま　しごと　だいじょうぶ
　　B：ええ。ちょうど終わったところです。
　　　　　　　　　　お

A：じゃ、お茶でも飲みに行きませんか。

B：そうですね。行きましょう。

5．一緒に食事をする

A：お昼、一緒にしない？

B：うん。いいよ。

6．みんなで先生の家に行く

A：ねえ、明日、先生の誕生日だって。みんなでお祝いに行かない？

B：あ、いいわね。行こう、行こう。

A：先輩も一緒に行きませんか？

C：うん、いいよ。

7．ちょっと休む

A：ああ、疲れた。ちょっと休みませんか。

B：そうですね。あの喫茶店に入りましょう。

8．今夜一杯やる

A：仕事、終わりましたか。

B：ええ、だいたい。

A：どうです、近くで一杯やりませんか。

B：いいですね。じゃ、例の店へ行きましょうか。

［やや強引な誘い］ 💿 CD2 T18

A：ワインを飲みませんか。

B：ワイン？ うーん、予算オーバーになっちゃうし、私、あまり飲めないからねえ・・・

A：飲みましょうよ。一年に一度のクリスマスなんだし、気持ちよく眠れますよ。

B：そうですねえ・・・じゃ、少しだけ。

［断る］  CD2 T19
ことわ

1. AはBを飲みに誘います。Bは理由を言って断ります。
   のさそ　　　　　　りゅう　い　ことわ

   A：仕事が終わったら、みんなでビールを飲みに行きませんか。
   　　しごと　お　　　　　　　　　　　　　　　の　　い

   B：ああ、すみませんが、昨日遅くまで残業して疲れているんで、悪い
   　　　　　　　　　　きのう おそ　　　　ざんぎょう　　つか　　　　　　　わる

   　　けど、今日はちょっと……
   　　　　きょう

   A：そうですか。じゃ、また今度。
   　　　　　　　　　　　　　　こんど

2. AはBを釣りに誘います。Bは理由を言って断ります。
   つ　さそ　　　　　　りゅう　い　ことわ

   A：Bさん、今度の日曜、お暇だったらみんなで一緒に釣りに行きませ
   　　　　こんど　にちよう　ひま　　　　　　　　　いっしょ　つ　い

   　　んか。

   B：ああ、日曜ですか……今度の日曜は子供と約束しちゃったもので。
   　　　　にちよう　　　　こんど　にちよう　こども　やくそく

   A：そうですか。残念ですね。
   　　　　　　　　ざんねん

   B：せっかくお誘いくださったのに、すみません。皆さんによろしく。
   　　　　　　　　さそ　　　　　　　　　　　みな

   A：いいえ。じゃ、また機会がありましたら。
   　　　　　　　　　　　きかい

3. AはBを映画に誘います。Bは理由を言って断ります。
   えいが　さそ　　　　　　りゅう　い　ことわ

   A：ねえ、今度の土曜日、久しぶりに映画にでも行かない？
   　　　　こんど　どようび　ひさ　　　えいが　　い

   B：うーん。来週の月曜日、試験なんだ。
   　　　　　らいしゅう　げつようび　しけん

   A：あら、そう。

   B：ごめんね。また今度にしてよ。
   　　　　　　　　こんど

   A：うん、わかった。

［招待－受諾］  CD2 T20
しょうたい　じゅだく

1. 友人を花見に招待します。
   ゆうじん　はなみ　しょうたい

   A：Bさん、次の日曜日、空いてますか。
   　　　　つぎ　にちようび　あ

   B：ええ、空いてますけど。
   　　　　あ

   A：日曜日、会社のサークルで小金井公園に花見に行くんですが、よろ
   　　にちようび　かいしゃ　　　　こがねいこうえん　はなみ　い

   　　しかったら一緒にいらっしゃいませんか？
   　　　　　　いっしょ

   B：えっ、ご一緒していいんですか。
   　　　　　　いっしょ

A：ええ、人数が多い方が楽しいですから。

B：ありがとうございます。じゃ、是非伺います。

2. 先生を食事に招待します。

A：先生、明日の夜、お時間、ありますか。

B：ええ、今のところ予定はありませんけど、何か？

A：実は、父がこの間のお礼に、是非先生をうちにご招待したいと言っているんですが……

B：それはご丁寧に、ありがとう。本当に伺っていいのかな？

A：ええ、是非おいでください。父も母も喜びます。

B：じゃ、お言葉に甘えて。

A：ありがとうございます。お待ちしています。

3. 会社の同僚を家族のハイキングに招待します。

A：明日、お暇？

B：ええ。何か？

A：明日、家族で館林にツツジを見に行くんだけど、よかったら一緒に来ない？

B：えっ、いいの？　ご迷惑じゃない？

A：ううん、全然迷惑じゃないわよ。子供たちも喜ぶし。ね、行こうよ。

B：ほんと？　じゃ、ご一緒させていただくわ。

［招待－断る］ CD2 T21

1. AはBを食事に招待します。Bは理由を言って断ります。

A：今日、私の誕生日なんです。皆さんをお食事に招待したいんですけど、Bさんもよかったらいかがですか。

B：お誕生日ですか。それはおめでとうございます。でも、私、とてもご一緒したいんですけど、実は昨日からどうも胃腸の調子がよくなくて、今日は朝から何も食べられないんですよ。

Ａ：まあ、それはいけませんね。

  Ｂ：ですから、申し訳ないんですが、今日はちょっと……

  Ａ：そうですか。それでは、残念ですけど。お大事に。

2．ＡはＢを新年会に招待します。Ｂは理由を言って断ります。

  Ａ：Ｂさん、明後日うちで青年会の新年会をやるんですけど、よかった
   ら、いらっしゃいませんか？

  Ｂ：えっ、明後日ですか？　うーん、実は、明後日は釣りクラブの新
   年会もあるんですよ。

  Ａ：あら。

  Ｂ：私は釣りクラブの会長ですから、どうしても抜けられないもので
   ……せっかくお誘いくださったんですけど、そういうわけで。

  Ａ：じゃ、しかたがありませんね。また来年。

3．ＡはＢをディスコに招待します。Ｂは理由を言って断ります。

  Ａ：今日、バイトで月給が入ったんだ。一緒にディスコに行こうよ。
   俺の奢りだからさ。

  Ｂ：ディスコ？　もうそんな年じゃないだろ。とにかく俺は、残業が
   あって忙しいんだ。行けないよ。

  Ａ：……せっかく誘ってやったのに。じゃ、一人で行くよ！

  Ｂ：あ、Ａ。

  Ａ：え？

  Ｂ：誘ってくれて、サンキュー。

  Ａ：うん！

「誘う・断る」珍会話
さそ　ことわ　ちんかいわ

1. A：Bさん、今年の夏休みは、暇ですか。
　　　　　　　ことし　なつやす　　ひま

　　B：ええ、暇です。
　　　　　　ひま

　　A：よかったら、一緒に日本に旅行に行きませんか。
　　　　　　　　　いっしょ　にほん　りょこう　い

　　B：いいですね。行きましょう。
　　　　　　　　　　　い

　これは、学生のロールプレイです。教えられたとおりの文型が使われ、初
　　　　　がくせい　　　　　　　　　　おし　　　　　　　　　ぶんけい　つか　　　しょ
級レベルの文法は、何も間違いがありません。しかし、現実には、このよう
きゅう　　ぶんぽう　なに　まちが　　　　　　　　　　　　　げんじつ
な会話は起こり得ないと思われます。
かいわ　お　え　　　おも

　まず、一緒に旅行に行くというのは、社員旅行ででもない限り相当親しい
　　　いっしょ　りょこう　い　　　　　　　　しゃいんりょこう　　　　　かぎ　そうとうした
間柄のはずですから、敬体で話しているのがやや不自然でしょう。それほど
あいだがら　　　　　　　　けいたい　はな　　　　　　　　ふしぜん
親しくない仲だったら、「みんなで行くと、安くなるから」などの理由付けが
した　　　　なか　　　　　　　　　　　い　　　やす　　　　　　　　りゆうづ
必要でしょう。
ひつよう

　また、「日本に旅行に行く」というのは、よほど旅行慣れしている人ででも
　　　　にほん　りょこう　い　　　　　　　　　　りょこうな　　　　　ひと
なければ、そう気楽にできることではないはずです。「お茶を飲みに行きませ
　　　　　　きらく　　　　　　　　　　　　　　　　　ちゃ　の　　い
んか。」と言うのと同じ調子でいきなり誘いかけて、「いいですね。」と気軽な
　　　　い　　　おな　ちょうし　　　　　さそ　　　　　　　　　　きがる
返事が返ってくるとは思えません。「卒業の記念に」とか、「最後の夏休みだ
へんじ　かえ　　　　　おも　　　　そつぎょう　きねん　　　　さいご　なつやす
から」とか、何か前提が必要です。
　　　　なに　ぜんてい　ひつよう

　ロールプレイをする時、状況設定が不自然な会話に時々出くわします。
　　　　　　　　とき　じょうきょうせってい　ふしぜん　かいわ　ときどきで
ロールプレイは単なるパターン・プラクティスではないので、やはり初級と
　　　　　　たん　　　　　　　　　　　　　　　　　　　　　　しょきゅう
は言え、ある程度のシチュエイションは考えましょう。
　い　　　ていど　　　　　　　　　　　かんが

2．A：明日、よかったら私の家に食事に来ませんか？

　B：私、明日はアルバイトがあるから、行きません。

　A：（ムッ！）

　これは、実際にあった会話です。相手がムッとするのも当然で、これでは「アルバイトの方が大切だから、あなたの家には行かない。」と言っているようなものです。中国語でも、気を遣った断り方をするなら、「對不起、我很想去、但是我沒辨法去。」などのように言うのではないでしょうか。

　まず、普通の人なら相手の好意に感謝する言葉を言うでしょう。そして、相手の好意を断るなら、「すみません。」などと詫びを言うでしょう。さらに、「アルバイトがありますから」でなく、「アルバイトに行かなくてはならないから」と言うべきです。「～なければならない」は、周囲の事情に強要されて不本意ながら行動する時に使う文型だからです。

　また、「行きません」でなく、「行けません」を使うべきでしょう。動詞のマス形は動作が非過去のものであることを示すとともに、動作の意志を表します。その反対に、動詞の否定形は非動作を表すとともに、動作の否定意志をも表します。つまり、「行きません」は「行くつもりがありません」と同様の意味になることがあります。「行けません」なら、「行かない」ことは自分の意志でなく、不可抗力だということになります。さらに「行きたいんですが」とか「せっかくですが」などを添えれば、「行けません」の不可抗力性がさらに強調されるし、相手の好意に感謝する姿勢を示すことにもなるでしょう。

　最後に、「～もので」や「～んですが」などの機能語を使いこなすことも必要です。「～んですが」は、控え目に自分の側の事情を説明し、「～もので」は恐縮しながら言い訳する時の表現です。どちらも依頼や拒絶など、特に気遣いが必要な時に必ず使う言葉ですから、よく習熟しておいた方がいいでしょう。

　以上、模範回答は、「ありがとうございます。とっても行きたいんです

が、明日はアルバイトに行かなくてはならないもので、すみませんけど、行けないんです。」

　これなら、相手にとっても受け入れやすい断り方になるでしょう。

3. **教師**：　○○クラブで通訳を探しているんですって。ペイはずいぶんいいようだけど、あなた、どう？　やってみない？

　　学生：　うーん、そうですね。……えーっと、多分、やると思います。

　　教師：　（ムッ！）

　これも、実際にあった話。教師としては、ペイのいいバイトの話で、しかも学生の日本語能力を認めて好意で紹介したのだから、感謝されてこそ当然であって、「多分やると思います」など他人事のような返事をされる筋合はない、と感じて気分を害したのです。

　恐らく学生は、承諾するかしないか考えながら言ったので、こういう表現になったのでしょう。しかし、ためらっているなら、「やりたいと思いますが、もう少しよく考えてからお返事します。」「やりたいんですが、もう少し考える時間をいただけますか。」などと言うべきです。紹介者に対して感謝の言葉が必要なのは、言うまでもありません。

　人間は、共同体の中で生きるもの。他人とのインターアクションなしには、生きられません。人から誘われることは仲間の一員として扱われているわけですから、誘われたらそのことに対するリアクションが求められます。他人からの働きかけには、コミュニケーション・ルールに即した処理をしたいものです。

　完全なビジネス社会でさえ、まだ恩義関係の情緒に即した言葉を選ばなければならないことがあります。（「このたびは格別のお引き立てをいただきまして、ありがとうございます。」など。）いや、優秀なビジネスマンほど、社会の恩義関係の筋目に沿って、上手に自己表現をこなしているのではないでしょうか。

4．**男子学生**：あの、<u>先生をあいしたいのですが、よろしいですか。</u>

女性教師：えっ？！

　　敬語の形態を間違えて、とんでもないことになってしまった例です。この学生は、「先生に、お会いしたい」と言うべきところを「お」を抜かし、その上ご丁寧に助詞まで間違えて「に」を「を」と言ってしまったので、以上のような怪しげな表現になったわけです。

　　因みに、この女性の先生は新婚だったので、一瞬、不倫の誘いかと思ってドキッとしたそうです。

5．**学生**：先生、授業の後で、一緒にカラオケに<u>行って、いいですか</u>？

教師：え、私、授業の後でカラオケに行く予定はないけど……？

　　初級のミスで、単に「～ませんか」の文型が使えなかっただけなのですが、何ともしつこいテ形の誤用です。勧誘を表す「～ませんか」の文型を忘れてしまい、とりあえず作りなれたテ形を作って、その後で、相手の意向を問う中国語の「好不好？」に当たる部分を「いいですか」とやってしまったため、あたかも教師にカラオケに同行する許可を求めているかのような文になってしまいました。この種のテ形の誤用がどんなにしぶといかは、「第2課　勧める　珍会話」で詳しく述べておきましたが、この教師は、学生に誘われていることを理解するまでに、さぞ時間がかかったことでしょう。

約束する
やくそく

［練習］のモデル会話（   は男性、   は女性、無印はどちらでもよい）
れんしゅう　　　　　　かいわ　　　　　　　　　　だんせい　　　　　　　　じょせい　むじるし

［時間・場所の約束］ ―省略
じかん　ばしょ　やくそく　　しょうりゃく

［目上の人にアポイントメントを取る］ CD2 T22
めうえ　ひと　　　　　　　　　　　　　　　　と

1. 相手：取引先の部長　　　　：　自分：会社の営業課社員
　あいて　とりひきさき　ぶちょう　　　　　　じぶん　かいしゃ　えいぎょうか　しゃいん

　相手の希望時間：5日の10時　：　自分の希望時間：4日の3時
　あいて　きぼうじかん　いつか　じゅうじ　　　　じぶん　きぼうじかん　よっか　さんじ

　相手の希望場所：相手の会社　：　自分の希望場所：相手の会社
　あいて　きぼうばしょ　あいて　かいしゃ　　　　じぶん　きぼうばしょ　あいて　かいしゃ

A（部長秘書）．はい、部長室でございます。
　　ぶちょうひしょ　　　　　　　ぶちょうしつ

B（営業課社員）：あ、こちら、○○物産営業課の山本でございますが。
　　えいぎょうか　しゃいん　　　　　　　　　ぶっさんえいぎょうか　やまもと

A：はい。

B：いつもお世話になっております。
　　　　　せわ

A：いいえ、こちらこそ。

B：あの、例の契約のことでお電話さしあげたんですが。
　　　　れい　けいやく　　　　　でんわ

A：はい、伺っております。
　　　　うかが

B：で、こちらといたしましては、4日の3時頃を考えておりますが、
　　　　　　　　　　　　　　　よっか　さんじごろ　かんが
　高橋部長さんのご都合はいかがでしょうか。
　たかはしぶちょう　　　つごう

A：あ、4日ですか。その日は、ちょっと社内で行事がございまして、
　　　よっか　　　　　ひ　　　　　　　しゃない　ぎょうじ
　部長はそちらの方に出席しなければならないもので、できれば、5
　ぶちょう　　　　ほう　しゅっせき　　　　　　　　　　　　　　　いつか
　日にお願いしたいのですが。
　　ねが

B：5日ですか……実は、6日にこちらの営業会議がございますので、
　いつか　　　　じつ　むいか　　　　　えいぎょうかいぎ
　もし5日ということなら、午前中にしていただけるとありがたいの
　　いつか　　　　　　ごぜんちゅう
　ですが。

A：午前中……はい、よろしいです。時間は、10時でいかがでしょう。
　ごぜんちゅう　　　　　　　　　　　じかん　じゅうじ

B ：よろしゅうございます。では、5日の10時そちらにお伺いいたします。

A ：山本様でございましたね。私、秘書の杉山でございます。

B ：は、杉山さんですね。よろしくお願いいたします。

A ：では、5日の10時、当社のロビーでお待ちしております。

2. 　相手：自分の恩師　　　　　　　　自分：卒業が危ない学生
　　相手の希望時間：土曜日の午後　　自分の希望時間：日曜日の午後
　　相手の希望場所：自分の研究室　　自分の希望場所：相手の家

A ：もしもし、あ、B先生ですか。

B ：はい。

A ：私、4年生のAです。

B ：はい。

A ：あのー、先生、ちょっとお願いがあるんですが、日曜日、先生のお宅に伺ってもいいですか。

B ：え、日曜日？ 日曜はちょっと出かけなくちゃならないから、話があるなら、土曜の午後にしてくれませんか。

A ：はい。じゃ、何時頃、よろしいですか。

B ：そうねえ……2時から3時までの間に来てください。

A ：はい、わかりました。先生のお宅は、○○街でしたね。

B ：あ、今、うちはちょっととりこんでいるので、うちじゃなくて研究室の方に来てください。

A ：はい。わかりました。

B ：じゃ。

A ：あの、それから、先生はどんなものがお好きですか。

B ：（ガチャン）

3. 相手：Eメールの相手　　　自分：学生
　　相手の希望時間：なし　　　自分の希望時間：いつでもいい
　　相手の希望場所：なし　　　自分の希望場所：どこでもいい

A （学生）：もしもし、ユキちゃんですか。

B （相手）：はい。ユキです。

A ：僕、田中一郎です。メル友の。

B ：ああ、一郎君。

A ：この間、写真ありがとう。とってもかわいかったですよ。やっぱり、僕の想像通りの人でした。僕の写真も見てくれましたか。

B ：ええ、まあ。

A ：僕の印象は、どうでしたか。

B ：え、うん、印象と言われてもねえ……まあ、その、えーと……

A ：ね、今度、会いませんか。

B ：え？　会うと言ってもねえ……私、忙しいから……

A ：僕はいつでもいいんですけど。いつ頃、暇になりますか？

B ：さあ……

A ：ユキちゃんのうち、渋谷でしょ？　恵比寿にとってもロマンチックなお店、知ってるんです。僕、近くまで迎えに行きますから。

B ：ううん……近いうち、引っ越すかもしれないから……

A ：じゃ、どこがいいですか？　ユキちゃんの好きな所でいいですよ。

B ：ごめんなさい。私、一人でいるのが一番好きなの。またね。

［ホテル等の予約］ CD2 T23

1．2．4．— 省略

3．宴会の予約

A：はい、「まつや」でございます。

B：あの、宴会の予約、お願いしたいんですが。

A：はい。何月何日でしょうか。

B：12月20日の土曜日のお昼からなんですが。

A：あいすみません。12月の土、日はもう予約が詰まっておりますが。

B：じゃ、19日の夜は空いていますか。

A：はい、土、日以外でしたら、大丈夫です。

B：じゃ、19日の夜、6時半からお願いします。

A：はい。何名様ですか。

B：40人です。

A：ご予算は、お一人様おいくらぐらいですか。

B：一人5000円から6000円くらいなんですが。

A：5000円ですと、料理が5〜6品と、お酒が2本くらいですが。

B：ビールは付きませんか。

A：ビールが付くと、6000円くらいになりますが。

B：じゃ、それでけっこうです。

A：はい、かしこまりました。どなたのお名前で予約されますか。

B：○○商事企画部の名前にしてください。

A：はい。責任者の方のお名前とお電話番号をお願いします。

B：吉村です。電話は、××××—××××です。

A：はい、では、12月19日の金曜日、夜6時半から、○○商事企画部様40名、お一人様6000円のご予算、吉村様のご予約、承りました。

B：はい。あ、それから、カラオケはありますか。

A：はい、ございます。こちらは全員で2時間3000円になっておりますが。

B：じゃ、それもよろしくお願いします。

A：はい、かしこまりました。では、19日にお待ちしています。

5. 飛行機のチケットの予約

A：はい、××旅行社です。

B：あ、チケットの予約、お願いしたいんですが。

A：はい。何名様ですか。

B：一人です。

A：はい。何月何日ですか。

B：4月1日、台北から東京までです。

A：ご希望の航空会社は？

B：〇〇航空をお願いします。

A：〇〇航空は、もう満席です。キャンセル待ちになりますが。

B：他の会社のは、ありますか。

A：△△航空に、東京行きの便、9時10分発と15時5分発の2便があります。

B：じゃ、△△航空にしてください。

A：ご希望の時間は？

B：えっと、午前の便の方にしてください。

A：はい。9時10分発の便ですね。お客様のお名前は？

B：・・・・です。

A：恐れ入りますが、パスポートにご記載の英語の綴りをお教えください。

B：・・・・・・です。

A：パスポートの番号を、どうぞ。

B：・・・・・・・・・です。

A：繰り返します。英語の綴りは・・・、パスポートの番号は・・・ですね。

B：はい、そうです。

A：お電話番号は。

B：××××―××××です。ファックスも同じです。

A：はい。では、4月1日、△△航空、台北発成田行き9時10分発の便、・・・・様お一人、チケットをお取りしました。1万1000元になります。発券は、ご出発の2日前までにお願いいたします。

B：はい。

A：ありがとうございました。

6. ピザの宅配の予約

A：はい、ピザクラブです。

B：あ、ピザの配達、お願いします。

A：はい。種類は？

B：アンチョビの大を一つと、ハワイアンの小を一つ。あ、それとコーラの大。

A：はい。アンチョビの大を一つと、ハワイアンの小を一つと、コーラの大。合計○○円になります。何時頃お届けしますか。

B：午後7時頃、お願いします。

A：はい。ご住所をお願いします。

B：・・・・・・です。○○路と××路の交差点の、郵便局の裏あたりです。

A：お名前は？

B：Bと言います。

A：お電話番号は？

B：××××―××××です。

A：確認します。B様のご注文、アンチョビの大が一つとハワイアンの小が一つ、コーラの大が一つ・・・・・に7時のお届けですね。

B：はい、そうです。

A：毎度ありがとうございます。

[事柄の約束] CD2 T24
ことがら　やくそく

１．友達からノートを借ります。
とも だち　　　　　　　　　　　か

　　A：ねえ、日本語２のノート、貸してくれない？
　　　　　　　　にほんご　　　　　　　か

　　B：え、また？

　　A：うん。お願い。コピーしたら、すぐ返すから。
　　　　　　　　ねが　　　　　　　　　　　かえ

　　B：すぐ返してくれるなら……
　　　　　　かえ

２．先輩から本を貸してもらいます。
せん ぱい　　ほん　　か

　　A：先輩、あの本、図書館でどうしても見つからなかったんです。やっ
　　　　せんぱい　　ほん　としょかん　　　　　　　み

　　　　ぱり貸してくださいませんか。
　　　　　　か

　　B：え？　でも、大事な本だからなあ……
　　　　　　　　　　だい じ　ほん

　　A：すみません。必要なところだけコピーして、すぐ返しますから。
　　　　　　　　　　　ひつよう　　　　　　　　　　　　　　かえ

　　B：汚したりしないなら、貸してもいいけど……
　　　　よご　　　　　　　　　か

３．同僚から１万円借ります。
どう りょう　　いちまんえん　か

　　A：今日、デートなんだけどさ、悪いけど、１万円ほど貸してよ。
　　　　きょう　　　　　　　　　　わる　　　　いちまんえん　　か

　　B：えっ、先週も貸したじゃない。まだ返してもらっていないわよ。
　　　　　　せんしゅう　か　　　　　　　　かえ

　　A：頼む。月給日にまとめて返すから。
　　　　たの　げっきゅうび　　　　かえ

　　B：きっと返してよ。
　　　　　　かえ

４．５．— 省略
　　　　　　しょうりゃく

６．妻にお金を貸してもらいます。
つま　　かね　か

　　A：な、５万円ほど、貸してくれよ。
　　　　　　ご まんえん　　か

　　B：えっ、何に使うのよ。
　　　　　　なん　つか

　　A：実は、先月、ゴルフの道具を買っちゃったんだ。
　　　　じつ　せんげつ　　　　　どうぐ　か

　　B：まあ。

　　A：頼むよ。ボーナスが出たら、新しい服、買ってやるから。
　　　　たの　　　　　　　で　　　あたら　ふく　か

　　B：そう？　じゃ、今度だけよ。
　　　　　　　　　こん ど

7. 父親にバイクを買ってもらいます。

　　A：お父さん、約束のバイク、買って。

　　B：バイク？　そんな約束したっけ。

　　A：あれ、ずるいな。○○大学に合格したら、バイク買ってくれるっ

　　　　て言ったじゃないか。

　　B：そうだったかな。

　　A：合格したんだから、買ってよ。約束したじゃない。

「約束する」珍会話

学生 ： あの、先生とお話したいんですが、明日お宅に伺ってもいいですか。

教師 ： ……明日はちょっと忙しいんだけど、明後日はどう？

学生 ： でも、私は明後日はアルバイトがあります。

教師 ： じゃ、その次の日は……

学生 ： その次の日からもう高雄に帰るから、明日でなければなりません。

　これではまるで、先生に時間を指定しているのと同じで、アポイントメントを取っているのでなく、一人決めして相手に押しつけているようなものです。ビジネスの世界でこんな言い方をしたら、たちまち「それなら、会わなくてもいい！」と怒鳴られてしまうでしょう。しかし、上記の教師も、相手が初級の学生だとわかっていても一瞬顔色を変えたことでしょう。

　目上の人に限らず、まず相手の都合を聞く姿勢が欲しいもの。それから自分の都合を伝え、その後で相互に調整する運びになれば、理想的です。

　上記の学生の例で言えば、たとえ本当に「明日しかない」のであっても、「明日でなければなりません」と言ったら、それは相手に日程を強要していることになります。前節でも述べましたが、「〜なければならない」という文型は周囲の事情に強制されて止むを得ずにする行為を表すのですから。

　また、「でも、明日はアルバイトがあります。」と言ったら、それは教師の提案を批判するような響きを持ってしまいます。「でも」は相手の言うことと反対のことを述べる逆接の接続詞です。

　「です」という断定形にも問題があります。これも前節で述べましたが、控え目に自分の側の事情を述べる「〜んですけど」を使うべきでしょう。

　下線部を、次のように訂正してみましょう。

学生：あの、先生とお話したいんですが、明日お宅に伺ってもいいですか。

教師：……明日はちょっと忙しいんだけど、明後日はどう？

学生：あ、すみません、明後日はちょっと都合が悪いんですが……

教師：じゃ、その次の日は……

学生：実は、その次の日からもう高雄に帰らなくちゃならないもので……

　このように言えば、教師は自分で「明日でなければならない」ことを洞察し、「じゃ、明日しかありませんね。明日、何とか時間を作りましょう。」ということになるかもしれません。むろん、その場合でも、「勝手を言ってすみません。」の一言は必要です。相手の都合を自分に合わせてもらったわけですから。

　なお、蛇足ですが、教師と時間の交渉をしていて、相手の指定した時間がこちらに都合が悪い場合、アルバイトを理由にするのは避けるべきです。教師にとってみれば、よほど苦学している学生ならともかく、学生には勉強以上に大切なものはないはずで、その他の用事など児戯に等しいからです。以前、ある客員教授の授業の時に、ある学生が「先生、○○さんはアルバイトがあるので、先生の授業を取るのをやめました。」と言い、教授を憮然とさせました。本人及び肉親の健康の問題や家庭の問題以外の理由は、はっきり述べないで「ちょっと都合が悪いんですが…」とか「ちょっと急用がありまして…」などと漠然と言った方がいいでしょう。

　とにかく、「約束」が「押しつけ」にならないように注意しましょう。

CD3-T01
00:08

胡麻をする
ごま

 CD3
T01

［練習］のモデル会話（　　　は男性、　　　は女性、無印はどちらでもよい）
　れんしゅう　　　　かいわ　　　　　　　　だんせい　　　　　　じょせい　むじるし

1. 相手の髪を誉めてください。
　あいて　かみ　ほ

A：Bさんの髪って、いつもきれいね。
　　　　かみ

B：え、そう？

A：そうよ。長くて、つやつやしていて。
　　　　なが

B：そう。どうもありがとう。

A：手入れが大変でしょう？　どんなトリートメント、使ってるの？
　てい　たいへん　　　　　　　　　　　　　　つか

B：ううん、特別なことはしていないんだけど、海草シャンプー使って
　　　とくべつ　　　　　　　　　　　　かいそう　　　　　　つか

　　るの。

A：へえー、じゃ、私も使ってみよう。
　　　　　　わたし　つか

2. 相手の犬を誉めてください。
　あいて　いぬ　ほ

A：ライフちゃんって、ほんとに毛並みがきれいね。
　　　　　　　　　　　　けな

B：そうかな。もう年寄なんだけどね。
　　　　　　　としより

A：ご主人のそばにきちんと座って、おりこうさん。
　　しゅじん　　　　　　　すわ

B：うん、いつもこうなんだ。

A：毎日、散歩に連れて行くの？
　まいにち　さんぽ　つ　い

B：うん、1日に2回、公園に放してやるんだ。
　　　　いちにち　にかい　こうえん　はな

A：そう。ライフちゃん、幸せね。ご飯は？
　　　　　　　　　　しあわ　　　はん

B：専用のドッグフード。
　せんよう

A：かわいいなあ。私も飼おうかなあ。
　　　　　　わたし　か

B：うん。犬って、ほんとにかわいいよ。
　　　いぬ

第
7
課

3. 相手の部屋を誉めてください。

　　A：失礼します。まあ、すてきなお部屋。

　　B：いえいえ、マッチ箱みたいに小さい部屋で。

　　A：そんなことないですよ。すっきりした飾り付けで気持ちがいいし、

　　　　第一、窓が大きくて明るいのが何よりいいですよねえ。

　　B：私も、この窓が好きなんですよ。

　　A：失礼ですけど、これで家賃はおいくら？

　　B：5万なんです。

　　A：まあ、駅からこんなに近くて5万！　ほんとにいいお部屋を見つけ

　　　　ましたねえ。

　　B：おかげさまで。いつでも遊びにいらしてくださいな。

4. 相手の描いた絵を誉めてください。

　　A：この絵、B君が描いたの？　すごいな。

　　B：いや、まだ習い始めたばかりだから、ほんの試作だよ。

　　A：でも、初めてにしてはよく描けてるじゃない。この果物なんて、ほ

　　　　んとに匂ってくるようよ。

　　B：そう。ありがとう。自分でも楽しみながら描いたんだ。

　　A：絵を描くって、ほんとにいい趣味よね。どこで習ってるの？

　　B：○○市のカルチャー・センター。美術大学の若い講師が教えてくれ

　　　　るんだ。安くて近いし、絵画のほかにも、いろいろあるんだよ。

　　A：へえ、いいなあ。私もそこで、書道でも習おうかな。

胡麻をする　　217

5. 相手の真面目さを誉めてください。

A：B君て、ほんとに真面目ね。

B：え、そうでもないよ。

A：ほんと。みんなそう言ってるのよ。遅刻したことはないし、いつも　宿題はきちんとやってくるし。

B：いや、僕だってけっこう遊んでるよ。

A：遊びながら勉強もできるなんて、すばらしいわね。きっと、勉強の仕方が上手なのね。

B：そんなに勉強してないよ。ただ、子供の時からの習慣で、宿題を先にやらないと、遊んでいても楽しくないんだ。

A：へえー、やっぱり秀才は違うわね。

B：そんなに誉められちゃって、何だか怖いけど……

A：ね、ついでに、私の宿題もやって！

B：ほら、来たっ！

「胡麻をする」珍会話

1. A：その靴、いいですね。

   B：<u>いやあ、そんなことありませんよ。</u>

　　これは、学生のロール・プレイです。マニュアルのとおりに演じたのですが、持ち物を誉められたら謙遜する必要はなく、すぐに「ありがとう。」と言ってもいいでしょう。謙遜の対象は、能力とか技術とか優秀な家族とか優れた財産など、どこか他人を抜きん出たレベルのものです。日常身につけるものを誉められることは、単にいい物を見つけた運のよさを一緒に喜んでもらっているわけですから、誉められたらすなおに喜ぶ方がかわいいのではないでしょうか。

　　これが、「Bさんの靴は、いつも高級ですね。よほど有名なお店で買うんですか。」などときたら、これは他人と違う特殊な部分を誉められているわけですから、「そうでもないですよ。」などと謙遜する方が感じがいいかもしれません。

2. 学生：吉田先生は、本当に<u>真面目</u>な先生ですね。

   私　：えっ、私が？

　　学生をグループ分けして学科の先生一人一人のことを誉めさせるロールプレイをした時、あるグループが私のことを、こう誉めてくれました。私は女だてらに大酒飲み、学生の前でタバコはガンガン吸うし、その上エッチな冗談が大好きときています。こんな私が、どうして「真面目」と言われるのでしょうか。後でよく聞いてわかったのですが、私は授業の準備だけは手抜きをしたことがなく、そのことを学生は「真面目」と表現したようです。それは、「真面目」と言うより「熱心」でしょう。日本語で「真面目」と言うのは、どちらかというとあまり軌道に外れたことをせず、冗談も言わず、常識的に生きる人、という四角四面なイメージがあります。また、次のような例もあります。

学生：○○先生は、とても親切ですね。

教師：えっ、僕が君たちに何かしてあげたかなあ？

　これは、ある客員教授のことです。その教授は「僕が親切と言われるわけはないんだがなあ。」と、いつまでも首をひねっていましたが、中国語の『親切』は、『気さく』とか『親しみやすい』という意味だと後でわかったようでした。日本語の「親切」は、困った人に手を貸すなど、行為的な側面を指します。ですから、その行為が期待と反対の結果になると、「親切が仇になる」などということも起こってくるわけです。この教授はいかめしい感じが全然なく、誰とでも旧知のような親しさで話される方でした。

　このような例はまだよいのですが、意味が若干ずれる語を使うと、誉めたつもりなのに、時に相手に奇異な感じを起こさせたり、まっすぐ受け止めてもらえなかったりすることもあります。

　次の例は、初級のものです。

Ａ：あなたは、ほんとうにきらいです。

Ｂ：！？……

　Ｂさんはさすがに、「きれいです」の間違いだとすぐにわかったようです。

3．Ａ：Ｂさんの脚が長くて、スマートで、いいですよ。

Ｂ：いやあ、それほどでもないです。

Ａ：本当ですね。みんな、そう言っていますね。

　これも、学生のロールプレイから。

①　まず、この課を勉強している時に学生から必ずと言っていいほど出される質問ですが、「Ｂさんは脚が長い」と「Ｂさんの脚は長い」はどう違うかです。これは、有名な「象は鼻が長い」の問題です。

　「象は鼻が長い」は、現在の話題、つまり討論の焦点は「象」です。みんなは、「象」の特徴について討論しています。問「象という動物

は？」─答「大きい」「重い」「牙を持っている」「耳が大きい」「脚が太い」「アフリカとインドに住んでいる」「長生きだ」「死に場所を見せない」等々、答を出します。それと同列に「鼻が長い」と言う答も当然出てくるはずです。「象は鼻が長い」の助詞「は」は話題を表します。「が」は単に「長い」の主語を表すに過ぎません。

　一方、「象の鼻は長い」は、現在の話題、討論の焦点は「象の鼻」です。みんなは「象の鼻」について、討論しています。問「象の鼻は？」─答「太い」「皺だらけだ」「伸縮自在だ」「手の代わりをする」「物を吸引する」等々。それと同列に「長い」という答も当然出てくるはずです。先ほども述べたように、助詞「は」は討論の焦点を表し、「が」は述語に対する主語を表します。だから、「象の鼻は、皺が多い」と言うこともできるわけです。

　では、話題と主語が一致した場合は、「は」と「が」のどちらを使ったらよいでしょうか。つまり、話題は「象の鼻」で、主語も「象の鼻」、述語は「長い」の場合、「象の鼻は長い」「象の鼻が長い」のどちらが適当なのでしょうか。これは、文脈によって判断すべしとしか言えません。

　「は」を使った前者の文は、相変わらず「象の鼻」が討論の焦点です。「象の鼻は長い」という場合は、「象の鼻」についての一般的な定義を表します（いわゆる「判断文」）。一方、「は」を用いない後者の文には、討論の焦点がありません。象を初めて見た人が驚きと共に発する「わーっ、鼻が長ーい！」というような文（いわゆる「現象文」）か、或いは「何、俺の鼻が長いって？」「違うよ。象の鼻だよ。象の鼻が長いって言ったんだよ。」などのように、特に「象の鼻」を取り立てる必要のある文脈で使われます。

　さて、先の会話例「Bさんの脚が長いです」は、明らかに不適当でしょう。まず、Aが話題にしているのは、Bのすばらしさです。ですから、「Bさんは」が適当です。その後、Bの属性として「脚が長い」

ことと「スマート」なことを述べています。もし、Ｂの脚だけを称賛の対象にするなら、「Ｂさんの脚は」にすべきでしょう。

　なお、ついでに述べておきますと、「スマート」は英語の原義の「頭がいい」ではなく、日本語では「太っていなくてスタイルがいい」とか「垢抜けした」とかの意味で用いられます。数年前、曙という力士が横綱になった時、あるアメリカ人のファンが「Akebono is strong and smart.」と言っていたのをある新聞で「曙は強いし、スマートだ。」と日本語で紹介してありました。それを見たある年配の日本人が、「アメリカではあんな巨漢でもスマートな部類に入るのか。」と驚いていました。

②　さて、次に終助詞「ね」と「よ」の効果です。この会話では、「ね」と「よ」の使い方がモデル会話と全く反対なのにお気づきでしょうか。以下のように訂正してみましょう。

Ａ：　Ｂさんは、脚が長くて、スマートで、いいですね。

Ｂ：　いやあ、それほどでもないですよ。

Ａ：　本当ですよ。みんな、そう言っていますよ。

　「４．終助詞」の項を参照してください。まず、Ａが「Ｂさんは、……いいですね。」と、「ね」によって感嘆の意を表し、Ｂが「いやあ、それほどでもないですよ。」と、「よ」によって自分の謙遜の意を強く主張します。それから、Ａは「本当ですよ。」と、「よ」を用いて自分の意見を強調し、これがお世辞でないことを知らせます。さらにＡは、「みんな、そう言っていますよ。」と「よ」を用いてＢの知らないみんなの噂をＢに教えてあげます。これが、先に挙げたように、

Ａ：　Ｂさんは脚が長くて、スマートで、いいですよ。

となると、ＡはまるでＢより一段高い立場から評価しているようで、Ａの感嘆の気持ちが伝わってきません。

Ｂ：　いやあ、それほどでもないで**す**。

と、「よ」を抜かすと、相手に働きかける終助詞がないので、Ｂはあたかも独り言を言っているようです。

Ａ：　本当です**ね**。みんな、そう言っています**ね**。

となると、これは少々特殊な「ね」の用い方になり、何だかムキになって主張している子供のケンカを想起してしまいます。
　「誉める」という行為は、言葉だけで相手を心地よくさせる微妙な感情誘導です。ちょっとした助詞の違いで、誉められたのとは違う、何かちぐはぐな感情が残ります。終助詞「ね」と「よ」は、実にコミュニケーション上の大きなストラテジーなのです。

罵る
ののし

[練習]のモデル会話（ ▨ は男性、☐ は女性、無印はどちらでもよい）
れんしゅう　　　　　　　かいわ　　　　　　　　　だんせい　　　　じょせい　むじるし

[注意] 💿 CD3
ちゅうい　　　T02

1. あなたは、バスの中で、隣の人に足を踏まれています。注意してください。
　　　　　　　　　　なか　　となり　ひと　あし　ふ　　　　　　　　　　　　ちゅうい

　A：あのー、私の足、踏んでるんですけど。
　　　　　　わたし　あし　ふ

　B：あっ、ごめんなさい。

2. 男の人が間違えて女子トイレに入ろうとしています。注意してください。
　おとこ　ひと　まちが　　　じょし　　　　はい　　　　　　　　　　　　ちゅうい

　▢A：あのー、そこ、女子トイレなんですけど。
　　　　　　　　　　　じょし

　▨B：あっ、いけない。

3. 電車の中で若い人がシルバーシートに座っています。注意してください。
　でんしゃ　なか　わか　ひと　　　　　　　　　　　　すわ　　　　　　　　　　ちゅうい

　A：あのー、すみません。そこ、シルバーシートなんですが。

　B：ああ、そうですね。どうも。

[嫌味] 💿 CD3
いやみ　　　T03

1. 2. ― 省略
　　　　　　しょうりゃく

3. つきあいの悪い友達に嫌味を言います。
　　　　わる　ともだち　いやみ　い

　▢A：今夜、みんなでカラオケに行かない？
　　　　こんや　　　　　　　　　　　い

　▨B：いや、僕はよしておくよ。
　　　　　　ぼく

　▢A：なあに、デート？　よっぽどすてきな彼女がいるのね。
　　　　　　　　　　　　　　　　　　　　かのじょ

　▨B：いや、そんなんじゃないよ。

　▢A：じゃ、たまにはつきあいなさいよ。

　▨B：夜はちょっと都合が悪いんだ。
　　　　よる　　　　つごう　わる

　▢A：ああ、お勉強か。みんながカラオケで遊んでいる時も休まず本を読
　　　　　　べんきょう　　　　　　　　　　あそ　　　　とき　やす　　ほん　よ

　　　んで、将来は外交官か大学教授ね。やっぱり優等生は私たちとは違
　　　　　しょうらい　がいこうかん　だいがくきょうじゅ　　　　　ゆうとうせい　わたし　　　　　ちが

　　うわね。

　▨B：……

［遠回しの苦情］ CD3 T04
とおまわ　　くじょう

1．2．—　省略
　　　　　しょうりゃく

3．友人の車の運転が乱暴で、怖くてたまりません。遠回しに苦情を言います。
　　ゆうじん　くるま　うんてん　らんぼう　こわ　　　　　　　とおまわ　　くじょう　い

> A：ねえねえ、君はいつもこんなにスピードを出すの？
> 　　　　　　きみ　　　　　　　　　　　　　　　　だ
>
> B：そうよ。だって、速い方が気持ちいいじゃない。
> 　　　　　　　　　はや　ほう　きも
>
> A：君って、勇気があるんだね。
> 　　きみ　　ゆうき
>
> B：そうかしら。
>
> A：君のご両親は、きっと君たち兄弟を、男女の差別なく育てたんだね。
> 　　きみ　りょうしん　　　　　きみ　きょうだい　だんじょ　さべつ　そだ
>
> B：そんなこともないけど……
>
> A：君の通った教習所の教官も、きっと君を男と思って教えたに違いな
> 　　きみ　かよ　きょうしゅうじょ　きょうかん　　　　　きみ　おとこ　おも　　おし　　　ちが
> 　　い。
>
> B：ちょっと、さっきから聞いていれば……運転が怖いなら怖いって、
> 　　　　　　　　　　　　　　き　　　　　　　　うんてん　こわ　　　こわ
> 　　はっきり言いなさい！
> 　　　　　　い

［文句・説教］ CD3 T05
もんく　せっきょう

1．スーパーのレジで、後から来た客が先に勘定をしようとしています。文
　　　　　　　　　　あと　き　きゃく　さき　かんじょう　　　　　　　　　　もん
　　句を言ってください。
　　く　い

> A：もしもし。
>
> B：は……
>
> A：みんな、並んでいるんですよ。
> 　　　　　なら
>
> B：はい……
>
> A：列の最後尾はあそこですよ。
> 　　れつ　さいこうび
>
> B：はあ……
>
> A：割り込みはやめてくださいね。
> 　　わ　こ
>
> B：はあ……

2．3．5．—　省略
　　　　　　　しょうりゃく

4. 二階の人が夜中に大きな音で音楽をかけています。文句を言ってください。

A : もしもし、音楽が大きすぎるんですけど。

B : え？　あ、そうですか。

A : ここは、アメリカじゃないんですよ。アメリカみたいに大きい家に住んでいるんじゃないんだから、こんな夜中に音楽をかけたら、みんな眠れないでしょう。お互いに迷惑をかけないようにしなくちゃ、だめですよ。

B : はあ……

A : とにかく、夜中に音楽はやめてくださいね。

B : はい、すみません。

[懇願]　CD3 T06

1. 3. ─　省略

2. 先輩に貸したお金をなかなか返してくれません。先輩に苦情を言います。

A : ねえ、先輩、先月貸した10000円、今日、返していただけるでしょうね？

B : え？　ああ、あれね。来週まで待ってくれない？

A : 来週？　冗談じゃないですよ。先週もそう言ったじゃないですか。

B : 来週は絶対大丈夫だよ。

A : いえ、来週まで待てないんです。先月の電話代が払えなくて、昨日から電話を止められちゃったんです。

B : そんなこと言われても、ないものはないんだが……

A : ほんとに、信じられない。じゃ、せめて今週中に何とかなりませんか。

B : いや、実は、きのうコンパですっかり使っちゃったし、バイトの給料は来週にならないと入ってこないし、実際、俺も苦しいんだ。

A : そんな、僕の身にもなってくださいよ。おかげで、デートもできないんですから。何とかしてくださいよ。頼みますよ。

B : うーん、困ったなあ。

[怒鳴り込み] CD3 T07
　　　どな　　こ

1. 3. —　省略
　　　　　　　しょうりゃく

2. 近所のカラオケバーがうるさくてしかたがありません。バーの責任者に
　　きんじょ　　　　　　　　　　　　　　　　　　　　　　　　　　　　せきにんしゃ
　　苦情を言いに行きます。
　　くじょう　い　　い

　　A：あ、あなた、ここの責任者ですか。
　　　　　　　　　　　　　せきにんしゃ

　　B：はい。

　　A：お宅のカラオケ、何とかしてもらえませんか。毎日毎日、夜遅くま
　　　　　たく　　　　　　　なん　　　　　　　　　　　まいにちまいにち　よるおそ
　　　　で、うるさくてしょうがないんですよ。

　　B：はあ。

　　A：ここは、住宅街なんですよ。みんな眠れないし、うちじゃ受験勉強
　　　　　　　　じゅうたくがい　　　　　　　　　　ねむ　　　　　　　　じゅけんべんきょう
　　　　している子供がいるんで、困ってるんですよ。
　　　　　　　　こども　　　　　　こま

　　B：そう言われても、うちも商売なんでねえ……
　　　　　　い　　　　　　　　　　しょうばい

　　A：おまけに、酔っ払いがうるさいし、子供の教育にもよくないです
　　　　　　　　　よ　ばら　　　　　　　こども　きょういく
　　　　よ。だいたい、お宅、ちゃんと営業許可を取ってるの？
　　　　　　　　　　　たく　　　　　　えいぎょうきょか　と

　　B：もちろん、取ってます。警察に行って調べていただいてもけっこう
　　　　　　　　　と　　　　　けいさつ　い　　しら
　　　　ですよ。

　　A：よし、それじゃ、一応警察に行ってみるけど、それでもだめだっ
　　　　　　　　　　　いちおうけいさつ　い
　　　　たら、出るところへ出ますからね。
　　　　　　で　　　　　　で

　　B：どうぞ。

[叱責] CD3 T08
　　しっせき

1. 息子が無駄遣いばかりします。父親が息子を叱ります。
　　むすこ　むだづか　　　　　　　　ちちおや　むすこ　しか

　　A：お父さん、小遣い。
　　　　　とう　　　こづか

　　B：小遣いって、お前、何に使うんだ。
　　　　　こづか　　　　まえ　なん　つか

　　A：クラブの合宿で、長野に行くんだ。
　　　　　　　がっしゅく　ながの　い

　　B：この前もそんなこと言ってたじゃないか。いったい、お前のクラブ
　　　　　　まえ　　　　　　　い　　　　　　　　　　　　　　　まえ
　　　　は1年に何回合宿があるんだ。
　　　　　いちねん　なんかいがっしゅく

A：……本当に合宿があるんだよ。

B：まったくお前は、毎月うちから小遣いを30000円もらって、バイト
で月に30000円も稼いで、それでどうして足りないんだ。

A：だって、本を買ったり、友達とつきあったり、本当に金がいるんだ
よ。

B：だったら、クラブをやめたらどうだ。お父さんの学生の頃は、昼飯
も食わずに勉強したんだぞ。

A：……また昔話か……

2．3．4．― 省略

5．妻が仕事で食事の支度をさぼります。夫が妻に文句を言います。

A：ただいま。ああ、腹減った。

B：あ、お帰りなさい。

A：食事は？

B：あ、今日、仕事がちょっと遅くなっちゃって、私も今帰って来たと
ころなの。

A：えっ、まだ用意してないの？

B：ごめんなさい。

A：冗談じゃないよ。疲れて帰って来たのに、何にもできていないなん
て。

B：外へ食べに行きましょうよ。

A：……20分歩いて駅まで行くの？　いやだよ。

B：じゃ、近くのコンビニでお弁当、買ってくるわ。

A：昨日もそうだったじゃないか。コンビニの弁当なんて、味気ないよ。

B：……

A：だいたい君は、家庭の主婦だろう？　主婦が義務を果たしていない
ようじゃ、家庭じゃないよ。

B ：……

A ：同僚の奥さんは、みんな専業主婦で、一日中家にいて、家事をしているんだよ。僕だけ女房を働かせているなんて、恥ずかしいよ。

B ：……

A ：そもそも、君が家事をする、という約束で結婚したんだよ。家事ができないなら、仕事をやめたら？

B ：……わかったわ。

A ：仕事をやめる？

B ：私、あなたと離婚するわ。

［非難・罵倒］ CD3 T09

1. 2. ― 省略

3. まじめに授業をしない先生を、主任が叱ります。

A ：B先生、ちょっと。

B ：はあ、何でしょうか。

A ：教務課からクレームが来てるんですよ。

B ：え？

A ：今学期の学生アンケートで、B先生の授業の評判が極めて芳しくないんですよ。

B ：はあ……

A ：何でも、毎回15分以上遅刻するとか。

B ：あ、それは、私の家はバスで1時間のところにあるもので、朝はどうしてもラッシュで……

A ：それなら、もう15分早く家を出ればいいんじゃないですか。……授業に30分遅刻して、15分早く帰ったことがあるそうですね。

B ：あ、それは、たまたま台風が来ていた時で……

A：台風という事情は、学生も同じでしょう？　それから、アンケートには「授業中、無駄なおしゃべりばかりして、収穫がない」とあります。いったい、どんな授業をしているんですか。

B：え？　それ、いつですか。そんなこと、したことないはずですけど……

A：いいえ、同様の苦情を、私も学生から直接聞いているんです。それから、「質問してわからなくなると、冗談でごまかす」というのもあります。ちゃんと授業の準備をしているんですか。

B：それを書いたのは、多分○○○という女子学生でしょう。あの子はいつも、揚げ足取りの質問ばかりして……

A：いや、これは男子学生数名からです。

B：じゃ、先学期落とした学生でしょう。

A：いいえ、これは大変優秀な学生たちです。もっとしっかり準備しないと、学生に信用されなくなりますよ。それから、試験の問題に、授業で教えないことも出すそうですね。

B：あ、それは、応用問題ということで……

A：初級の学生に中級の問題を出すのが応用問題と言えますか？

B：……

A：とにかく、言い訳はもういいです。学長の耳に入ったら、大変なことになりますよ。今学期は何とかしますが、来学期も同じ結果なら、あなたの処遇を考えなければなりません。

B：……この学校は、私の能力を理解していない！

「罵る」珍会話

1. A：さあ、授業を始めましょう。

   B：（後ろのドアからからそっと入って来る）

   A：○○君。また遅刻して。今、何時だと思ってるのよ！

   B：……またじゃないよ。今週は初めてだよ。

   A：遅刻だけじゃない、君はよく居眠りをするし。

   B：僕だけじゃないよ。○○ちゃんだってやってるよ。

   A：言い訳はしなくていい。とにかく、教室の隅に立ちなさい！

　　これは、現職の高校教師の日本語クラスで行われたロールプレイです。先生の迫力といい、生徒の子供っぽい言い訳といい、どこもかしこも心憎いばかりにピシッと決まっていて、さすがは本職、魂が入っていると感心しました。

① 　普通、教師はこういう場合、「立っていなさい」と言います。「立ちなさい」は、今座っている人に立つように命令する言い方ですから、立たされた人は立った後で命令者からの次の指示を待つわけです。「立っていなさい」は「ずっと立ち続けている」ことの命令です。

② 　上の例に限らず、この課で問題になるのは、「どういう人が、どういう立場で、どういう事に関して、どういう人を罵るか」です。人を批判したり罵ったりというのは感情が最も激昂した時の表現なので、発話者の性別、社会的地位、立場、相手との関係、そして品性までが（つまり、発話者の「人間性」全般が）表れやすいものだからです。ですから、待遇表現の使い方が問題になってきます。上の例の教師は、女性です。「君は」とか「言い訳はしなくていい」とかの表現は、会社の男の上司が部下に向かって言うような表現ではないでしょうか。また、「今、何時だと思ってるのよ」は、母親が娘に対して言うような表現ではないでしょうか。教師なら「あなたは」「言い訳は必要ありません」「今、何

時だと思ってるんですか」など、相手から少し距離を置いた表現の方が
「らしさ」が演出できるのではないでしょうか。(まあ、教師と言っても
いろいろタイプがあるでしょうが。)

　　しかし、このような待遇表現の微妙な差異は、外国人にとって最も難
しいものです。ネイティブでさえ、人を罵る時は個々のケースに応じて
言葉を選んでいるのですから。とは言え、外国人が職場や学校や家庭で
目下の者を叱りつける機会を持つのは極めて限られた人たちだろうし、
また本気でケンカをする時は相手を少しでも多く傷つけることに意識が
集中して待遇表現どころではないでしょうから、この課の学習目標は
「日本のテレビドラマがわかる」ということでよいかと思います。

2.　A : 君、また宿題を忘れたね。

　　B : すみません。

　　A : それに、授業はよくさぼるし、遅刻も多いし、だめじゃないか。

　　B : はい。

　　A : 授業中も居眠りばかりしているし、成績も悪いね。

　　B : ……

　　A : こんなに表現が悪いと、今学期は落とすよ。

　　これも、学生のロールプレイです。

①　中国語では、このような場合によく「表現が悪い」と言います。しか
し、日本語で「表現」と言った場合は、言語、芸術、演劇など何らかの
表現媒体を通して、あるテーマを表すことです。日常的な立居振舞の善
し悪しは、「態度が悪い」とか「印象が悪い」とか言います。

②　ここで討論されたのは、人を批判する時に「言ってはいけない言葉」
です。会社のような競争社会ならともかく、「落とすよ」などと学生を
脅すような言葉を現場の教師が果たして言うものでしょうか?

「言ってはいけない言葉」というのは、どの国、どの社会にも必ずあるでしょう。個々のケースに沿って、よく討論してください。

　なお、本課にある「親の顔が見たい」という罵り言葉について、ある高校の先生が「この言葉は、あまりにひどいです。これは、学生に対して絶対に言ってはいけない言葉です。」と、真剣に訴えていました。確かに、本人だけでなく親をも馬鹿にするようなこの言葉は、学生を最も傷つけることでしょう。

面接試験を受ける
めんせつ　しけん　　う

[練習] のモデル会話（　　　は男性、　　　は女性、無印はどちらでもよい）
れんしゅう　　　　　かい わ　　　　　　だんせい　　　　　　じょせい　　むじるし

[生活について聞かれる] ― 省略
せいかつ　　　　　　き　　　　しょうりゃく

[応募動機について聞かれる] ― 省略
おう ぼ どう き　　　　　　き　　　　しょうりゃく

[能力・資質について聞かれる] ― 省略
のうりょく　し しつ　　　　　　き　　　　しょうりゃく

[待遇上の希望について聞かれる] ― 省略
たい ぐうじょう　き ぼう　　　　　　き　　　　しょうりゃく

[採用・不採用の決定] 💿 CD3 T10
さいよう　ふ さいよう　けってい

1.　お見合いの写真と経歴書を見ながら、女性数人がいろいろ評価をします。
　　み あ　　しゃしん　けいれきしょ　み　　　　　じょせいすうにん　　　　　　　ひょうか
　　結婚するかしないか、決めます。
　　けっこん　　　　　　　　　き

A：あ、なかなかハンサムじゃない？

B：うーん、でも、ちょっと太りすぎているわよ。
　　　　　　　　　　　　　ふと

A：でも、やさしそうね。

B：ほんとにやさしいかどうか、写真じゃわからないわよ。
　　　　　　　　　　　　　　　　しゃしん

C：でも、学歴はすごいわよ、「ハーバード大学法学院」のマスターだって。
　　　　　がくれき　　　　　　　　　　　　だいがくほうがくいん

A：あ、ほんと。頭、よさそう。
　　　　　　　　あたま

B：お父さんも有名企業の社長……お金持ちみたいね。
　　とう　　　　ゆうめい き ぎょう　しゃちょう　　　かね も

C：家もあるようだし、一生生活に困らないんじゃない？
　　いえ　　　　　　　　いっしょうせいかつ　こま

B：そうね。じゃ、OKしようかな。

A：ん？　「子供3人」……あら、この人、バツイチよ！
　　　　　　こ どもさんにん　　　　　　　　ひと

B 、C：えーっ！

2. ブティックの前で、女性二人がいろいろな服（靴、ハンドバッグでもよよい）を見ながら品定めをしています。どれを買うか、決めます。

A：あの黒いドレス、ノーブルな感じで、パーティにいいんじゃない？

B：そうね。でも、高そう。それに、あまり実用的じゃなさそうだわ。

A：じゃ、あの水色のは？　暖かそうでいいじゃない？

B：いいけど、ワンピースでしょ。着回しができないわ。

A：あの黄色いスーツもよさそうよ。ゆったりしていて、着やすそうだわ。

B：そうね。あれ、あなたに似合いそうね。

A：やっぱり、スーツが無難かしら。

B：あれに決めましょうよ。

3. 夫婦が不動産屋の前で物件案内を見ながら、相談しています。どの部屋を借りるか、決めます。

A：この部屋はどうかな。「１ＤＫ、８万、風呂付き」だって。

B：でも、ちょっと駅から遠いんじゃない？

A：じゃ、こっちのはどうかな。「駅より徒歩７分、日当たり良好」だって。

B：でも、12万じゃ、手が出ないわ。

A：そうだね。

B：この、５万５千円のはどう？　１ＤＫで、駅から12分よ。格安だわ。

A：いいけど、この家賃じゃ風呂がなさそうだな。

B：そうね。お風呂は絶対必要ですものね。

A：じゃ、やっぱり最初の「１ＤＫ、８万、風呂付き」にしようよ。

B：そうね。駅から少し遠いけど、自転車、買えばいいものね。

A：よし、決めた。…………　ねえ、やっぱり別の店に行こう。

B：どうして？

A：あの不動産屋、顔に傷があって怖そうだ！

「面接試験を受ける」珍会話

1. A：あなたの長所と短所を言ってください。

   B：長所は、明るくて親切なことです。短所は、ありません。

   これは、学生のロールプレイです。

   ① 本課でも述べましたが、自分の長所を言う時は、「～と人に言われます」などと言ってください。日本人の間には何故か、「長所は他人が認めるもので、自分で宣伝するものではない」という了解があるからです。自信のあることでも、「～方だと思います」と、緩やかな表現をした方が抵抗なく受け入れられるでしょう。

   ② 長所にしても短所にしても、「ありません」という答は歓迎されません。（この学生は、ウケ狙いのため、わざとそう言ったようですが。）また、「どうしてわざわざ自分の短所を言う必要があるのか。」という質問をよく受けます。面接試験で短所を聞かれるのは、私の知る限りでは日本だけなので、このような質問も無理からぬものとは思いますが、長所と短所を言わせるのは自己ＰＲのためでなく、「どれだけ客観的に自己分析できるか」を見るためにされるのです。自分の長所も短所も見つめられる冷静さと謙虚さが求められているわけです。

2. A：どうしてこの会社に応募しましたか。

   B：はい、私は英語の勉強が大好きです。貴社で貿易関係の仕事をしたら、もっと英語が上手になると思いました。一生懸命勉強したいです。

   これは、まるで落ちる答え方の見本のようです。Ｂの応募動機は会社や社会への貢献ではなく、あたかも自分の英語学習のためのようです。会社は、特別な語学研修ででもない限り、社員に勉強させるために人を雇うのではありません。向学心が誉められるのは、学校の中だけです。このように頭の切り替わっていない人を時々見かけますが、ウソでもいいから、

「貴社の仕事に魅力を感じた」「仕事を通じて社会貢献を」の類いの答を
しましょう。

3. Ａ：どうして、<u>塾の教師</u>になりたいと思いましたか。

　　Ｂ：<u>高校時代に成績がよかったので、私の学力を生かしたいと思いました。</u>

　　Ａ：どんな科目が得意ですか。

　　Ｂ：<u>数学、英語、国語、理科、何でも自信があります。</u>

　これは、実際にあった面接です。自分の能力を生かした仕事を選ぶのは
当然だし、塾で学力のある人材が求められるのももちろんのことですが、
どんな職場でも他人と協調性がなさそうな人は敬遠されるでしょう。上記
のＢの視点は塾の仕事そのものの魅力でなく、自分の能力の展開にあり、
何となく「自己中心的」という印象を与えています。「高校時代、勉強が
好きだったし、成績もわりといい方でしたから、教師になって生徒に勉強
のおもしろさを教えたいと思いました。」などと答えたなら、面接官も納
得するのではないでしょうか。

　また、たとえ本当に自信があったとしても、「何でも自信があります」
というのは反感を買いやすい答です。この場合、「数学、英語…主要科目
以外でも、たいていは<u>教えられると思います</u>。」などと言って欲しいとこ
ろです。因みに、ある有名会社の面接官の言うところによると、「自信過
剰でも困るし、自信がないのも困る。一番好ましいのは、自信があるけど
それを他人に見せない人だ。」とのことです。

　結局、Ｂは「傲慢そうだ」「勉強のできない生徒に冷たくしそうだ」と
評価されて、落ちてしまいました。むろん、答え方のだけの問題でなく、
Ｂの態度や雰囲気全体から漂ってくるものを面接官は感じ取ったのでしょ
うが。

4．A：あなたは、今まで英語を教えたことがありますか。

　　B：はい。英会話スクールで教えたことがあります。教室の中では母国語禁止で、生徒
　　　　にみんな英語で話させました。

　　A：ここは中学生の進学塾ですから、会話でなく文法が大切なんですが、文法の説明は
　　　　できますか。

　　B：でも、語学を勉強するには母国語禁止が一番いいんですよ。

　　　最も初歩的なことですが、面接で「でも」「しかし」は禁句。面接官と
ディベートしてはいけません。教授法の討論会をやっているのではありま
せんから。

5．A：では、あなたの志望大学についてお尋ねしますが…

　　B：huhun。

　　A：申込書には「○○大学」と書いてありますね。

　　B：huhun。

　　A：でも、この方面で有名なのは、××大学と△△
　　　　大学じゃないかと思われるんですが……

　　B：huhun、huhun。

　　A：どうして○○大学になさったんですか。

　　B：huhun、huhun。

　　　これも、基本中の基本です。相槌は「はい、はい」と発してください。
アメリカでの面接ならともかく、「huhun」は相手を馬鹿にしているという
印象を持たれますから、絶対にダメです。この面接は現実にあったことで
すが、この人は落ちました。

6．A：どうしてこの会社に応募しましたか。

　　B：そうですね。有名だし、待遇もいいからです。

　　A：あなたの長所はどんなことですか。

　　B：そうですね。明るいことでしょうか。

A：趣味は何ですか。

B：そうですね。スポーツです。

A：この会社で、どんな仕事がしたいですか。

B：そうですね。翻訳が是非してみたいです。

A：忙しい時は、残業をしますか。

B：そうですね。必ずします。

　これは、相槌過剰。相槌と言えども、単に言葉と言葉の隙間を埋める
だけではなく、語彙としての立派な情報を持っています。「そうですね」
は、答える前に必ず言わなくてはならないことはなく、質問されて改めて
考えなくてはならない時のフィラーなのです。

　この中で「そうですね」と応じるのが適当なのは、長所を問われた時だ
けです。趣味などは、改めて考えるまでもなく即答できる性質の質問なの
で、「そうですね」と間を置くのはちぐはぐです。残業の意志については、
後に「必ずします」と答えているように、最初から意志がはっきりしてい
るのなら、考えるために間を置く「そうですね」という言葉とは不釣合い
です。また、応募動機や仕事の希望は、面接で必ず聞かれることです。そ
れを「そうですね」と考えこむフィラーを使うと、受験者が逆に会社を評
価しているようで、生意気だという印象を与えてしまいかねません。

　この人は、自分の名前を聞かれた時も、「そうですね」と言ってから
答えるのでしょうか。

頼む・断る
たの　　ことわ

[練習] のモデル会話（　　は男性、　　は女性、無印はどちらでもよい）
れんしゅう　　　　かいわ　　　　　だんせい　　　　　　じょせい　　むじるし

[指示] ― 　省略
し じ　　　　　　しょうりゃく

[簡単な依頼・承諾] CD3
かんたん　いらい　しょうだく　T11

Ⅰ．（娘に）「鋏を取る」
むすめ　はさみ　と

A：あ、ちょっと鋏、取って。
はさみ　と

B：はい。

A：ありがと。

（娘に）「買物に行く」
むすめ　かいもの　い

A：ちょっと買物に行って来てくれない？
かいもの　い　き

B：うん。

（娘に）「テレビを消す」
むすめ　け

A：おい、テレビ、消してくれよ。
け

B：は〜い。

（娘に）「手紙を出してくる」
むすめ　てがみ　だ

A：この手紙、出してきてくれないか？
てがみ　だ

B：うん、いいわよ。

（娘に）「お父さんを呼んでくる」
むすめ　とう　よ

A：お父さん、呼んで来てちょうだい。
とう　よ　き

B：わかった。

2．（友達に）「先生のところに一緒に行く」
ともだち　せんせい　いっしょ　い

A：ねえ、一緒に先生のところ、行ってよ。
いっしょ　せんせい　い

$\boxed{B}$：えー、やだなあ。

$\boxed{A}$：お願い。

$\boxed{B}$：うん、まあ、いいけど。

（友達に）「1000円貸す」

$\boxed{A}$：ね、悪いんだけど、1000円貸してくれない？

$\boxed{B}$：え？　ああ。

3. （知らない人に）「窓をしめる」

　　A：すみませんが、窓を閉めていただけないでしょうか。

　　B：あ、いいですよ。

　　A：どうも。

　　B：いいえ。

　　（知らない人に）「ちょっと静かにする」

　　A：もしもし、すみませんが、ちょっと静かにしていただけませんか。

　　B：あ、すみません。

　　（知らない人に）「シャッターを押す」

　　$\boxed{A}$：すみませーん、シャッター、押していただけます？

　　B：ああ、いいですよ。（カシャッ）

　　$\boxed{A}$：ありがとうございました。

　　（知らない人に）「道を空ける」

　　A：恐れ入ります。ちょっと道を空けてください。

　　B：（無言で道を空ける）

　　A：どうも。

　　（知らない人に）「座る」

　　A：すみません、座ってくださいませんか。

　　B：あ、ごめんなさい。

（先生に）「もう少しゆっくり話す」

Ａ：先生、あの、もう少しゆっくり話していただけないでしょうか。

Ｂ：速いですか？

（先生に）「もう一回話す」

Ａ：あの、もう一回話してくださいませんか。

Ｂ：いいですよ。

（先生に）「この漢字の読み方を教える」

Ａ：先生、この漢字の読み方を教えてください。

Ｂ：えーと、これはね……

（先生に）「もっと大きな声で話す」

Ａ：先生、もっと大きな声で話していただきたいんですが。

Ｂ：あ、ごめん。

（先生に）「字を大きく書く」

Ａ：先生、字をもっと大きく書いていただけないでしょうか。

Ｂ：あ、見えない？

（お客さんに）「もう少し待つ」

Ａ：申し訳ありませんが、もう少しお待ちいただけませんでしょうか。

Ｂ：ああ。

（お客さんに）「また明日来る」

Ａ：大変恐れ入りますが、また明日おいで願えませんでしょうか。

Ｂ：うーん。

（お客さんに）「またあとで電話する」

Ａ：誠に恐れ入ります。またあとでお電話いただけるとありがたいんですが。

Ｂ：はあ。

［少し難しい依頼・承諾と拒絶］── 省略

［難しい依頼・承諾］ CD3 T12

1. 明日、試験があります。友達にノートを貸してもらいます。

A：あ、B君、ちょっといい？

B：ん？

A：明日の日本語の試験なんだけどさ、このところ私、クラブでサボっちゃって。

B：うん。

A：で、悪いんだけど、ノート貸してくれない？

B：いいけど、僕のノート、汚いよ。

A：平気、平気。慣れてるから。

B：じゃ、これ。

A：サンキュー。コピーしたら、すぐ返すね。

2. 論文を書きました。先生に見てもらいます。

A：あのー、先生。今、よろしいですか。

B：あ、A君。どうぞ、いいですよ。

A：お忙しいところ、お邪魔します。実は、論文を書いたんですが、先生に目を通していただきたいと思いまして。

B：あ、そうですか。でも、私は今から授業があるんで、終わってから見ることになりますが、それでもいいですか。

A：はい、お時間のある時にお願いします。

B：そうですか。じゃ、明後日までに見ておきましょう。

A：よろしくお願いします。

3. 4. ── 省略

5. 会社で翻訳の仕事をしたいと思います。社長にやらせてくれるよう頼みます。

A：社長、ちょっとよろしいですか。

B：何ですか？

A：仕事のことで、お願いがあるんですが。

B：ふむ。

A：実は、私、以前から翻訳の仕事がしたいと思っていたんですが……

B：ああ、そうなの。

A：今の営業の仕事も大変おもしろいと思うんですが、どうも自分はデスクワークの方に向いているような気がしまして……で、ドイツ語の翻訳人員に欠員ができたと聞いたもので、是非私にやらせていただきたいと思うんですが。

B：うーん。しかし、君の翻訳能力がまだわからないからねえ。

A：では、試験をしてみていただけないでしょうか。

B：あ、それならかまわないよ。試験をしてだめだったら、諦めてくださいよ。

A：はい、わかりました。ありがとうございます。

［難しい依頼・拒絶］ CD3-T13

1．2．3．4．6．— 省略

5. 知人に、100万円貸してもらいたいと思います。条件をつけますが、知人はお金がないので断ります。断る時に、知人は代案を提案します。

A：どうも、しばらくでした。お元気で？

B：ええ、まあ、何とか。で、今日は何か？

A：実は、ちょっとお願いがありまして。

B：はあ。

A：100万ほどお借りしたいんですが……

B：100万ですか。また、どうして……

A：ええ、実は今度、大阪の方にもう一軒店を出そうと思っているんですが、どうしても資金が100万ほど足りないもので。

CD3-T13
00:57

B：うーん、おめでたい話だからお貸ししたいのはやまやまなんですが、私の方も、今年息子が大学に入るもんで、100万はちょっときついなあ……

A：何とかお願いできませんか。2年以内にお返しできると思いますから。

B：いや、去年ならまだ何とかなったんですが、今年はちょっと……すみませんね。

A：……そうですか。

B：ああ、そうだ。○○銀行に私の友人がいますから、融資を頼んでみましょうか。古い付き合いだから、低利で貸してくれるかもしれない。私、保証人になりますよ。

A：そうですか。じゃ、お願いしてみようかな。

6. 父親に、留学させてくれるように頼みます。条件をつけますが、父親はお金がないので断ります。父親は断る時に、代案を提案します。

A：お父さん、話があるんだ。

B：何だ？

A：俺、卒業したらドイツへ留学したいんだ。

B：ドイツ？

A：うん。大学院で、ドイツ文学をもっと勉強したいんだ。

B：おまえ、ドイツなんて、行けるのか？

A：うん、俺、勉強、好きだし、成績だって悪くないし、先生もそう勧めてくれてるんだよ。

B：だけど、うちは留学の費用なんて出せないぞ。

A：だから、頼んでるんだよ。俺、バイトするからさ。奨学金も取るよ。お願い、ドイツへ行かせてよ。

B：うーん、やっぱり無理だよ、留学なんて。俺ももうすぐ停年だしな。もっと勉強したいなら、国内の大学院へ行ったらどうだ？　それなら何とかなるから。

A：……じゃ、また来年話そうよ。

「頼む・断る」珍会話

1．A：もしもし、Cさん、いらっしゃいますか。

B：いえ、まだ帰っていませんが。

A：何時頃お帰りですか。

B：9時頃帰ると思いますが。

A：じゃ、すみませんが、9時頃電話して、いいですか。

B：ええ、いいですよ。

　　これは、実際にあった電話です。これは、いったい誰が誰に電話するのでしょうか。Bは、「AからCに電話する」と思い、Cにそう伝えました。しかし、9時になっても、Aからは待てど暮らせど電話がかかって来ません。翌日判明したのですが、Aは「Cが私に電話してくれるよう、Bに頼んだ」つもりだったということでした。だとしたら、下線部分の文型はまったく不適格です。本課の冒頭で説明したように、「〜て（も）いいですか」は話者が自分の動作を願い出る文型で、「〜てください」は相手の動作を願い出る文型ですから、これを取り違えると動作者が正反対になってしまいます。相手に電話して欲しいのなら、「9時頃電話して、いいですか。」でなく、「9時頃電話してください。」と言うべきでした。

　　これは、テ形の典型的な誤用です。（⇒第2課「勧める」珍会話、第5課「誘う・断る」珍会話参照）Aは文を作る時、「電話して」まで作ったのですが、その後に適当な文型を思いつけず、中国語の「好不好？」に当たる「いいですか？」で代用してしまったようです。

　　同様の例は、いくらでもあります。

「先生、このカードを○○先生に渡して、いいですか。」

「先生、20日の新歓合宿に、是非参加して、いいですか。」

　　動作者を逆転させるこの誤用は、最も実害の大きいコミュニケーション・エラーを生み出してしまいます。

2．学生：　先生、お願いがあるんですが。

教師：　はい、何ですか。

学生：　実は、10日はクラスのみんなは都合が悪いんですが、<u>試験の日を変えて、お願いします</u>。

　これは、「お願いします」があるために、同じ誤用でも「～て、いいですか」よりも少しは依頼の文らしくなっています。しかし、「ください」と「お願いします」の用法は同じではありません。なぜなら、「ください」は相手の動作に付く文型ですが、「お願いする」という動作の主体は話者自身だからです。「お願いします」を使うなら、他者の動作を話者が祈願したり指示したりする文型「～ように」を接続させ、「試験の日を変えるように、お願いします」とか「試験の日を変えてくださるように、お願いします」とか言わなければなりません。但し、この表現は堅苦しいですから、やはり、「試験の日を変えていただけませんか。」にした方が無難でしょう。

　一般的に、「お願いします」「ありがとう」「すみません」等、直接相手に訴えかける定型句は、前に付く動詞の形を間違えやすいので注意してください。モデル会話・珍会話の第１課「挨拶」でも述べましたが、「ありがとう」の前の動詞には、テ形がそのまま接続できません。（⇒第１課「挨拶」珍会話参照）。これに対し、「すみません」等の謝罪の言葉は、自分の行為についての情動的評価ですから、「遅刻して、すみません。」「言い過ぎちゃって、ごめんね。」など、テ形が無理なく使えます。

　「～てくださるように、お願いします」「～てくださって、ありがとう」「～て、すみません」。定型的な挨拶言葉ほど、普段使い慣れているだけに、動詞の接続に躓きやすいものです。

3．学生：あの、ちょっといいですか。

教師：はい、何ですか。

学生：明日の午後は用があるから、補習の時間を変えてくださいませんか。

　　依頼の理由を述べる時に、「〜から」を使うのはやめて欲しいものです。「から」は「ので」と違い、主観的な理由を述べるものです。また、「この理由があるからこそ」というニュアンスで、理由の正当性を主張するものです。お天気の挨拶をする時に、「毎日雨が降っていやですね。」とは言いますが、「毎日雨が降るからいやですね。」とは言いません。「雨が降るから」を理由として使う時は、「日本の６月は毎日雨が降るからいやだ。」などというように、「他の理由ではなく、まさにこの理由で」と、理由の取り立てをしたい時です。

　　上記のように「用があるから」という言い方だと、「私の抱えている用事は、先生の補習より遥かに大切なんだ。」というふうに聞こえかねません。依頼する場合、依頼に伴う理由は「依頼を正当化する根拠」でなく、「人に言うのが憚られる事情」と捉えることが必要です。ですから、控え目に事情を述べる「〜んですが」が出てくるわけです。この場合は、「用があるんですが」か、或いは「用ができちゃったんですが」と、自動詞「できる」と遺憾の意を示す「〜てしまった」を用いれば、事情の不可避性が表現されてさらによいでしょう。むろん、「すみませんが」を付け加えるべきですが。

4．学生：先生、私の成績、あまりよくなかったですけど、卒業していただけないでしょうか。

教師：卒業ったって、あなた、期末の成績が30点じゃ、いくら何でも卒業は無理ですよ。

学生：でも、それじゃ、私は困りますよ。私の家は貧しくて、私が卒業して働かなくてはなりませんよ。

教師：うーん。

学生：じゃ、私はレポートを書きますよ。

　　　先生、お願いします。

これは、むろん学生のロールプレイです。が、ロールプレイだとわかっていても、教師はムッとしてしまいそうです。

① 「卒業させていただけないでしょうか」と、正しく使役形が使える学生は、残念ながら約半数ほどしかいません。動作者が逆転したのでは、依頼のロールプレイになりません。

② 「でも、それじゃ、私は困りますよ。」これではまるで、教師の方に非があって、学生が叱りつけているみたいです。人に頼み事をする時、「でも」「しかし」は禁句です。「依頼」は「契約」ではありません。「契約」はＡとＢが対等な関係で交渉が進められますが、「依頼」はＡとＢの間に恩恵の授受が生じます。「でも」「しかし」が入ると対立的なディベート状態になり、「依頼」場面の恩恵関係の構図が崩れてしまうのです。また、自分の側の事情を一方的に伝達する「よ」を用いているのも、この話し方の攻撃的な印象をさらに強めています。相手に依頼を拒否され、それでもなおかつ相手の恩義にすがりたい気持があるなら、「それはよくわかりますが、そこを何とかしていただけないでしょうか。」のように言語化しないと、相手は受け入れてくれないでしょう。

③ 依頼に必要な言語表現として「〜んです」の使用が見られないのも、依頼表現らしくない原因です。（　⇒7.「〜んです」参照）「私の成績、あまりよくなかったですけど」「働かなくてはなりませんよ」、これらは自分の事情を控え目に説明する場面ですから、「〜んです」を使うべきです。

④ 「じゃ、私はレポートを書きますよ。」という条件の切り出し方も唐突です。依頼内容と関連を持たせるには、条件の「から」が必要です。（先の理由の「から」とは違います。）

全体として、次のように訂正したいところです。

学生：先生、私の成績、あまりよくなかったんですけど、何とか卒業させていただく
　　　わけにはいかないでしょうか。

教師：卒業ったって、あなた、期末の成績が３０点じゃ、いくら何でも卒業は無理ですよ。

学生：はい、それは充分承知しているんですが、そこを何とかしていただけないでしょ
　　　うか。私の家はとっても貧しいもので、私が卒業して働かなくてはならないんで
　　　す。私が卒業できないと、困るんです。

教師：うーん。

学生：先生、お願いです。レポートでも何でも書きますから。

　依頼とは人に自分の事情を理解させ、自分のために行為をさせる、いわ
ば働きかけの総決算とも言うべきもので、デリカシーが最も要求される表
現です。人の心を動かすのは大変なことですから、相手を怒らせてしまっ
たら依頼は失敗です。失敗しないためには、「でも」「（理由の）から」
「よ」は禁句だと肝に銘じてください。逆に相手に自分のことを理解して
欲しかったら、「〜んです」をどんどん使うことです。

「授業を始める前に」問題解答
じゅぎょう　はじ　まえ　　　もんだいかいとう

[数字] CD3 T14
すうじ

数字の読み方・練習
すうじ　よ　かた　れんしゅう

１００（ひゃく）　　　　３００（さんびゃく）　　６００（ろっぴゃく）

８００（はっぴゃく）　　１０００（せん）　　　　１１０００（いちまんいっせん）

３０００（さんぜん）　　　８０００（はっせん）　　５０９（ごひゃくきゅう）

１０１０（せんじゅう）　５００５（ごせんご）

５００６８（ごまんろくじゅうはち）

１時11分（いちじじゅういっぷん）　　３時13分（さんじじゅうさんぷん）

7時07分（しちじななふん）　　　　10時30分（じゅうじさんじゅっぷん）

6時16分（ろくじじゅうろっぷん）　　8時18分（はちじじゅうはっぷん）

9時09分（くじきゅうふん）　　　　4時04分（よじよんふん／よじよんぷん）

[終助詞]
しゅうじょし

[問題]
もんだい

「昨日の映画、おもしろかったです<u>ね</u>。」：話し手も聞き手も映画を見た。
きのう　えいが　　　　　　　　　　　　　　はなて　きて　えいが　み

「昨日の映画、おもしろかったです<u>よ</u>。」：話し手は映画を見たが、聞き手
きのう　えいが　　　　　　　　　　　　　　はなて　えいが　み　　　　きて
は見ていない。
み

[練習]（P26～P27を参照） CD3 T15
れんしゅう

1. か　　2. か　　3. よ　　4. ね　　5. ね　　6. か　　7. よ

8. ね　　9. よ　　10. よ　　11. か　　12. ね　　13. ね　　14. よ

15. ね　　16. よ　　17. ね　　18. ね　　19. か　　20. か　　21. よ

22. よ　　23. か

［男言葉・女言葉］ 💿 CD3
おとこ こと ば　おんな こと ば　　　　T16

［練習］
れんしゅう

妻：ねえ、あなた、この次の日曜日は暇？
つま　　　　　　　　　　　つぎ　にちようび　ひま

夫：うーん、それが、会社の上田君たちとゴルフの約束を<u>しちゃったん</u>
おっと　　　　　　　　　かいしゃ　うえだくん　　　　　　　やくそく

　　<u>だよ</u>。

妻：<u>またゴルフ</u>？　この前の日曜日も<u>ゴルフだったじゃない</u>。たまには
つま　　　　　　　　　　まえ　にちようび

　　いっしょに音楽会にでも<u>行きたいわ</u>。
　　　　　　　おんがくかい　　　い

夫：<u>わかった、わかった</u>。じゃ、土曜日の午後、<u>行こう</u>。
おっと　　　　　　　　　　　　　どようび　ごご　　い

妻：わあ、<u>うれしい</u>。今、オペラの「蝶々夫人」を<u>やっているのよ</u>。
つま　　　　　　　いま　　　　　ちょうちょうふじん

夫：<u>そう</u>。それは<u>いいね</u>。どこで<u>やっているの</u>。
おっと

妻：上野の<u>文化センター</u>よ。
つま　うえの　ぶんか

夫：ちょっと<u>遠い</u>ね。<u>何時から</u>？
おっと　　　　とお　　なんじ

妻：<u>3時から</u>よ。
つま　さんじ

夫：会社が終わって、食事をして、<u>間に合う</u>？
おっと　かいしゃ　お　　しょくじ　　ま　あ

妻：タクシーで行ったら<u>どう</u>？
つま　　　　　い

夫：ああ、<u>そうしよう</u>。どこで<u>待ち合わせる</u>？
おっと　　　　　　　　　　　ま　あ

妻：上野駅に<u>しない</u>？
つま　うえのえき

夫：<u>いいね</u>。そう<u>しよう</u>。2時半くらいには<u>行ける</u>と<u>思う</u>よ。ところで、切
おっと　　　　　　　　　　にじはん　　　　い　　　おも　　　　　　　　き

　　符は<u>高いの</u>？
ぷ　たか

妻：ちょっと<u>高いの</u>。指定席が1人3万円なの。でも、久しぶりだから、<u>い</u>
つま　　　たか　　してい せき　ひとり　さんまんえん　　　　　ひさ

　　<u>いじゃない</u>。

夫：・・・・・
おっと

妻：それから、帰りには銀座の「レンガ」で食事なんて、<u>どうかしら</u>？
つま　　　　　かえ　　　ぎんざ　　　　しょくじ

夫：・・・・・
おっと

妻：「プランタン」で買物なんてのも、<u>すてきよね</u>。
つま　　　　　　かいもの

夫：・・・・・
おっと

妻：<u>いいわね</u>。<u>決めたわよ</u>。
つま　　　　　き

夫：・・・・・（ワナワナワナ）
おっと

[敬語] CD3
けい ご   T17

[練習]
れんしゅう

1. 「父が、先生にお会いしたいと申しておりました。」
   ちち　　せんせい　　あ　　　　　　　　もう

2. 「本日は、お忙しいところ、大勢の皆様にお越しいただいて大変光栄に存じ
   ほんじつ　　いそが　　　　　　おおぜい　みなさま　　こ　　　　　　　　たいへんこうえい　ぞん
   ます。本日は、ささやかですが、心ばかりのパーティを準備させていただ
   　　　　ほんじつ　　　　　　　　　　こころ　　　　　　　　　　じゅんび
   きました。どうぞ、ごゆっくり、ご歓談になりながらお楽しみください。」
   　　　　　　　　　　　　　　　　　　かんだん　　　　　　　たの

3. 「もしもし、こちらは○○出版社ですが、弊社がお送りしたパンフレッ
   　　　　　　　　　　　　しゅっぱんしゃ　　　へいしゃ　　おく
   ト、お読みいただけましたでしょうか。」
   　　　よ

4. 「あのー、ちょっとお伺いしますが、○○というお店をご存じありません
   　　　　　　　　　うかが　　　　　　　　　　　　　　みせ　　ぞん
   か。」

5. オフィスでの会話
   　　　　　　　かいわ
   高橋課長 ：ちょっと出かけてくるよ。
   たかしかちょう　　　　で
   社員　　 ：あ、お出かけですか。何時頃お帰りですか。
   しゃいん　　　　　で　　　　　　なんじごろ　かえ
   高橋課長 ：帰りは午後になる。
   たかはしかちょう　かえ　　ごご
   ・・・・・・・・・・・・・・・・・・・・・・・・・・・・・・・・・・・・・
   社員 ：（電話の呼び出し音）はい、○○株式会社でございます。
   しゃいん　でんわ　よ　だ　おん　　　　　　　かぶしきがいしゃ
   田中 ：私、△△社営業課の田中と申しますが、高橋さんはいらっしゃい
   たなか　わたくし　しゃえいぎょうか　たなか　もう　　　たかはし
   　　　ますか。
   社員 ：あ、高橋は今、ちょっと出ておりますが。
   しゃいん　たかはし　いま　　　　　で
   田中 ：何時頃おもどりですか。
   たなか　なんじごろ
   社員 ：午後にはもどって参ります。何かご伝言いたしましょうか？
   しゃいん　ごご　　　　　　まい　　　なに　でんごん
   田中 ：そうですねえ…
   たなか
   社員 ：では、もどったら、高橋に電話させましょうか？
   しゃいん　　　　　　　たかはし　でんわ
   田中 ：いいえ、けっこうです。こちらからお電話さしあげますから。
   たなか　　　　　　　　　　　　　　　でんわ
   社員 ：そうですか。では申し訳ありませんが、また午後にお電話をおか
   しゃいん　　　　　　もう　わけ　　　　　　　　　ごご　　でんわ
   　　　けください。
   田中 ：じゃ、失礼します。
   たなか　　　しつれい
   社員 ：ごめんください。
   しゃいん

[「～んです」] CD3 T18

[練習]
れんしゅう

1. 次の先行現象がある時、後に続く会話を作ってください。
つぎ せんこうげんしょう とき あと つづ かいわ つく

① Aが左手の薬指に指輪をしています。それを見たBは、Aとどんな会話
ひだりて くすりゆび ゆびわ み かいわ
をしますか。

　B：結婚したんですか？
けっこん

　A：いいえ、彼に買ってもらったんです。
かれ か

② 夜遅いのに、夫がまだ帰ってきません。妻は何と言いますか。
よるおそ おっと かえ つま なん い

　妻：きっと、またどこかで浮気しているんだわ。
つま うわき

③ 授業中、学生が席を立って教室を出ようとしています。それを見咎めた
じゅぎょうちゅう がくせい せき た きょうしつ で みとが
教師は、学生とどんな会話をしますか。
きょうし がくせい かいわ

　教師：これこれ、どこへ行くんですか。
きょうし い

　学生：トイレへ行くんです。
がくせい い

④ 食事中、Aは豚肉を食べようとしません。それを見たBは、Aとどんな
しょくじちゅう ぶたにく た み
会話をしますか。
かいわ

　B：どうして豚肉を食べないんですか。
ぶたにく た

　A：私、イスラム教徒なんです。
わたし きょうと

⑤ Aは卒業旅行に参加しないと言いました。それを聞いたBは、Aとどん
そつぎょうりょこう さんか い き
な会話をしますか。
かいわ

　B：どうして旅行に行かないんですか。
りょこう い

　A：お金がないんです。
かね

⑥ あなたは道端で、人間の死体を見つけました。そこへ、警官がやって来
みちばた にんげん したい み けいかん き
ました。警官は、死体とあなたを見比べて、あなたに何と質問しますか。
けいかん したい みくら なん しつもん
それに対して、あなたは何と答えますか。
たい なん こた

　警官：お前が殺ったのか？
けいかん まえ や

　私　：いいえ、私が殺したんじゃありません！　私が来た時は、もう死
わたし わたし ころ わたし き とき し
んでいたんです。

2. 次の会話の下線の部分で、「〜んです」の文にした方がいいものは直してください。

① （○）　② 行くんですか　　　　③ （○）　④ 寒いんですか

⑤ （○）　⑥ 忘れてしまったんです　⑦ （○）　⑧ 寂しいんでしょう

⑨ （○）　⑩ 疲れたんですか

[練習] CD3 T19

1. 買ったばかりの電気製品が壊れてしまったので、取り替えてもらいたいと思います。電気屋さんに何と言えばいいですか。

「あのー、このテレビ、昨日買ったばかりなのに、もう壊れちゃった<u>んですけど</u>……」

2. ケーキを作ったので、友達と一緒に食べたいと思います。友達に何と言えばいいですか。

「私、ケーキ、作った<u>んだけど</u>……」

3. 映画館の中で、自分の指定席に他人が座っています。その人に、何と言えばいいですか。

「あのー、そこ、私の席な<u>んですけど</u>……」

[練習] CD3 T20

次のような時に、何と言いますか。

1. 友達は、明日ハイキングに行きます。しかし、雨が降りそうです。友達が、あなたに「明日は、雨かしら？」と聞きます。控え目に推測を言ってください。

「さあ、降る<u>んじゃないでしょうか</u>？」

2. 友達が、新しい髪型にしました。でも、あまり似合いません。あなたは控え目に意見を言ってください。

「うーん、前の髪型の方がよかった<u>んじゃない</u>？」

3. ボーイフレンドが、以前別れたと言っていた女性と一緒に歩いているのを見かけました。あなたは、ボーイフレンドに何と言って問い詰めますか。

「あの人とは、もう別れたって言った<u>んじゃないの</u>？」

[著者略歴]

1948年、東京生まれ
日本・お茶の水女子大学文教育学部哲学科卒業、法政大学大学院人文科学研究科哲学専攻修士課程、同博士課程修了、国立国語研究所日本語教育長期研修Aコース修了。1989年交流協会日本語教育専門家として来台、3年間勤務。現在台湾国立政治大学日本語文学科助教授。

[主要著書]

- 『テ形の研究—その同時性・継時性・因果性を中心に—』(1997) 大新書局
- 『たのしい日本語作文教室Ⅰ　文法総まとめ』(1999) 大新書局
- 『たのしい日本語作文教室Ⅱ　文法総まとめ』(2000) 大新書局

[学術論文]

- 『台湾に於ける中国語話者が誤りやすい日本語の発音』(1993) 中華民国日本語文学会「台湾日本語文学報4」
- 『原因・理由としての「のだ」文』(1993) 中華民国日本語文学会「台湾日本語文学報5」
- 『台湾人学習者における「て」形接続の誤用例分析—「原因・理由」の用法の誤用を焦点として—』(1994) 日本語教育学会「日本語教育84号」
- 『「て」形接続の誤用例分析—「て」と類似の機能を持つ接続語との異同—』(1994) 中華民国日本語文学会「台湾日本語文学報6」
- 『テ形・連用中止形・「から」「ので」—諸作品に見られる現れ方—』(1995) 中華民国日本語文学会「台湾日本語文学報8」
- 『場所を示す「に」と「で」』(1996) 政治大学東方語文学系「東方学報第五輯」
- 『「言い換え」のテ形について』(1996) 中華民国日本語文学会「台湾日本語文学報9」
- 『場所を示す「に」と「で」—「海辺に遊ぶ」という表現はいかにして可能になるか—』(1996) 中華民国日本語教育学会「第二回第四次論文発表会論文集」
- 『「言い換え前触れ」のテ形について』(1996) 日本語教育学会「日本語教育91号」
- 『連体修飾における形容詞のテ形修飾とイ形修飾』(1997) 中華民国日本語文学会「台湾日本語文学報10」

- 『テ形「付帯状態」の用法の境界性について—「同時性」のパターンと用法のファジー性—』(1997) 中華民国日本語文学会「台湾日本語文学報11」
- 『「先生、私は<u>もう</u>合格しました」—中国人学生による不適切な「もう」の使用』(1997) 中華民国日本語文学会「台湾日本語文学報12」
- 『「魚の焼ける煙」という誤用はいかにして生じるか—「変化の結果」を示す連体修飾表現—』(1998) 中華民国日本語教育学会「日本語文学国際会議論文集」
- 『「原因・理由」のテ形の成立根拠—その「自然連続性」から導き出される制約—』(1998) 中華民国日本語文学会「台湾日本語文学報13」
- 『副詞「もう」が呼び起こす情意性—中国語話者の「もう」の使用に於ける母語干渉—』(1999) 日本語教育学会「日本語教育101号」
- 『日本人の「一人話」の分析—中級から上級への会話指導のために—』(2002) 台湾日本語文学会「台湾日本語文学報17」
- 『日本語の授受表現の階層性—その互換性と語用的制約の考察から—』(2003) 台湾日本語文学会「台湾日本語文学報18」
- 『日本語の「依頼使役文」の非対格性検証能力—テモラウ構文の統語的制約—』(2004) 政治大学日本語文学系「政大日本研究 創刊号」

國家圖書館出版品預行編目資料

たのしい日本語會話教室 / 吉田妙子編著 . --
第 1 版 . -- 臺北市 : 大新 , 民 93
面 ; 公分

ISBN 978-986-7918-49-9(平裝)

1. 日本語言 - 會話

803.188　　　　　　　　　　93002758

たのしい日本語会話教室

2004 年 (民 93)　4 月 1 日 第 1 版 第 1 刷 發行
2013 年 (民 102) 10 月 1 日 第 1 版 第 4 刷 發行

定價 新台幣 : 320 元整

編 著 者　吉田妙子
發 行 人　林　　寶
發 行 所　大新書局
地　　址　台北市大安區 (106) 瑞安街 256 巷 16 號
電　　話　(02)2707-3232・2707-3838・2755-2468
傳　　真　(02)2701-1633・郵政劃撥 : 00173901
登 記 證　行政院新聞局局版台業字第 0869 號

香港地區　香港聯合書刊物流有限公司
地　　址　香港新界大埔汀麗路 36 號　中華商務印刷大廈 3 字樓
電　　話　(852)2150-2100
傳　　真　(852)2810-4201